KB252466

외빈 축사

황금찬
양기대
정종명
손해일

잊지 못하고 있습니다

황금찬
시인

　김동인 선생님과 몇 시간 동안의 이야기를, 그 후 수십 년이 흘러
갔지만 지금도 나는 그날의 선생님의 말씀을 천년의 과실처럼 기억
속에 고이 간직하고 있습니다.

　김동인 선생님! 그때 내 나이 열일곱, 그럴 때입니다. 함경북도 성
진에서 친구의 형님이 나를 선생님께 소개해주셨습니다, 내 친구의
형님이. 지금 생각하면 먼 옛날의 일입니다.

　"문학이든 소설이든 열심히 공부해야 되지, 그러기 위해선 동인 활
동을 하면 좋을 거야. 내 말을 잊지 말고 그 뜻을 깊이 새겨두게."
　"과학은 지식의 문이요, 예술은 정신의 호수다."

나는 김동인 선생님의 말씀이나 동경에서 만나 뵌 이광수 문호선
생님의 그 큰 말씀들을 잊지 못합니다.

중국에 가서 굴원의 사당을 보고 크게 놀랐습니다. 굴원의 문학비
는 한 곳에 선 것만 보아도 아마 한 50비쯤 될 것 같습니다. 그래서
그곳을 비림(碑林)이라고 하나봅니다.

강릉에 가면 경문 호숫가에 강릉 시인들이 눈을 감고, 기념비들이
눈을 뜬 채 하늘을 보며 누워있습니다. 그 고장에 살던 시민들의 무
덤이나 시비들이 그렇게 눈을 뜨고 서 있는 곳이 어디에도 없습니다.
강릉에 가실 기회가 있거든 꼭 경포 호숫가를 찾아가 보십시오. 꼭
부탁드립니다.

시와창작작가회 창립 10주년과 10호 기념 사화집 발행을 축하하
며, 임채화 회장 및 회원 여러분 무궁한 발전을 기원합니다.

황금찬

해변시인학교 교장
대한민국 문학부문 문화예술상
문화의 달 보관문화훈장
서울시 문학상
시집 『음악이 열리는 나무』, 『행복을 파는 시계』, 『추억은 눈을 감지 않는다』 외 다수
수필집 『고독이 남긴 그림자』 외

지속적인 문학활동을 기대하며

양기대
광명시장

무더운 여름과 어려운 환경 속에서 창작활동에 매진한 '시와창작 작가회' 10주년을 축하드리고 아울러서 기념 출판회를 갖게 됨을 35만 광명시민과 함께 축하를 드리며, 10주년 기념 출판을 위하여 수고하신 임채화 회장님을 비롯한 회원 여러분들께 깊은 감사를 드립니다.

시는 사람들에게 삶의 이야기를 언어로 표현하는 예술로서 깊은 감동을 주고 삶의 의미와 방향을 제시해 주는 역할을 하고 있으며, 시를 읽고 듣고 음미해봄으로써 사람들의 정신세계를 건강하게 해줍니다.

각박해지고 메말라가고 있는 세태 속에서 회원 여러분들이 한줄 한줄 언어로 표현하기 위해 깊이 고뇌하며 수놓는 시(詩)를 우리들이 쉽게 접할 수 있도록 끊임없이 노력하는 작가님들의 노고에 깊은 감사를 드립니다.

여러분들의 그 노고가 이제 깊은 결실을 맺게 되었고, 앞으로 20~30년 지속적으로 문인창작의 활발한 활동을 통하여 지역의 문화예술발전에 노력을 다해주시길 바랍니다.

다시 한 번 '시와창작작가회'가 10주년이 된 것을 진심으로 축하드리며, 시민 여러분의 가정에도 건강과 행복이 늘 함께하시기를 기원합니다. 감사합니다.

양기대

경기도 광명시 광명시장

우리 문단에 빛이 되고
길이 되는 동인지

정종명
한국문인협회 이사장

나는 1978년 10월에 〈월간문학〉 신인작품상에 단편소설이 당선되어 문단에 나왔습니다. 버스를 타고 가다가 서점 간판이 보이면 저기에 내 작품이 실린 〈월간문학〉이 진열되어 있을 것이고, 사람들이 그 책을 사서 내 작품도 읽어 줄 것만 같았고, 문예지 편집자들이 내 작품을 읽고 청탁서를 보내 올 것으로 기대했습니다.

그러나 그런 기대는 완전히 빗나갔습니다. 등단하고 나서 일 년이 지나도록 어디에서도 청탁서 한 장 보내오지 않았습니다. 문단의 높은 벽을 새삼 실감했습니다. 그러던 차에 평소에 가까이 지내던 친구들이 찾아와서 동인지 창간을 제의했고, 나는 기꺼이 동의했습니다. 그 결과 1981년 여름에 민음사에서 〈작가동인〉 1집이 나왔습니다. 1

집에는 이문열, 이외수, 윤후명, 손영목, 서동훈, 유익서, 김원우, 김채원, 유홍종, 그리고 필자가 참여했고, 2집부터 강석경, 김상렬, 김인배, 정소성, 최학, 황충상 등이 차례로 참여해 〈작가동인〉은 4집까지 발간했습니다.

사람은 살아가면서 누구를 만나느냐에 따라 삶의 무늬가 달라집니다. 나는 부족한 점이 참 많은 사람입니다. 그럼에도 내가 문단 말석이나마 자리 하나를 차지하여 여기까지 오게 된 이면에는 바로 그 〈작가동인〉 덕분인 줄로 알고 있습니다. 아시는 것처럼 그 당시 〈작가동인〉을 함께했던 작가들은 누구를 막론하고 지금 나름대로 큰 작가로 성장해 있습니다. 나는 그들과 동인 활동을 함께했다는 사실만으로도 고맙고, 또 행복하고, 자랑스럽게 여깁니다.

'시와창작작가회'는 역량 있는 문인들이 대거 참여하고 있는 줄로 알고 있습니다. 저마다 개성이 강한 문인들이 모여 호흡을 함께하기가 그리 쉽지 않습니다. 그럼에도 '시와창작작가회'는 그동안 괄목할 만한 동인지를 계속해서 발행해 왔을 뿐만 아니라, 문학기행, 시화전, 문학특강 등을 통해 문학적 스펙을 꾸준히 쌓아 왔습니다. 또, 요즘 같은 불황기에 책 발간이 그리 녹록치 않을 터인데도 창립 10주년 기념 사화집을 낸다고 하니 대견하기 짝이 없습니다. 큰 뜻을 품고 역사적인 거보를 내딛는 '시와창작작가회'가 크고 작은 어려움을 능히 극복하여 우리 문단에 빛이 되고 길이 되는 동인지로 성장하기를 기대합니다.

정진을 기대하면서 사화집 발간을 진심으로 축하합니다.

정종명

1945년 경북 봉화 출생, 서라벌예술대학 문예창작과 졸업
1978년 월간문학 신인작품상에 〈사자의 춤〉이 당선되어 문단에 등단
현대문학, 문학정신 등 문예지에서 10여 년 근무
소설집 『오월에서 사월까지』, 『이명』, 『숨은 사랑』, 『의혹』과 장편소설 『인간의 숲』, 『아들 나라』, 『신국』, 『대상』, 그리고 산문집 『사색의 강변에 마주 앉아』 등 출간
경기대학교 문예창작학과 대우교수, 국제펜클럽한국본부 부이사장, 한국문인협회 편집국장 역임
현재 숭실사이버대학교 방송문예창작학과 외래교수, 한국예술문화단체총연합회 부회장 및 (現)한국문인협회 이사장

시와창작작가회 10주년 사화집 발간을 축하하며

손해일
시인·국제PEN한국본부 부이사장

‘시와창작작가회’ 동인 여러분들의 창작집 발간을 진심으로 축하 드립니다.

특히 이번 사화집은 ‘시와창작작가회’ 결성 10주년을 기념하는 이 정표로서 획을 긋는 의미가 크다고 봅니다. ‘세월이 흐르는 물 같다’ 고는 하지만 10년이라는 짧지 않은 기간에 여러분들의 문학적 역량 과 체험을 집합한 영롱한 물방울들의 결정체가 이 책입니다. 이 작은 물방울들이 모여 물줄기를 이루고 장강이 되고 결국은 문화의 바다 가 됩니다.

‘구슬이 서 말이라도 꿰어야 보배’ 라고 합니다. 여러분들이 각자 갈고닦은 개별 작품들로도 빛나겠지만, 이를 꿰어 결집하는 노력이 더해져야 빛나는 보석 목걸이, 팔찌로 거듭날 수 있습니다. 이 책 외에도 오늘날 한국에는 많은 문학지, 작품집들이 있지만 결국 총체적인 문화라는 힘도 이런 작은 노력들의 결과물이 아니겠습니까.

'No publishing is perishing' 이라는 서양속담도 생각납니다. 기록으로 남지 않으면 결국은 소멸하고 맙니다. 아무리 아름다운 착상, 위대한 사상과 철학도 그것이 기록으로 남겨져야 비로소 위대한 저작물이 되고 후대까지 읽혀지는 고전이 되고 역사가 됩니다.

원시시대에 돌과 바위에 새긴 그림, 상형문자나 설형문자, 파피루스에 남긴 수수께끼 같은 문자, 양피지에 남긴 고전 성경들이 있었기에 오늘날 인류역사가 되고 발전을 거듭했다고 봅니다.

문자와 역사가 없는 민족은 정체성을 잃고 약체가 되거나 결국은 멸망하고 맙니다. 비록 언어는 있어도 문자가 없다면 결국 그 민족이나 국가는 약체가 되거나 없어지기 마련입니다. 그 대표적인 것이 만주족의 사례입니다. 만주족은 여진, 금나라를 거쳐 약 200여 년간 중국 대륙을 지배한 대청제국을 건설했지만, 만주문자 대신 한자를 채용하고, 한족에 동화되었기에 정체성을 잃고 오늘날은 그 흔적조차 찾기 어렵습니다.

다행히 우리는 세계에서 가장 위대한 '한글'을 가지고 있습니다.

한글은 누구나 쉽게 배울 수 있으면서도 1만 2천여 개의 표기가 가능한 가장 과학적인 문자입니다. 말은 있지만 문자가 없던 인도네시아의 찌아찌아족이 한글을 자기들 문자로 받아들여 활용하는 것은 고무적인 사례입니다. 우리 민족이 숱한 외침과 수난 속에서도 좌절하지 않고 인류역사상 가장 짧은 기간에 선진국으로 도약하고 첨단 IT 강국이 된 것도 우리말과 한글 덕이 아닌가 합니다.

앞으로도 '시와창작작가회' 여러분들은 이 10주년 기념 사화집을 계기로 더욱 화합하고 정진해서 한국 문학사에 빛나는 족적을 남기시기 바랍니다. 감사합니다.

손해일

1948년 전북 남원 출생
전주고 졸업, 서울대학교 농대 졸업, 홍익대학교 대학원 국문과 석사, 박사과정 수료
(1991년 문학박사)
1978년 6월 월간 〈시문학〉으로 등단
시집 『흐르면서 머물면서』, 『왕인의 달』, 『떴다방 까치집』
평론집 『박종화 시연구』, 『박영희문학연구』, 『현대의 문학이론과 비평』(공저)
시낭송음반 〈아름다운 세상 만들기〉, 시집번역 『만남』 등
대학문학상(1974, 서울대), 홍익문학상(제4회), 시문학상(제23회), 서초문학상(제10회),
자랑스러운 상록인 대상(제11회, 서울대)
농협대학 교수, 홍익대 강사, 농협중앙회 간부, 격일간 〈농민신문〉 편집국장, 논설실장,
논설고문, 서초문인협회장, 시문학회장, 홍익문학회장 등 역임
현재 국제PEN한국본부 부이사장, 한국문인협회 이사, 한국현대시인협회 부이사장, 서울대총동창회 이사, 서울대농생대 총동창회 상임부회장, 상록문화재단이사 등 재직

특별 초청 詩

이생진

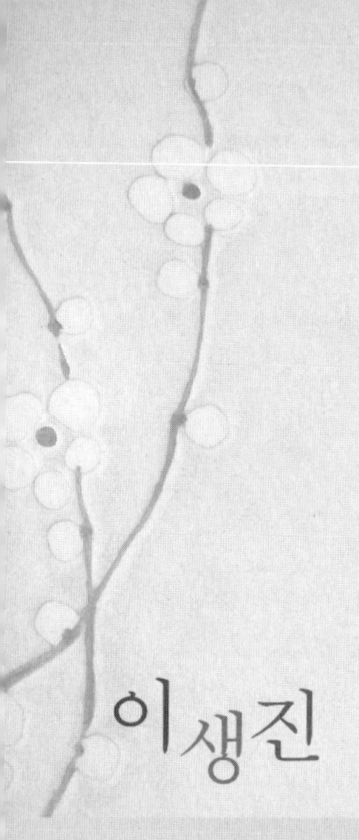

이생진

충남 서산에서 성장
〈현대문학〉을 통해 김현승 시인의 추천으로 등단
1996년 「먼 섬에 가고 싶다」(1995)로 윤동주 문학상
2002년 「혼자 사는 어머니」(2001)로 상화(尙火) 시인상을 수상
2001년 「그리운 바다 성산포」(1978)로 제주도 명예도민증을 받음

詩답지 않은 소리

횡설수설
우리네 사투리론
씩설객설
사전에 없는 소리
술에 술 탄 듯 물에 물 탄 듯
시간을 보내다가
금 쪽 같은 해가 숲길을 빠져나가기에
나도 일어서 숲을 빠져 나오는데
떼 지어 가는 개미가 있어 길을 양보했다는
이야기를 나도 모르고 했는데
그게 시 같더라는 이야기
숲은 조용히 하라고 하지 않아도
묵(默)하는 기질이어서
내 시를 묵묵히 읽고 있었으니
시가 뭐 사람만의 것이냐
숲 속에 놔두면
개미가 물어갈 걸.

나의 인격

박산,
자네는 날 보면 '선생님' 하고 허리를 굽히는데
자판기는 한 번도 허리를 굽힌 적이 없어
용돈은 꼬박꼬박 챙기면서

하루는 이런 일이 있었지
자판기에 1000원짜리 지폐를 넣고 400원짜리 커피를
뽑았는데 이것이 500원짜리 동전만 내놓고
나머지 100원은 내놓을 생각을 않는 거야
그래 비상벨을 누르듯 반환배꼽을 누르고
주먹다짐까지 했다니까
창피한 일이지
결국 내가 지고 말았어

오늘도 그 시간에 그 자판기 앞에 앉았는데
피해의식이 그대로 작용하는 거야
자판기는 전혀 모른 체하고

사흘 후 또 그 자판기 앞에 앉았는데 자판기 주인이 와서
자판기 문을 활짝 열어놓고 동전을 담고 있기에 그 이야기를
했더니
100원을 돌려주더군 그 돈을 받아 가지고 오는데
자판기가 큰 소리로 욕하는 거야

‘저래가지고 무슨 시를 쓰느냐’ 고
실은 내가 매일 그 자판기 앞에서 커피를 뽑아놓고
시를 썼거든

이제 부끄러워
시를 못 쓰겠어.

五六, 七八
－섬

부산에 오륙도
신안에 칠팔(밭)도
五六, 七八

섬은 방향에 따라 오륙으로 나뉘고
마음에 따라 칠팔로 바뀌네
나는 어디로 가는 배인가
내 배를 타고서도
내 방향 헷갈리네

갈매기 따라 오륙도로 가는가
아니면 바다제비 찾아 칠팔도로 가는가
五六, 七八
동 서 남 북
나는 어디로 가는 배인가
내 배를 타고서도
내 방향 헷갈리네

내빈 축사

수석고문 김송배

최고자문위원 우영규

고문 이은집

고문 복기완

명예회장 김영심

동인(同人) 문학의 활성화

수석고문 김송배
한국문인협회 부이사장

우리 현대문학의 주제는 대체로 인본주의(humanism)에서 다양하
게 진실을 투영하는 경향을 볼 수 있는데 이는 문학이 지향하는 목적
이나 기능이 우리 인간의 정서와 사유(思惟)에 융합하는 위의(威儀)를
구현하려는 정신이 깊이 잠재(潛在)해 있다고 할 수 있습니다.

우리 문학은 이러한 우리들의 정감으로 표현된 인간 중심의 이미
지를 문학으로 형상화하거나 승화하는 메시지가 문학 전체를 유로
(流路)하거나 문인들 개인의 주제로 발전하는 것이 문학의 진수(眞髓)
이며 문인들의 여망(輿望)입니다.

그러나 우리는 물질의 풍요와 문명의 이기(利器)가 동반한 생활방

식의 전환이 우리의 정신문화를 해치게 되자 더욱 인성문제와 인간
의 진실을 구명(究明)하는 사회적인 병폐의 해소를 문학의 본령으로
설정하고 그 근본적인 실현을 위해서 문학적인 가치를 부여하는 작
품이 많이 창작되었던 것입니다.

이와 같은 현상에 대해서 일부에서는 자연과 인간의 교감을 통해
서 자연 서정을 주창하는 문학도 탄생하기도 했으나 본격적으로 이
러한 교감 문제는 사회적인 문제점만 적시했을 뿐 별다른 대응책이
없었던 것이 우리 문학의 실상이며 사회적인 문제로 대두되었던 것
입니다.

현대문학이 백여 년의 시간성을 지나면서 인간과 자연이 동시에
동화(同化)하는 문학으로 발전시켜서 우리 인간들과 가장 밀접한 동
반자로서의 기능을 다하기 위해서는 동인 활동을 활성화한 문예사조
를 이해할 수 있습니다.

1910년대 말에 우리나라의 최초 동인지 〈廢墟〉(동인: 김 억, 남궁벽,
이혁로, 김영환, 나혜석, 민태원, 김찬영, 염상섭, 오상순, 김원주, 이병도, 황석
우, 이익상 등)가 결성되어 우리 시문학사의 출발을 예고했습니다.

이후에는 많은 동인지가 탄생하여 요즘은 동인지 전성시대를 맞고
있습니다. 좋은 현상입니다. 서로 문학적인 동호회의 성격을 갖기도
하지만, 동질의 문학성 추구와 인본주의의 주제를 창출하는 계기를
마련하여 우리 한국문학의 발전에 큰 역할을 하고 있습니다.

이러한 시기를 맞추어 어려움을 딛고 임채화 회장의 열정과 노력으로 새롭게 탄생하는 '시와창작작가회'는 이와 같은 문학적인 여망을 성실하게 개척해나갈 중요한 사명의식을 실현하게 될 것입니다. 동인 여러분들의 문학이 사화집 발간과 함께 문운도 왕성하게 발휘되어 우리 문학의 활성화에 크게 기여하기 바랍니다. 감사합니다.

시와창작작가회 10주년 기념 사화집 발간에 부쳐

최고자문위원 우영규

늘 그래왔듯이 하나의 문학회는 탄생하기도 하고 소멸하기도 한다. 탄생은 여러 가지 문학적 동질성 혹은 추구하는 세계의 유사성을 가지기도 한다. 이도 아니면 시를 사랑한다는 조금은 막연한 인간관계의 산물로 생겨나는 것이 동인지이고 무크지다.

이번에 세상에 얼굴을 드러내는 시와창작작가회 10주년 기념 사화집은 말 그대로 10년을 기념하는 문집이다. 10년이면 강산도 변한다고 하질 않는가. 시와창작작가회가 태동하던 10년 전의 모습은 그 어디에도 찾아볼 수 없겠지만, 마음가짐만은 그때의 열정이 변함없이 살아 있음을 확인해 주는 중요한 대목이기도 하다.

앞에서 말한 바와 같이 문학적 동질성이나 시를 사랑하는 막연한 인간관계의 산물로 탄생하는 동인지 등은 탄생의 변이기도 하지만, 한편 소멸의 변도 만만찮다. 이 땅에 수많은 동인 문집이 탄생했다가 소멸하기도 한다. 물론 소멸은 동인의 인간관계 부재에서 비롯된다고 해야 할 것이다. 이를 극복하고 10년이라는 세월 동안 끈질기게 생존하고 있는 시와창작작가회에 큰 박수를 보낸다.

모든 문학회가 그렇듯이 문학을 사랑하는, 뜻이 같은 사람들끼리 모여 문학회를 결성하고 소속된 문인들끼리 우의를 다지며 인간관계를 형성해 나간다. 이렇듯이 문학인이기 전에 서로를 배려하고 감싸주는 사람됨이 우선이 되어야 할 것이다. 동인이라 함은 뜻을 같이하여 모인 사람을 말한다. 그러면서 그 뜻을 함부로 버려서도 안 되는 것이다. 아울러 동인을 통해 문학적 자기 발전을 추구하는 일이다.

이런 관점에서 볼 때 시인은 자신의 작품에 바치는 열정과 진정성으로 신뢰를 쌓아가는 노력 또한 절실한 것이다. 아무렇게나 지면만을 채우려는 것은 자기 작품에 대한 책임을 회피하는 것이 되는 것이기 때문이다.

시와창작작가회 10주년 기념 사화집 발간은 수고한 분들의 애정과 열정이 녹아든 문집임이 틀림없다. 향후 20주년 기념 사화집을 기대하면서 그동안 열정을 쏟아 부은 임채화 회장을 비롯한 관계자 여러분께 진심 어린 박수를 보내며 축하드린다.

그리운 사이, 고마운 작가회임을
항상 잊지 말아야

고문 이은집

'시와창작작가회'의 10주년 기념문집 발간을 축하합니다!

세상에서 무엇이든 10년을 계속한다는 것은 어려운 일입니다. 오죽하면 10년이면 강산도 변한다는 옛말이 있겠습니까? 그런데 이번에 '시와창작작가회' 사화집 10호를 발간한다니 진심으로 축하와 경의를 표합니다.

저는 오래전부터 문예지 〈시와창작〉과 인연이 있어 소설부문 신인상의 심사를 맡은 적이 있었고, 그리하여 좋은 작가와 작품을 발굴한 보람으로 여러분이 지난날에 발간한 동인지를 접한 바도 있습니다. 그리고 그때마다 여러분의 노고와 작품에 관심을 가져왔습니다.

그러나 어떤 일이든 오래 지속하다가 보면 어려운 시련과 난관에 부딪치게 마련입니다. 바로 이러한 때에 임채화 신임 회장님께서 '시와창작작가회'의 동인지 사화집 10주년 기념호를 뜨거운 열정과 노력으로 힘 있게 추진하시는 모습을 보면서 참으로 존경과 감사를 드리지 않을 수 없습니다.

또한 그동안 '시와창작작가회'에 몸담았던 회원 여러분께서 심기일전하여 새롭게 마음 모아 뭉쳐서 새 출발을 하시는 계기로 삼으심에 저도 작은 힘이나마 함께 하고자 이렇게 축하의 글을 쓰게 되었습니다.

끝으로 '시와창작작가회' 가족 여러분에게 부탁의 말씀이 있다면 저도 이런저런 많은 모임을 이끌어오면서 경험한 바로는 첫째 회원 간에 문우로서 우의를 다져 '그리운 사이'가 되어야 한다는 것입니다. 둘째 '시와창작작가회'가 발전해야 회원들의 문학과 문단활동도 크게 펼쳐나갈 수 있으므로 '고마운 동인회'임을 항상 잊지 말아야 할 것입니다.

다시금 '시와창작작가회'의 10주년 사화집의 발간을 축하드리면서 여러분의 문운과 건필을 빕니다.

감사합니다.

시와창작작가회
생성 10주년에 즈음하여

고문 복기완

　고즈넉한 시골 초가의 뒤꼍에 흙으로 돌을 섞어 쌓아 올린 굴뚝에서 한가하게 올라오는 연기처럼 느리게, 평화롭게 그리고 고요하게 풍요를 연상하는 가을을 여기에 글로 그려봅니다.

　평화를 사랑하는 아름다운 심성을 가진 우리들은, 사람들의 인플레, 물질의 인플레, 권력의 인플레 등으로 얼룩져 급속도로 변화하는 갈수록 각박한 세상을 살아가고 있습니다.

　문학예술 창작 또한 예외가 아니어서 발전하는 인터넷이나 각종 서적(문예지 또는 소설집, 시집 등)의 홍수로 우량을 분별할 수조차 없을 정도로 포화상태입니다.

저마다 '나는 아니야' 하면서도 돌아보면 '너도 역시나야'로 긍정할 수밖에 없는 글쟁이들의 난맥상 속에서 올곧은 문학인의 자세를 영위한다는 것이 얼마나 힘겨운지를 자성해봅니다. 이는 타고난 문학성의 자질도 문제가 되겠지만 시류에 편승하지 않는 마음가짐도 매우 중요하다고 생각합니다.

해서, 흔해 터진 문예지에 글 몇 줄 올려 등단입네 하고 문인들 세계에 이름 올려놓고 그저 그렇게 허울 좋게 어울려 세월을 먹어버리는 내가 아니었나? 하고 회초리를 들어봅니다.

이것은 우리의 잘못이 아니며 동시에 우리 모두의 잘못이라는 아이러니입니다.

밤새 뜬눈으로 번뇌하고 혼을 태울 정도의 고뇌 속에서 살아 숨 쉬는 글, 영혼이 담긴 글, 번갯불 같은 충격을 줄 수 있는, 멋진 글을 생산해 내는 길만이 나를 존재케 하는 의미로 생각해야 할 것입니다.

시와창작작가회 생성이 2004년도이므로 이제 10주년을 자축하고 있습니다. 여러 가지 어렵고 힘든 고비를 지나오면서도 굴하지 않고, 포기하지 않고 지금까지 지탱해 온 회원들에게 먼저 감사하고 고맙다는 격려의 인사를 드립니다. 그리고 함께 몸담고 지내다 떠난 선배 회원들에게도 고맙다는 인사를 남깁니다. 그들이 있었기에 오늘 우리가 있기 때문입니다.

아울러 십 년이면 강산이 변한다는 속담처럼 이제 유년기를 벗어나 멋진 도약을 위하여 우리 모두 새로운 각오와 마음의 다짐이 있어야 하겠습니다.

글쟁이들은 모름지기 작품으로 승부를 걸어야 한다는 각오로 활동
을 해야 하겠지요. 즐거움보다는 무거운 사명감으로, 내가 먼저 움직
이는 열성으로, 익모초 같은 충언을 마다하지 않고 골수에 새기며.

내가 살 길은, 우리 작가회가 살 길은, 시와창작 문예지가 살길은
홍수처럼 범람하는 문학의 세계에서 독자가 공감하는 글을 쓰고, 끌
려가기보다는 끌어올 수 있는 언행심사로 외부로부터 호평을 얻고
동인이 되기 원하는 문학의 동지들이 우후죽순처럼 번지는 마당이
되어야 할 것입니다.

다시 한 번 시와창작작가회가 무한히 발전해 나가기를 전 회원들
과 함께 기원하며 축하의 마음을 표하는 바입니다.

인간은 누구나 행복해야 합니다

명예회장 김영심

8월은

오르는 길을 멈추고

한 번쯤 돌아가는 길을 생각하게 만드는 달이다

피는 꽃이 지는 꽃을 만나듯

가는 파도가 오는 파도를 만나듯

인생이란 가는 것이 또한 오는 것

풀섶에 산나리, 초록으로 법석이는데…

8월도

정상에 오르기 전

한 번쯤 녹음에 지쳐 단풍에 드는

가을 산을 생각게 하는 달이다

오세영 시인의 8월 일부분으로 회원님들께 인사를 드립니다.

모여들고 흩어지는 삶 속에 7월과 8월이 교차하는 길목에 와 있습니다.

인간은 누구나 행복해야 합니다.

우리는 여러 삶을 살 수 없지만 글로서 치유를 받기도 하고, 글로 여러 삶을 살아가기도 합니다. 문학은 문명의 역사만큼이나 오래된 예술형식이며 인생의 절묘한 표현이 문학이 아닐까 합니다. 계절의 자연적 순환 앞에서 세월이 참 빠르다는 걸 느낍니다.

'시와창작작가회'가 10주년으로 사화집을 펴냅니다. 모두의 작가가 주옥같은 작품으로 작가회와 문단을 빛내길 바랍니다.

혼신의 힘을 다하는 임원진들과 회원님들 모두가 순도 높은 삶이 되기를 바랍니다.

시창 10주년을 자축하며

이성직

공석진

안현숙

오대교

노준섭

이수인

김종분

김이철

김기진

김영수

김용식

박정숙

서석문

이혜우

최성린

세상에 울림을

−시창 10주년을 자축하며

수석부회장 **이성직**

주구장창 공장일과 날품팔이를 전전하며 노동에 겨운 삶을 일구던 그가 우여곡절 끝에 밭 한 뙈기를 구입한 것은 봄기운이 한창 피어나던 때였다. 가뜩이나 산업경기도 침체되고 일거리도 많지 않던 차에 하늘이 도왔다 싶어 내심 속으로 농사를 지어 보겠다고 야무지게 각오를 하고 오만가지 그림을 설익은 호박에 채워 넣고 사지를 흔들어 본다.

밭머리에 서서 회심의 미소를 지으며 삽자루 하나에 혼신의 기를 쏟아 삽질을 하는데, 이거야말로 삽질이 따로 없음이다. 도대체 땅이라는 것이 파져야 하는데 잡석을 퍼부어 다져놓은 흙은 돌덩이처럼 굳어 있고, 겨우 파놓은 흙은 잘잘한 잡석이 가득해 곡식이나 채소가 살아갈 토양이 아니었다.

다부진 각오는 허물어지고 허탈한 낭패감이 밀려오는데 염장을 내지르는 뻐꾸기소리는 메아리 울리며 산자락을 넘나들고 "아나 요놈아"를 내뱉으며 까치와 비둘기는 쌍쌍이 흩어졌다 모이기를 반복한다.

시련은 있어도 포기는 없다는 되먹지 못한 오기를 부리니 육신의 고통이 눈물겹게 크고 노동에 비례하는 시간당 공임은 차라리 시장에서 사먹는 게 싸다는 답을 밭머리에 던져놓고 제 풀에 지쳐 자빠지기를 기다리고 있다. 이쯤 되면 알아서 기어야 할 판이라 잠시 숨을 고르는데 다소곳이 앉아 있는 씨앗봉투와 겁도 없이 사온 파릇파릇한 모종들이 눈에 들어차 만사를 갈팡질팡하게 만든다.

빌어먹을 세상사는 왜 그리도 만만치 않게 꼬여 하고자 하는 일에 고춧가루 팍팍 뿌리며 개기고 엉까는지, 이번 판도 초장부터 패 꼬이니 잘해 봐야 나가리겠구나 하며 스스로를 달래본다.

언뜻 안 되면 돌아가라는 말이 떠올라 이리저리 휘둘러보던 중에 어림잡아 무른 곳을 푹푹 찔러보니 제법 괜찮은 곳도 있음을 알아차린다. 때를 놓치지 않고 버벅거리며 사정없이 헤매고 돌아다녀 군데군데 파 엎어놓으니 그런대로 하루 일과를 마칠 분량의 공간이 확보된다.

서둘러 흙을 골라 퇴비를 뿌리고 고랑을 만들어 드문드문 갖가지 작물을 심어놓고 안도의 숨을 쉰다. 그럭저럭 구색을 갖춰놓고 하루, 이틀 시간 죽이기를 하다 보니 기특하게도 저절로 살아나 수확하는 지경에까지 이르게 되었다. 고추를 따고 열무를 뽑고 오이와 가지냉국을 마시며 제법 쏠쏠한 재미에 희열이 가득 찬데, 너무 앞서간 놀이에 자연이 시샘이 났거나 재수에 옴이 붙었던지 장마철이 돌아오게 되었다.

쓰라린 빗물에 젖고 바람을 맞은 채소가 땅바닥에 붙어 곡을 하다 잠시 갠 하늘에 다시금 일어서려고 안간힘을 쓰는데 정말이지 간이다 오그라드는 심정이다. 그래도 자연에 맞서 전혀 꿀리지 않는 자세로 버티는 작물에게 보답하기 위해 "농사는 아무나 하나 누구라도 보살펴 줘야지"를 곱씹으며 굳세게 삶을 피우는 채소들을 둘러보며 혼신의 기를 쏟아 붓는다.

그러던 어느 날 태풍이 온다는 예보를 듣고 서둘러 밭으로 달려가 본다. 비바람은 장난 아니게 몰아치는데 그동안 예행연습이 있어서인지 태연히 흐느적거리며 버티는 작물들이 예사롭지 않다. 군데군데 박혀 있는 물상들이 전혀 겁먹지 않고 띄엄띄엄 서로 의지하며 눈을 맞추고 춤사위를 벌이다 멀뚱히 서 있는 그를 보고 "자네 무슨 일 있는가?" 하며 되묻고 있는 것이다. 이게 또 무슨 작전 뻑일까?

궁금해 하며 주위를 살피는데 나르는 살처럼 급하게 뒤통수를 치고 나가는 뭔가가 있었다. 흩어져 있는 모두가 뭉치지 않고 때로는 서로 간섭하며 상호간 버팀목이 되어주고 있었다. 어느 정도 공간이 있으니 충분히 굽힐 수 있고 너무 떨어져 있지 않으니 쓰러지기 전에 기댈 수 있으며 한편 뭉쳐 있으니 바람의 속도와 방향을 바꿀 수 있는 것이다.

자연과 생물의 조화는 오묘한 것이라 어느 것 하나 예사롭지 않은 것이 없고 우리네 선친들이 얘기하던 "달면 마당이 차고 드물면 광이 찬다"는 말이, 무척 딸리는 그의 뇌리에 다시금 박히는 순간이다. 아무런 이치를 모르는 그는 그저 마음 가는 대로 또는 어떻게 하다 보니 농땡이 피우듯 대충 간단히 작물을 심고 씨앗을 파종하였다.

하지만 그것에 생명이 있었기에 나름대로 삶을 개척했고 흩어지고 모이며 따로 또 같이 거친 세상을 향해 발돋움하는 것이다. 그는 우리네 인생과 삶도 자연 속에서 버벅대기는 마찬가지이니 서로 힘을 합쳐 삶을 불태운다면 참 아름다운 세상일 거라는 생각을 해본다. 각자 다른 일상에서 움직이지만 때로는 마주 서서 버팀목이 되어 주고 힘들어 쉬고 싶을 때 공간을 내어주면 정말 기운이 팍팍 돋는 삶이 되겠지. 드물게, 드물게 많지 않은 소수지만 각자 소중한 결실을 모아온다면 커다란 광이 차고 또 넘치겠지. 그대는 거기서, 나는 여기서, 모두가 여기저기서 한목소리 낸다면 세상을 울리는 함성이 되겠지.

큰 획을 긋는 역사로
자리매김하기를

부회장 **공석진**

금번 '시와창작작가회'의 10주년에 맞추어 동인지 출간에 즈음하여 회원 여러분께 진심으로 존경과 축하의 말씀을 전합니다.

저 또한 다섯 권의 도서를 발간한 작가로서 예전에 책을 발간했던 소회를 더듬어보면 수많은 감정이 교차하여 이루 말할 수 없는 벅찬 감회가 밀려왔음을 숨길 수가 없었습니다. 그 감정은 그야말로 작가의 분신이라고 할 수 있는 귀하고 소중한 자식을 시집보내는 아련함과 대견함이었습니다. 작가적 소명감으로 '시와창작작가회'의 고매한 혼과 얼을 고스란히 귀중한 옥고로 탄생시켜주신 뜨거운 열정에 감동의 박수를 보냅니다.

시(詩)라는 글자를 잘 헤아려 보면 말씀 언(言)과 절 사(寺)자로 이루어져 있음을 알 수 있습니다. 그것은 자신을 수양하듯 기도하는 마음으로 한 자 한 자 자신의 간절함을 글로 옮겨 작가의 진실한 정체성을 세상에 전파하라는 의미일 것입니다. 그렇기에 시를 쓰는 작업은 매우 고단하고 고통스런 작업이 될 수밖에 없습니다. 그런 의미에서 10주년을 맞이하여 출간하는 이번 동인지는 큰 획을 긋는 역사로 분명 자리매김할 수 있을 것입니다.

특히 큰 아픔을 딛고 힘차게 비상하는 '시와창작작가회'의 현재의 모습은 마치 기적과 같아서 우리들의 마음속에 잠재해 있던 속 깊은 사랑을 주어도 주어도 아깝지 않은 더욱 성숙한 모습으로 부활하고 있어서 감개가 무량할 따름입니다.

사랑이 오려나 / 공석진

보일 듯 말 듯
솜털 갯버들
가물어 지친 개울에
비 내리면
만개하려나

혹독한 겨울 지나
으스스히 부는
꽃샘바람쯤이야
마음 너그러지면
사랑이 오려나
쑥쑥
아, 이 봄에

몸이 마르는 소리

만약 배추에 뿌리가 없다면 배추 이파리들은 힘없이 뚝뚝 떨어져 나갈 것입니다. 이번 10주년을 계기로 '시와창작작가회'는 더욱 튼실하게 뿌리내려 권위 있는 동인지로서 더욱 성장할 것이며, 그 저변의 동력은 이번 동인지에 최고의 작품을 귀하게 담아주신 최고의 작가들이기에 큰 자부심을 느낍니다. 진정한 이 시대의 빛나는 글꾼이자 글을 지키는 진정한 글 지기인 '시와창작작가회' 회원작가들께 진중한 감사의 말씀을 드립니다.

혹독한 겨울을 보내고 아름다운 사랑이 움트는 봄을 거쳐 수확의 계절인 이 가을에 가슴 벅차게 사랑을 완성하는 '시와창작작가회'로 거듭날 것을 진심으로 소원합니다.

신뢰와 열정으로 오래 남는
작가회가 되기를

사무국장 **안현숙**

2004년은 그 몇 해 전부터 빛의 속도로 발전한 초고속인터넷 덕분에 우후죽순처럼 카페라는 것이 생겨나고, 옥석을 가릴 새도 없이 여기저기서 오는 초대 메일 받기에 정신없던 시절이었다.

그 당시는 친목 카페가 대세였으나 그 시류에 편승함도 잠시, 그보다는 건전한 문학 카페가 낫겠다는 생각이 들던 중 날아온 초대 메일 한 통에 무엇이 끌렸는지 카페를 방문해 여기저기 훑어본 후 아무런 주저함도 없이 불쑥 발을 들여놓게 된 것이 시와창작작가회였다. 아마도 그 당시 카페 운영을 맡고 있던 시인의 열정에 이끌려서였으리라.

그런 과정을 거쳐 시와창작작가회에 가입한 어리벙벙한 새내기는 글쓰기에 대한 열정으로 가득 찬 선배 작가들을 보며 그들을 흉내 내기에 바빴다. 책 읽기를 즐기던 문학소녀는 젊은 날 십 수 년간 출판사에 다녔던 경력도 있기에 글쓰기에 대한 열망만큼은 누구 못지않았기 때문이다. 그러나 그것도 마음뿐, 생활에 부대끼어 살다 보니 아직도 자신 있게 내놓을 만한 글 실력은 되지 못한다.

10년! 짧다면 짧고 길다면 긴, 10년이란 시간을 잘 버텨온 시와창작작가회가 너무 자랑스럽다. 작가회를 이끌고 오는 동안 왜 어려움이 없었으랴! 여러 어려움을 이겨내면서 일 년에 몇 번씩 시낭송회를 하고 봄이면 문학기행, 가을이면 시화전, 연말이 되면 송년회와 더불어 한 권의 동인지를 발간하며 지내온 세월이 10년이다. 올해 작가회 창립 10년을 맞아 10호 동인지를 발간하는 감회 또한 남다르다. 작가회가 작년 9호 동인지 『숲을 향하여』 발간 후 자칫 기억의 뒤안길로 사라질 뻔한 위기가 있었기 때문이다.

먹고사는 문제에 발목이 잡히다 보니 아무리 글쓰기에 대한 열망이 가득하다고는 해도 10년 세월을 한결같이 글을 쓸 수는 없는 일, 어려움을 겪으며 작가회가 침체에 빠지고 그 시간이 길어지면서 작가들 간의 이해가 갈리고 그러는 과정에서 작년 연말 드디어는 존폐를 논의하게까지 되어 회생불능의 상태에 이르게 되었었다.

그 어려운 결단의 시기에, 몇몇 작가들의 열성과 과감히 나서서 회장직을 맡아 작가회를 떠난 기존의 작가들을 다시 아우르고 또 좋은 글을 많이 쓰고 있는 작가들을 새로 모셔와 작가회를 활성화시킨 임채화 시인의 노고는 뭐라 말로 표현이 안 된다. 그저 감사할 뿐이다. 또한 임채화 회장님이 내미는 손을 뿌리치지 않고 카페를 맡아 작가회 분위기를 쇄신하여 새로운 모습으로 거듭나게 해주신 운영자 운정 김이철 시인의 노고에도 감사드린다. 역시 그저 고마울 뿐이다.

‘비 온 뒤 땅이 더 굳어진다’는 말이 있듯이 위기를 잘 넘겨 10년에 이른 시와창작작가회!

글을 쓰는 작가들에게 모지(母紙)가 없다는 것은 끈 떨어진 갓이요, 부모 잃은 고아요, 붕어 없는 붕어빵 같은 신세와도 같이 서러운 일이 아닐 수 없다. 그래서 폐간되었던 모지(母紙) 〈시와창작〉 문예지도 곧 재발간한다는 계획이 있으니 그 또한 기쁜 일이다.

그리고 한 가지 개인적인 바람이 있다면 여러 이유로 작가회를 떠난 선배 작가들이 다시 돌아왔으면 하는 것이다. 사람 사이의 관계가 한결같이 좋을 수는 없는 일! 그러나 글을 쓰는 사람들로서 글로 소통하며 서로 이해할 수 있는 부분이 많을 거라 생각한다. 그리하여 지난 이야기 웃으며 나눌 수 있는 그런 시간이 왔으면 좋겠고, 그런 신뢰를 바탕으로 성숙한 작가회가 되어 훗날 문학사에 역량 있고 사람 냄새 물신 나는 그런 작가회로 우뚝 섰으면 좋겠다.

한국문단을 빛낼 명작을 기대하며

편집위원 **오대교**

결성 10년을 맞이한 시와창작작가회에 박수를 보낸다.

'십년공부(十年工夫)' 라는 말이 있다. 오랜 세월 공을 쌓는다는 말이다. 공을 쌓은 만큼 좋은 결과가 나올 때 즐거움이 크다. 하지만 결과가 좋지 않을 때는 '십년공부 도로 아미타불' 이라고 한다. 시와창작작가회는 어디에 해당할까? 당연히 전자에 해당한다. 희로애락에 아랑곳하지 않고 꾸준히 공을 쌓아온 시와창작작가회가 자랑스럽다.

나는 2008년에 가입하여 동인지, 시화전, 시낭송회 등에 참여하다 개인적인 사정으로 잠시 활동을 멈췄다가 2013년에 다시 돌아왔다. 돌아와 보니 반가운 옛 얼굴도 있지만 새로운 얼굴이 더 많다. 피를 토하듯 열정적으로 작품을 쓰는 회원도 있고, 문학을 떠나서는 생의 의미가 없다는 일념으로 사는 회원도 있는 것 같아 반갑기 그지없다.

지금 이 시간 한국의 문단은 문예지와 문학 동인의 전성시대에 접어들었다고 진단할 만하다. 하룻밤을 자고 나면 새로운 문예지와 문학 동인이 탄생하고, 또 하룻밤을 자고 나면 사라진다. 출신 문예지와 문학 동인을 잃어버린 작가들은 외로울 수밖에 없다. 이런 와중에 10년을 꿋꿋하게 자리를 지켜온 시와창작작가회는 가히 모범이라고 하겠다.

홀로 걷는 길은 외롭다. 한낮의 뜨거운 햇볕과 한밤중의 어둠을 함께 이겨낼 문우가 필요하다. 눈에 보이지 않는 경쟁을 하며 함께 우의를 나눌 문우가 있다면 그의 문학은 일취월장할 것이다.

시와창작작가회에서 한국문단을 빛낼 명작이 나오고, 화기애애한 웃음이 그치지 않기를 기대하며, 결성된 지 10년을 맞이한 시와창작작가회에 다시 한 번 박수를 보낸다.

시와창작작가회
10주년에 즈음하여

감사 **노준섭**

흔한 말로 십 년이면 강산이 변한다고들 한다.

시와창작작가회 출범이 십 년째!

내가 시와창작작가회와 인연을 맺은 것이 2006년 1월이었으니까 시와창작작가회와의 인연도 8년째가 되어간다.

풋내기, 얼치기 문학에 대해서 정말 아무것도 모르는 채 끼적거리기만 좋아하던 나에게 인터넷 세상은 많은 도움을 주었다.

조금씩 단련이 되어가고 훈련이 되어가면서 참으로 우연한 기회에 시와창작작가회와 인연이 닿았다. 그리고서 시와창작을 통해서 문단에 등단을 하고 작가회 일원이 될 수 있었다.

그렇게 시작된 시인으로의 길.

"나는 시인이다."

그러나 늘 시인의 타이틀이 무겁다.

과연 내 어깨에 시인이라는 거창한 타이틀이 당키나 할까?

늘 그런 생각으로 산다.

좋은 글이란 얼마나 가슴 뛰는 열망이며, 얼마나 타는 갈증이더냐?

좋은 글 한 줄, 한 줄 그렇게 시 한 편을 엮어내는 그 환희를 맛보기 위해서 얼마나 많은 글쟁이들이 고통스러워하는지 다른 사람들은 알기나 할까?

과연 내가 쓴 시가 시로써의 자격을 갖추고는 있는지?

타인의 시각에 나의 글은 과연 얼마마한 가치를 가지고 있을지?

늘 그런 사고의 억압 속에서 시와창작작가회는 늘 내게 배움터였고, 교류의 장이었고, 그리고 인간적인 교감의 사랑방이었다. 그래서 먼 길 마다않고 모임에 빠지지 않으려 노력했고, 가급적 많은 행사에 같이하려고 노심초사했었다.

내게 시창은 참으로 귀한 존재였다.

많은 원로 분들께 얻어지는 귀한 배움과 친목 그리고 그로해서 더 돈독해지는 우애, 시창이 내게 주는 것들은 참으로 많았다. 그런데 어쩔 수 없이 여기도 사람들이 모여서 이루는 사회였는지, 잡음이 생기고 탈이 생기고 그리고 스캔들이 생기고 그렇게 병들어가더니 급기야는 시창의 근간을 흔드는 생각들이 공공연하게 목소리를 내기 시작했다.

그렇게 어려운 시간들이 지나고, 지금의 사람들이 다시 모이고 새로 보태졌다. 그렇게 새로이 시작된 우리의 시창, 시와창작작가회. 더 많은 열정을 가진 이들이 더 많이 모여지고, 든든한 지킴이로 남아주시는 원로선배님들이 지켜 주시니 우리의 앞날이 어찌 밝지 않을까?

나는 새로이 가슴이 설렌다.

얼치기 글쟁이로 부담감도 그만큼 커지겠지만, 이 소중한 시창에서 나의 시심도 조금 더 깊어지고, 인간관도 조금 더 넓어지고 깊어지리라 난 믿는다. 그만큼 지금 우리의 인적 자원도 풍부하고, 앞으로 또 얼마나 더 깊고 풍부해질지 모르니까.

그렇게 모여서 맞이하는 10년!

더 큰 걸음걸이의 첫발을 내딛는 기분으로 발간되어질 사화집!

그리고 앞으로의 수많은 행사를 통해서 대한민국 문단의 한 축이 되지 않을까 하는 기분 좋은 기대를 해 본다.

이 어려운 시기에 회장을 맡아 노고를 아끼지 않는 임채화 회장님과 운정 김이철 시인 그리고 김송배 수석고문님을 비롯하여 복기완, 우영규, 정강윤, 이은집 고문님들 그리고 김영심 명예회장님께 심심한 감사의 말씀을 전하고 싶다.

시와창작작가회의 자랑스러운 문우님들의 앞날에 무한한 영광과 더불어 복되고 건강한 삶과 건필을 바람하며 작은 소회에 가름한다.

이해와 동참은 시창의 미래

홍보이사 **이수인**

먼 하늘이 그립습니다. 태양은 저 멀리서 붉게 솟아오릅니다.

그동안 시와창작작가회 회원님들의 갈고닦은 10년의 아름다웠던 역사를 축하하는 10주년 행사는 커다란 의미가 있습니다.

소멸해 갈 수도 있었던 작가회를 일으키기 위하여 동분서주 수고하신 임채화 회장님과 김이철 운영위원장님의 노고에 먼저 감사를 드립니다. 물론 최고위원님들과 임원진, 그리고 전 회원의 참여와 격려가 무엇보다 크고 깊었기에 오늘의 모습으로 10주년을 맞이하게 된 것을 자축합니다.

제가 시와창작작가회를 알게 된 것은 김종분 시인님의 출판기념회에 축시를 낭송하는 곳에서 처음 임채화 회장님을 마주하면서 저에게 아주 다정하신 모습으로 시창작가회에 와줄 것을 권유받았습니다. 또한, 김기진 시인님의 자상하신 안내로 시창의 가족이 되었습니다. 다른 곳에서는 느끼지 못했던 가족 같은 분위기가 무엇보다 좋았습니다.

시작과 재탄생, 앞으로 시와창작작가회가 자리매김하기 위해선 선생님들의 서로 격려와 아낌없는 사랑과 배려와 선후배 간에 따스한 오고 감이 있어야 한다고 생각됩니다. 또한, 문학에서도 한몫해야 한다는 차원에서 각계각층을 바라보고 빛이 되는 아름다운 글이 탄생하기를 바라며 누구나 공감하는 훈훈한 글로써 세상의 빛과 소금의 역할이 되었으면 합니다.

10주년을 위하여 한 사람 한 사람을 소중히 여기시는 임채화 회장님과 문학관 건립을 계획하는 이성직 수석 부회장님, 좋은 분위기로 역할을 다하시며 이끌어 가시는 공석진 부회장님께도 감사드리며 모든 선생님께 깊이 고마움을 표합니다.

이해하고 함께하면 이루어내지 못할 일이 없습니다. 코스모스 피는 10주년 가을날은 시창이 빛나고 세상이 온통 빛날 것입니다. 시와창작작가회 10주년을 진심으로 축하합니다.

문학의 길을 가다

−시와창작작가회 10주년 사화집 발간에 즈음하여

낭송분과위원장 **초영 김종분**

금년 계사년의 가을은 그 어느 때보다 아름답기만 합니다.

우리 시와창작작가회의 10년 성장을 자축하기 위해 여러 동인들의 글을 모아 세상에 내놓았기 때문입니다.

10년이면 물줄기와 산세가 변한다는 말이 있듯 우리 시창 작가회도 열 돌을 맞기까지 많은 변화가 있었습니다.

10년 전, 시창작가모임 결성 이후에 수많은 기성작가들이 입회를 하였습니다.

문인 모임에 걸맞은 정기적 동인지 발간을 비롯하여 동인 상호 친목 도모와 자질 향상을 위해 시화전, 시낭송회, 문학기행, 저명시인 초청강의 등 다양한 문학행사를 꾸준히 시행하였습니다. 또한 신인문학상을 제정하여 역량 있는 신인작가들을 배출하였습니다. 그러나 아쉽게도 사정에 의해 시창 동인 모임의 얼굴인 문예지가 2009년에 폐간되었고 작년에는 다수의 동인들이 떠나야 하는 일이 생겼습니다.

　이런 악상황을 타개하고자 임채화 회장을 비롯한 남은 동인 15명이 뜻을 모아 시창의 맥을 잇고 자리매김하고자 바쁜 시간을 쪼개고 심혈을 기울여 기존 동인들을 재영입하고 새로운 식구들을 초청하여 시창 카페를 활성화시킴은 물론 귀하디귀한 사화집을 세상에 내놓았습니다.

　무엇보다 2009년에 폐간된 시와창작 문예지 판권을 되살리기 위해 임채화 회장께서 지휘봉을 굳게 거머쥐고 금년 5월에 시와창작 출판신고 등록과 아울러 문예지 판권을 접수하기에 이르렀습니다. 이러한 노고에 갈채를 보내는 바입니다.

　또한 임채화 회장의 노고를 빛내 주기 위해 이성직 부회장께서 동인들의 살맛 나는 글쓰기와 정서 보장을 위해 시와창작 문학관 건축 및 주말 농장 운영 등 아름다운 비전을 내놓았습니다. 이 점 여러 동인들을 대신해서 감사드리는 바입니다. 장마철 하늘은 늘 잿빛이나 지천에 드리운 나뭇잎들은 청초한 에메랄드빛을 띠고 있듯 세상은 어둡지만은 않습니다.

　그간의 시창 전통을 이어 새로운 임원진들이 중심이 되어 열 돌을 기념하기 위해 발간된 시와창작작가회 사화집은 하늘을 늘 푸르게 가꿔줄 것이며 세상 사람들의 영혼을 더욱 드맑게 해주리라 믿어 의심치 않습니다.

사화집 발간을 기점으로 더 멋지고 아름다운 문인으로 성장하는 나날이 되었으면 좋겠습니다.

시와창작작가회 10주년 사화집 발간을 진심으로 축하합니다.

시창 여러 가족들의 건필을 기원하며 축사를 마칩니다.

초심의 글쟁이로 시창에 안착하다

운영위원장 **김이철**

오래전 개인적인 이유와 일부 문인들의 문학인이 아닌 작태로 자괴감에 빠졌고, '내 주제에 무슨 문학인!' 이라는 자학에서 활동하던 모든 문학모임과 단체에서 탈퇴한 후 글쟁이로서 등을 돌렸지요. 2012년 12월, 임채화 시인의 연락이 왔고 시와창작작가회 회장이 되었다는 소식이었습니다.

다시 문학 활동 제의를 받곤 몇 번이고 거절한 후, 옛 생각에 잠겼습니다. 그동안 활동했던 모든 문학모임을 제외하고 저에겐 특별한 모임이 생각났습니다. 문학인으로서 마지막이었던 피에니 문학회 첫 동인지 〈사랑을 입금하다!〉를 앞에 두고 고민했습니다. 시작과 동시에 열정을 접어야 했던 아쉬움이 첫사랑처럼 가슴에 살고 있었음을 알게 되었습니다.

임채화 회장의 열정과 시와창작작가회의 진심 어린 애정에 감동하여 기꺼이 시와창작작가회 가족이 되었습니다. 들어와 보니 예상했던 것과는 달리 침체가 심각해 보였습니다. 임채화 회장 사무실에서 담배 한 개비를 길게 뿜으며 말했지요.

"그래, 한번 해봅시다!"
"이기려 하지 말고 최고의 시창으로 만들어 봅시다!"
"여기 시창에 초심의 글쟁이로 안착하리다!"

그리고 카페를 변화의 옷으로 입히고 메이크업하는 동안, 임채화 회장의 열정 뒤에 많은 선생님의 동참과 도움은 존경과 감동이었습니다. 그로 인한 힘으로 짧은 시간에 정상화의 모습을 되찾는 시와창작작가회를 보면서 미래를 확신하게 되었습니다. 무엇보다 임채화 회장의 열정과 노고에 기립 박수를 보내드립니다.

아프리카 속담에 이런 말이 있다고 합니다.
"빨리 가려면 혼자 가고, 멀리 가려면 함께 가라!"

누군가 혼자 여기에 왔다면, 이젠 우리가 함께해야 시와창작작가회의 미래가 있을 것입니다. 그것은 주인 의식보다는 가족 의식이 있어야 한다고 봅니다. 회장이 바뀌면 회원도 바뀌고, 후엔 전임 회장마저 한 분도 남아 있지 않은 작가회는 100주년이 되어도 큰 의미가 없을 것입니다. 지금 이 분위기와 열정과 참여가 이어진다면 자타가 공인하는 시와창작작가회가 될 것입니다.

시와창작작가회 10주년을 진심으로 축하하고, 2013년 시와창작작가회 회원들과 함께 맞이하는 10주년에 더 큰 의미와 영광을 웅변합니다. 개인적으로 꿈이 있다면 시와창작작가회 경조사 알림글방에 '호상으로 고인이 된 김이철 시인의 명복을 빕니다!' 라는 게시물이 오르는 것입니다. 그때까지 여기 시창의 모든 회원이 가족으로서 함께하기를 간절히 바래봅니다.

12월에 속간될 〈시와창작〉 문예지의 탄생을 축하합니다!
후년에 건립될 시와창작 문학관 건립 계획을 밝히신 이성직 수석 부회장님께 감사드립니다!
교정에 수고해 주신 오대교 선생님과 안현숙 사무국장님 감사드립니다!
사화집을 편집하면서 교정은 물론 시창의 역사를 정리해 주신 복기완 고문님께도 감사를 드립니다!

시창 前 회원 초대 작품에 참여해주신 작가님들께 감사드립니다.
그리고 10주년 기념 사화집에 동참해주신 모든 회원님들께도 진심으로 감사드립니다!

시와창작작가회의 10주년을 진정으로 축하합니다

회원 **김기진**

문학의 무관심 속에서 10년을 꾸준히 노력한 노고가 빛나고 우뚝합니다. 하여 축하와 격려를 드립니다. 이 나라에서 문인으로 살아간다는 것은 참으로 어려운 일이 많습니다. 시간과 노력을 소모하고 작품집을 사비로 출판해도 판매가 되지 않아 카탈로그 돌리듯 돌리는 것을 보면 비참한 생각을 합니다. 문정희 시인의 시에 이 나라에서 가장 많은 것은 러브호텔과 교회와 시인이라고 항변하듯 하였습니다. 정말 시인이 그리 많을까요. 그렇지 않습니다. 미술가는 각 대학에서 배출하는 인원이 연간 수만 명에 이르고 가수는 20만 명이 넘는다고 합니다.

하지만 문인의 수는 문인협회 가입은 2만 명 정도입니다. 미가입 문인들을 합해도 그리 많은 수가 아닙니다. 황금찬 선생님이 말씀하시기를 시인 한 사람이 태어날 때마다 하늘이 열린다고 하였습니다. 저는 시인이 더 많았으면 좋겠습니다. 지금까지 어려운 여건 속에서도 10년을 지켜왔듯이 시와창작작가회가 계속 이어져 발전하여 문인들을 많이 배출하고 번영하기를 바랍니다.

시와창작작가회를 위하여

회원 **김영수**

젊음과 열정적인 것은 언제 누가 보아도 부러운 것입니다. 용솟음 치는 활기가 느껴지기 때문이기도 하지만, 한걸음 더 나아가 반드시 진화하는 내일이 있기 때문일 것입니다.

어느새 십 년 성상을 쌓아 올린 '시와창작작가회'를 만나고 지나 온 노심초사의 흔적들을 돌아보면서 화두로 삼고 싶은 격려의 일성 으로 드리고 싶은 말입니다.

문학이 좋아서 문학을 위하여 글쟁이들이 모이는 곳, 너도 나도 겸 손하게 서로 격려하며 앞에서 끌어주고 뒤에서 밀어주는 화합과 우 정이 안양천을 따라 흐르고, 한강을 모아 흘러서 대한의 샛별 같은 명철을 반짝이는 문학의 큰 별들이 기라성 같이 솟아오르는 장터가 될 것을 믿는 바입니다.

그것은 그동안 수고로 쌓아 오신 운영진들의 희생과 봉사의 탑 위에 현재의 임채화 회장님과 임원 여러분, 회원 여러분들의 적극적인 참여와 열성의 바탕이 있기 때문일 것입니다.

'시와창작작가회'의 10주년을 거듭 축하드리오며 한 걸음 더 나아가 모든 문우님들의 문운이 일취월장하시기를 간절히 소망해봅니다.

시와창작작가회
창립 10주년에 즈음하여

회원 **김용식**

우선 시와창작작가회 10주년을 진심으로 축하한다는 말을 전하고 싶습니다.

前 시와창작문예지의 발행인이셨던 임정일 시인님의 주도로 시와 창작 작가모임(동인)을 만들고, 임정일 시인님의 초대로 저도 여기에 동참해서 멋모르고 창립총회에 참석했었던 게 엊그제 같은데 어느새 10주년을 맞이하는군요.

생각해보면 그동안 여러 가지 크고 작은 성장통을 겪었고, 그로 인해 첨예한 의견 대립과 견해 차이로 분열과 갈등에 부딪혀 난파될 뻔했었지만, 그래도 포기하지 않고 모두 힘을 모아서 성난 파도를 헤쳐 나오신 문우님들께 감사의 말씀을 드립니다.

이 기쁨을 이 문학모임에 함께 몸담고 있다가 생각의 차이로 떠난 문우님들과도 나누고 싶은데 참 아쉽군요. 그들도 한때 이 문학모임을 사랑했었고, 기반과 밑거름이 되어주었기에 오늘의 시와창작작가회 10주년이 있지 않나 생각해봅니다.

시와창작작가회는 10년 세월을 다져오는 동안 누구나 함께 호흡을 할 수 있는 문학의 숲을 만들기 위해 밤낮없이 문학이라는 이름에 감성의 씨앗을 뿌리고 땀 흘리며 정성들여 가꾸어 왔다고 생각합니다.

이제 그 10주년이란 이름에 걸맞게, 그동안 수확한 열매들로 지역 문학모임을 넘어 우리나라 문학을 이끌어 갈 신예작가들과 문인들을 배출하는 요람이 되는, 문단의 중심이 되는 문학단체로 성장해 가길 바라고 진심으로 바랍니다.

다시 한 번 희망과 기대를 모아서 시와창작작가회 창립 10주년을 축하하면서, 임채화 회장님을 비롯한 임원 분들의 헌신과 정성에 존경과 고마움의 인사를 드립니다.

시와창작작가회 사화집 출간 10주년을 축하합니다

회원 정천(靜天) 박정숙

유난히 비가 많았던 장마와 무더웠던 여름을 잘 보내고 추억으로 영글어가는 이 계절에 10년을 한결같이 지켜온 10주년 사화집 발간에 마음을 모아 축하드립니다.

2013년 1월에 시와창작작가회에 들어와 선배님들을 만나고 동인이 되고 그분들의 글을 접하며 새로운 것을 배우며 격려 받고 사랑받으니 참으로 행복했습니다.

이제 작가회 초년병인 제가 동인이란 이름으로 사화집에 동참하게 되면서 기대와 떨림이 있어 내 시에 대해 좀 더 고민하게 됐습니다.

시인이란 이름 아래 십수 년 시를 썼지만 사화집에 글을 내는 것에 대한 책임감이 느껴져서지요. 지금 내놓는 시가 독자들에게 독이 되거나 부끄럽지 않은지 다시 보고 또 봅니다.

시와창작작가회 수많은 작가님들이 10년의 긴 시간을 다져온 탄탄

한 기반 위에 자리매김한 사화집에 함께할 수 있음이 영광이 아닐 수 없습니다.

수많은 동인회가 결성되고 동인지와 사화집이 나오지만 10년을 쉼 없이 발간했다는 것은 역대 선배 작가님들과 지금도 이 자리에서 열심을 다하시는 작가님들의 노력이 아니었다면 불가능했으리라 생각됩니다.

10주년 사화집을 통해 이제는 우리끼리 보고 즐기는 책이 아니라 더 많은 독자들이 감동받는 그래서 다음 호를 기다리는 작가회 사화집이 되었으면 하는 소망도 가져봅니다.

이번 사화집을 준비하시는 회장님과 임원진 여러분들과 선배 작가님들께 머리 숙여 감사를 표하면서 앞으로 20주년, 30주년 계속 발전해나갈 수 있도록 동인의 한 사람으로 조금이라도 보탬이 되도록 노력하겠습니다.

다시 한 번 시와창작작가회 10주면 사화집 발간을 축하하며 축복합니다.

시와창작작가회의
힘찬 비상을 염원하며

회원 **서석문**

지켜온 10년, 지켜야 할 100년.

먼저, 시와창작작가회 10주년을 맞이하여 임채화 회장님과 운정 김이철 시인님 그리고 김송배 수석고문님을 비롯하여 복기완, 우영규, 정강윤, 이은집 고문님 그리고 김영심 명예회장님께 그간의 노고에 진심으로 감사드립니다.

또한, 자랑스러운 문우님들의 열정에 존경과 축하의 박수를 보냅니다.

제가 시와창작작가회와 인연을 맺은 것은 올해 6월 초 가족아카데미아 연중행사로 송추에 위치한 광명보육원 봉사활동 중 임채화 회장님을 만나면서 알게 되었고, 회원 가입 권유에 부담되지 않을까 망설이기도 했습니다.

2009년 이덕완(前 중앙대 예술대학원 문예창작 강사) 시인으로부터 문예창작 전문 과정을 1년간 학습하였으나 직업 특성상 결석이 잦았지만, 그때가 가장 행복한 순간이 아니었나 생각이 듭니다.

글을 쓴다는 것은 가슴속 깊이 우러나는 진솔한 이야기를 하얀 백지 위에 표출하는 것이 창작의 매력이 아닌가 생각해보며 아울러 기쁜 소식, 슬픈 소식, 때로는 숨넘어가는 소식을 담아 사회 정의와 약자를 대변하며 삶의 활력을 주는 것이 문인들의 역할이라 생각해봅니다.

이젠 생활 일부로 자리 잡고 이를 통해 어릴 적 추억을 찾아내고 범위의 확장을 시도하면서 삶의 변화를 느끼고 있으며 이를 통하여 마음을 다스리고 생의 활력과 의미를 찾게 되었습니다.

글은 쉽고 재미있게 친구와 동료에게 이야기하듯 부드럽고 때로는 유머 있으면서도 편안하게 그러나 날카롭고 수준 높게 결국은 자기의 생각을 쓰는 것이며 높낮이와 폭에 따라 맛과 향이 다름을 느끼고 있으며 진솔한 글은 상대방의 가슴 깊이 파고들어 파동을 일으키고 감동을 불러오는 것이란 생각해봅니다.

집 천정을 뚫어 밤하늘의 별을 볼 수 있게 했더니 자녀가 천문학자의 꿈을 가지듯 예비 작가와 신인들에게 문을 활짝 열고 반가이 맞이하여 소질을 발휘할 수 있도록 길을 안내해 주는 시와창작작가창회가 되었으면 하는 바람입니다.

모든 일에 열정이 없으면 이루어질 수 없듯 회장님은 실현 가능한 목표를 설정 후 뛰어난 추진력으로 행동으로 옮겨 가고 있다고 봅니다.

나무는 꽃을 버려야 열매를 맺듯이 10년이라는 시간의 흐름 속에서 항상 맑은 날이야 있겠습니까만 때로는 나누고 때로는 묶고 때로는 풀면서 인내한 결실이 여기까지 오게 된 것으로 생각되며 비탈진 곳에 자란 나무가 뿌리를 깊이 내리고 아픔이 클수록 아름다운 자태를 뽐내듯이 시와창작작가회의 명성은 온 누리에 퍼져 깊은 감동을 줄 것이며 눈부신 조명이 비추면 무대 위로 걸어 나갈 준비를 해야겠습니다.

화려한 한 송이 꽃을 피우는 역사적인 순간이라 생각됩니다.

시와창작작가회 10주년 시화집 발간을 진심으로 축하하며 앞날의 무궁한 영광과 발전이 있기를 기원합니다.

찬란한 별빛도 따라온다

회원 **이혜우**

세월이란 누구를 위한 편 없이 세상만사 관여하지 않고 끊임없이 하염없이 흘러가고 있다. 순간의 찰나 지나면 현재는 없다. 다만 과거와 미래만 있는 것이다. 십 년이 지나면 강산이 변한다고 했다. 그 십 년의 나이를 먹은 〈시와창작〉 10주년을 진심으로 축하한다. 내가 〈시와창작〉 문학잡지를 처음 만난 것은 2006년 11~12월호다. 그때 나름대로 아주 감명 깊게 보았다. 표지에서 뒷면까지 하나도 버릴 것이 없다고 생각하며 읽었다. 그때의 선입견이 〈시와창작〉이 최고 문학지로 생각하고 다른 문학잡지는 염두에 두지 않았다. 그 무렵 임정일 시인을 만나보고 여러 작가와 알게 되었다. 어느덧 7년이 지났다.

탄생도 쉽고 없어지기도 잘하는 문학잡지 속에 10주년 문학잡지로서는 결코 쉬운 일이 아니다. 그동안 흔들림이 왜 없었겠는가? 그러나 든든한 버팀목 같고 기둥 같은 고문, 자문위원, 그리고 열성적인 회원의 호응을 얻은 회장 임채화 시인은 화가이면서 시인으로 활동하며 남다른 추진력이 있어 앞으로 좋은 성과 있을 것을 의심치 않는다. 힘을 모아 함께한다는 것은 시들어가는 야생화에 이슬비처럼 소중한 것이다. 임채화 회장의 열성으로 다시 화려한 빛을 발하게 되어 다행이다. 생활에 바쁘면서 동분서주하는 모습에 희망이 보인다. 언젠가 그 보람을 알사탕같이 맛볼 것이다.

단체의 모임은 첫째 분위기 좋아야 하며 재미있어야 하고 누구 하나 소외당하지 않게 서로 유대관계 유지하여 조금이라도 배우고 발표도 할 수 있게 해야 한다. 이런 생각으로 지금까지 실행해 왔으며 앞으로도 잘 이행할 것으로 생각되고 있다. 이제 시향(詩香) 같은 향기는 문학가에 퍼지어 지침서 역할 하는 문학잡지로 〈시와창작〉이 될 것으로 믿는다. 그러기에 잔잔한 파도 밀려오듯 정이 가득한 독자가 찾아드는 문학잡지로 거듭날 것이 눈앞에 보인다. 이에 뒷받침될 문학인이 양성되어 훌륭한 작가와 시인이 탄생할 것이며 더 많은 회원의 복귀와 새로이 영입시키는 활동 모습에 감사한다.

이 시대는 문학의 범람시대라 생각을 하게 된다. 동서남북, 방방곡곡 문학지 발간하는 곳이 있고 남녀노소 너나없이 문학 발표에 홍수처럼 밀리고 있다. 정말 자랑스러운 일이 아닐 수 없다. 반면 경쟁도 심하지만, 나름대로 수준에 올라 장래성 있는 글공부 한다는 것은 무엇보다 건전하며 보람을 가질 수 있다. 유명한 작품 남기는 것이 꿈이겠으나 미처 따르지 못해도 문학을 한다는 것은 참 좋은 일이라 생각한다. 그러나 먼저 "시인이 되기 전에 사람이 되라"는 말이 있다. 그러한 문학의 힘으로 문학을 함께하려면 사람이 되는 인성교육은 저절로 되는 것이리라.

우리나라는 금수강산을 배경으로 바다를 끼고 있는 조그마한 섬들까지 그 안에 존재하는 것으로 문학 표현할 좋은 소재가 다양하다 생각된다. 문학으로 세계를 유람할 수 있고, 자랑도 할 수 있어 서로 간 존재의 값을 높일 수도 있다. 문학은 온유한 마음으로, 건전한 생각으로, 착실한 감성으로, 펼칠 수 있는 것이리라. 저마다 보고 느끼고 생각하여 쓴 글이라면 좋은 작품을 모아 책을 만든다. 책이 나오면 좋은 지침서로 본받을 수 있고 보고 배울 수 있어야 한다. 〈시와창작〉의 내용은 이미 수준높이 올라와 있다고 생각한다. 사람이 살아가는 사회의 모든 분야는 문학으로 시작된다고 본다.

옛날과 달리 문맹자 없이 교육 수준이 높아 자기 수준에 적당한 책을 선택하여 볼 수 있다. 그중에서 〈시와창작〉이란 문학지가 존재한다. 지성인도 즐겨 볼 수 있고 배우고자 하는 초보 수강자도 좋은 교과서로 볼 수 있다는 것이다. 문화와 밀접한 문학으로 예술에 바탕을 두고 있다. 그 어떠한 예술도 시와 무관하지 않다. 본래 우리나라는 예부터 국가 인물을 뽑을 때 시제로 하여 과거시험으로 장원을 배출한 것이다. 우리의 생활 속에서 좋은 시어를 흔히 들을 수 있다. 우리 민족의 뿌리는 시가 듬뿍 배어 있다고 생각한다. 이토록 문학에 관심 많고 수준 높은 〈시와창작〉 회원이 있어 서로 힘을 합쳐 함께하여 임채화 회장의 가는 길에 무궁한 발전을 바란다.

꽉 찬 수

회원 **최성린**

십진법이 대세인 세상에서 열은 꽉 찬 수입니다. 또 그 수는 다시 시작하는 수이기도 합니다. 그런 뜻에서 시창이 십 년 세월을 버텨왔다는 것은 꽉 찬 모임이자 새롭게 다시 시작하기에 모자람이 없는 모임임에 틀림이 없다는 것이 제 솔직한 생각입니다.

온라인에서 만나서 서로의 인격에 확신을 갖고 늑대가족이라는 오프라인의 모임으로 틈만 나면 얼굴을 맞대는 복기완 님, 안현숙 님, 이성직 님, 전규철 님이 모임에서 시창의 소식을 주고받을 때 늘 소외감 비슷한 것을 느끼곤 했습니다.

그러던 차에 불과 몇 주 전 나의 퇴원을 축하해 줄 겸 밥 한 끼라도 같이 먹자는 복기완 님과 이성직 님을 만나러 나갔다가 그 자리에 합석하신 임 회장님과 인사를 나눈 자리에서 정말 얼떨결에 특별회원으로 가입하게 되었으니 저는 그저 새내기 회원에 지나지 않습니다.

그러니 여러 가지로 부족한 제가 뜻 깊은 10주년을 맞이한 시창을 위한 축사를 한다는 건 좀 켕기는 일입니다. 그러나 비록 회원은 아니었지만 이런저런 시창의 소식은 제법 소상하게 들은 바 있어서 그런지 오래전부터 시창회원이었거나 한 것처럼 느껴지는 친근감을 방패삼아 감히 한마디 올리는 것, 아무쪼록 모든 회원님들이 너그럽게 받아주시기 바랄 뿐입니다.

처음이자 마지막으로 한동안 몸담았던 온라인 문학카페에 염증을 느끼고 탈퇴한 뒤로 카페 활동에 전혀 생각이 없었던 제가 얼떨결에라도 시창 회원이 될 수 있었던 건 10주년이 주는 신뢰감 덕택이었습니다.

보기보다는 낯가림이 심하고 입맛이 까다로운 저를 선뜻 회원이 될 수 있게 이끌어 준 결정적인 계기는 아무리 생각해도 '절친'으로 지내는 문우들에게 등 떠밀려서가 아니라 십 년 세월의 갖은 풍파를 의연히 이겨내고 새롭게 재도약할 힘을 갖춘 시창이란 모임의 확고부동한 힘에 제가 알게 모르게 매료된 탓이라고 믿습니다.

시창의 무궁한 발전을 믿어 의심하지 않습니다. 아울러 시창의 회원이 된 것을 큰 자랑으로 알겠습니다.

초대시

박광덕

박동진

서영석

유용선

최옥근

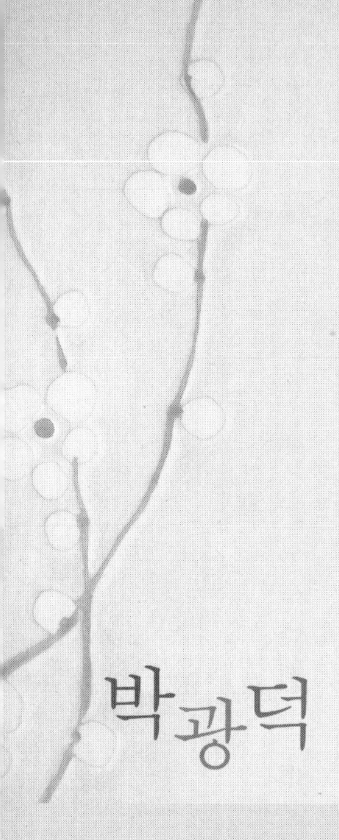

박광덕

시인
시와창작작가회 前 회원
〈참여문학〉지로 데뷔
한국문인협회 회원
서울詩낭송클럽 사무국장
한국참여문학인협회 회원
21한국시인회 회원
박재삼 문학상 수상
이메일: khan1196@naver. com

하루살이

눈이 내렸다
가평에서만 삼 년째 만나는 눈이다

눈을 보며
상판리 아이들의 축복을 빈다

하루살이는 비행하는 것이 삶의 목적인 듯 도무지 앉을
생각이 없다
나도 하루살이를 닮아서 맹목적으로 앞만 보며 도무지 쉴
생각이 없다

그런데 점점 어두워만 가는 길에서
다시 걸을 수도 없는 길가에 우두망찰하고 서서

하루만 살다가 갈 것 같은
하루만 하얗게 빛나다가 녹아버릴 것 같은

하루살이
하루살이

눈을 쓸며 가슴이 허허롭다
마음에 살얼음이 언다

천도제(薦度齊)

경 외는 소리 법당 안에 가득하고
영가(靈駕)의 목욕재계
시작으로

쉴 틈 없이
향 피우고 절하며
영가의 공덕 부처님께 알리고

인간사 미련으로
떠나지 못하는 마음이야
알 리가 없지만

가자가자 어서 가자
용선(龍船) 타고 서방정토로
훌훌 털고 어서 가자

천수경(千手經) 독경
발원(發願)만 허공을 날아서
천지로 흩어지고

여동생 영가 형님 영가 아버님 영가
부처님께 공양하고
극락왕생비나이다

나무상주시방불
나무상주시방법
나무상주시방승

박동진

시인
시와창작작가회 前 회원
1957년 전남 장성에서 출생
조선대학교 경영학과를 졸업
2003년 11월 월간 〈시사문단〉 시 부문 신인상 당선으로 등단
한국시사랑문인협회 정회원, 시사문단 작가
시사랑 동인, 전남지부 문인
한민족작가협의회원
시사문단작가협의회원, 혈시향시 동인
前 격월간 시와창작 운영위원
첫 시집 『불 속으로의 여행』 (책나무출판사, 2005)

무등 근황(無等 近況)

일등시민 향한
세계적 뮤지컬 명성황후공연 앞두고
도청이 옮겨간 도심의 허방한 무게중심을
감당하기 어려운지
운림동 아파트 건축현장 타워크레인
숫제 무너질 듯 흔들거리는데
사람들은 저마다 바쁘고
극락강가 백로 몇 마리가
어서 가라는 듯 연방 고개를 주억거리지만
진즉 서울로 간 아이는 잘 지내는지
시내를 벗어난 고속버스 유리창에
울퉁불퉁 매달려가는 석양의 볼이
불거진 핏대처럼 금세 터져버릴 것 같다
나락 익어가는 유덕동 들판을 어루만지던
황금 노을은 어디로 사라졌을까
몇 년 전에야 겨우
펑퍼짐 앉아 멀찍이 내려다보던
무등산(無等山), 상무지구 요란한 간판 불빛 외면하며
끄응, 똥 싸는 폼으로 돌아앉는다
끄응 끙, 신음하는 무등산기슭
우뚝한 교회십자가에 빨간불이 켜지고
흥얼흥얼 주기도문을 읊조려보지만
전혀 약발이 듣지 않는다

유배일기

왜가리 한 마리
물질하는 청둥오리 떼를 피해
입대 부적격 판정을 받은 장정처럼
물끄러미 갯바위에 서있다
청명한 날씨지만 찬 공기 머금은 구름 아래
키를 다 키운 대파가 뽑혀 묶이고
파단 실은 봉고트럭이 비탈길을 딱정벌레처럼 기어간다
오토바이 탄 우체부가 빈집 우편함 앞에서
서너 차례 주소를 확인하고
이미 펄프가 되어버린 우편물에 포개놓는
편지 한 통이 개봉되어질 확률을 생각하다가
통째 몸 부린 동백꽃을 밟아 뭉갰는데
노란 꽃가루가 핏물보다 진하게 흙속에 밴다
육지를 출발한 태양이 바다를 건널 때
섬은 육지와 더욱 멀어지고
일찍 어두워지는 이곳은 별나라와 가까운지
주먹만 한 별들이
토막만 남은 초승달을 에워싸기 시작한다

살얼음

저토록 완벽한
위장술을 본 적 있는가

다리 긴 철새 무리 경계를 푼 채
성큼성큼 물 위를 걷고 있다
젊은 날, 세상이 내준 길처럼
막힘없는 공간이 펼쳐지지만
불특정하거나 불가사의하게 쪼개지는
얇은 단면 어느 지점엔가
흡입력 강한 호수가 삼켜버리고야 말
블랙홀이 있을 것이다

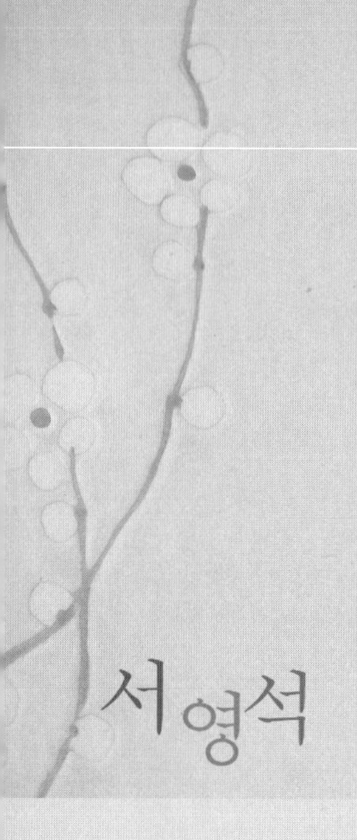

서영석

시와창작작가회 前 회원
호: 녹정(鹿井)
시인, 경기도 포천시 출생
대우전자 서비스 근무. 미진전자 대표 역임
한국베체트환우협회 회원, 포천문인협회 회원, 마홀문학회 회원
청로(淸露)동인 회원, 포엠스퀘어 동인, 문학광장작가회 회원
포천마라톤동호회 회원. 시담문학 회원
[수상 내역]
계간 〈문학광장〉 2011년 여름호(통권32호) 신인문학상
시 부문 「겨울 안개꽃」 외 2편 당선
2012년 제21회 경기도문학상 공로상 수상
[저서]
시집 『당신에게 부치는 편지』(2011) 『물이 되고 공기가 되고 별이 되리』(2012)
[동인지]
『시와창작 사람들』『초록을 만나다』『마홀 23집』『숲을 향하여』『경기문학 2012』
[공저]
『포천문학 13집, 14집』『하모니 5』『포천예술 13호』
이메일: mijinelc@naver.com
http://www.si-in.net

문학사에서 기억될 수 있는
시와창작작가회로 거듭나기를

시와창작작가회 동인지 10호의 출간에 즈음하여 회원 여러분의 노고에 축하와 함께 격려의 인사를 드립니다.

제가 시와창작작가회에 몸담았던 시간은 10주년에 비하여 보잘것없는 시간이었지만, 그 안에서 지나온 시간은 참으로 길고도 다사다난했던 것으로 기억됩니다. 문학광장 신인문학상으로 등단하고 처음으로 인연을 맺은 것이 2011년 여름이었고 개인적인 이유로 시와창작작가회를 떠난 것이 2013년 봄이었습니다. 채 2년이 안 되는 기간을 함께한 인연으로 글을 청탁받기에는 부끄러움 또한 있으나, 임채화 회장님의 요청을 차마 거절하지 못하고 이렇게 몇 자 적어 올립니다.

세상에 나서 처음으로 여러 선생님과 인연을 맺었고, 그 기간은 뜻깊은 만남의 시간이었습니다. 시와창작작가회에 몸담았던 짧은 기간이 저에게는 황금기였습니다. 여러 문학단체의 초청을 받았고 활화산같이 활동했던 기간이었습니다. 두 권의 시집을 출간했고 2012 경기도문학상 공로상을 받기까지, 시와창작작가회는 저와 인연을 함께하고 함께 성장한 동지였습니다. 문학에 대한 갈증과 열정으로 지난 10여 년을 성장해온 시간에 많은 회원들이 만나고 헤어지며 성숙해진 나이만큼 그 모습도 자라서, 이제는 대한민국 문학사에서 기억될 수 있는 시와창작작가회로 거듭나기를 기대하면서, 시와창작작가회 동인지 10호의 출간을 축하합니다.

만날 때보다 헤어질 때 아쉬움이 남는
함께 있을 때보다 멀리 있을 때 보고 싶은
소박하지만 향기를 품은 한 편의 작품과
털털하지만 이름 석 자가 기억에 남는 사람이
현시대와 세상을 치열하게 살아온 사람입니다.

시와창작작가회 여러 선생님의 건강과 마음의 평화, 그리고 건필을
기원하면서 시와창작가회의 무궁한 발전을 기원합니다.

쇼윈도

한 겹 유리벽 너머에서
승선을 기다리며 닻을 내린 배는
석양의 잔잔한 금빛 물결처럼
스쳐 가는 시선을 유혹하고

현혹된 정신은 닻을 올려
이상의 세계로 여행을 떠나며
혼이 나간 채 서 있는 육신은
유리벽에 반사되는 잔상으로 남아

강렬한 네온사인 불빛에
동공 속의 시신경이 마비되고
욕망의 재가 될 때까지
환상의 항구를 향해 나아간다

원시림

사람의 손길이 머물지 못하고
수만 년을 엉기어 버린 시간 속에
자연, 그들만의 역사가 피고
영글어, 기세등등한 자존심으로
발걸음을 허락하지 않는 도도함에
흐르는 물줄기조차 거세게
울부짖는, 스스로 꽃피고 열매 맺는
파라다이스

사람들의 끝없는 욕망은
대지를 핍박하고 그들의
낙원을 허물고 있다

너에게 하고 싶은 말은

사랑한다는 말은
천 번을 해도 부족하고
사랑을 위해서라면
천 번을 울어도 슬프지 않고
사랑은 세상의 아픔을 담아내는
질그릇과 같은 것

너의 미움에는
절절한 사랑이 녹아 있고
나의 미움은, 너를 향한 그리움이
파도처럼 거세게 밀려와서
몽돌에 잘게 부서져 퍼지는 수만 가지
미련의 이야기로 그림을 그린다

내 가슴의 언어로
별들의 이야기를 두 눈에 담아
붓끝으로 너의 가슴을 적시고,
수채화 같은 밀어를 화폭에 담아
네 마음의 거실에 걸어놓고
끝없는 사랑을 노래하고 싶다

유용선

시인
시와창작작가회 前 회원
1967년 서울 출생
서울 화곡고등학교 졸업
한국외국어대학교 불어과 졸업
대학 재학 중인 1992, 1993년 두 권의 시집 상재
문학공간 독서학교(http://chac.co.kr) 대표
한국시문화회관 문예창작학교 주임

운주사(雲住寺)

운주사 가면
목 잘린 부처님 서 계시네
목이 잘려 머리 없다고
생각도 없으실까?

운주사 가면
거지 부처들 입 없이 웃는 얼굴 뭉그러졌네
입도 없이 못난 얼굴이라
지을 죄도 적었겠네

화하고 순한 동네라
신랑각시 부처님 누워 사시네
이불 덮지 않아도
하늘 아래 남세스럽지 않으시다네

생각 없이 눌러 앉은 구름도
여기 살면 부처님

장터에서 올라온 예수님은
손바닥 발바닥 옆구리까지 다 내놓고
부처님 잘린 목에 볼 비비시네
거지 부처 모아 놓고 화를 달래네

~고 싶다

보고 싶다는 말에
보기 좋은 얼굴이 되려 하고
듣고 싶다는 말에
듣기 좋은 목소리가 되려 하고
안고 싶다는 말에 묻는다.
나는 얼마나 듬직한가
나는 얼마나 사랑스러운가

내가 더 사무치면서도
먼저 하지 못한 말들

자동응답(ARS)

주인님, 전화 받으세요. 0, 9, 0, 9, 2, 3, 2, 1, 0, 0, 9, 주인님, 전화_

0909-232-1009 영구 영구 이 삶이 천국 그리 말하는 것 같다. 왼손 검지로 버튼을 눌러 천국을 수신한다. 요람에서 ♩ 무덤까지 ♬ 여러분의 평~생 친구 '행복한 병원' 입니다. 본 통화는 복, 지, 국, 님에 관한 것입니다. 통화를 원하시면 1번, 통화를 원치 않으시면 2번, 다시 듣고 싶으시면 0, 지국이는 내 친구, 오른손 검지로 1번을 누른다. 복, 지, 국, 님의 가족이나 인척이면 1번, 친구나 지인이면 2번, 기타는 3번, 을 눌러주십시오. 지국이는 내 친구, 오른손 중지로 2번을 누른다. 귀하의 친구 혹은 지인이신 복, 지, 국, 님은……, 1초간 안내가 멈춘다. 뭐람! 어떤 소식을 듣더라도 놀라지 마십시오. 다시 1초간 안내가 멈춘다. 뭐야, 뭐지!

귀하의 친구 혹은 지인이신 복, 지, 국, 님은 2천, 7년, 1월, 16일, 07시, 28분, 에 사, 망, 하셨습니다. 영안실 안내를 받으실 분은 1번, 담당 부서와 직접 통화를 원하시는 분은 2번, 통화를 다시 듣고 싶으신 분은_

……,

응답시간이 경과 되었습니다.
영안실 안내를 받으실 분은 1번, 담당 부서와 직접_

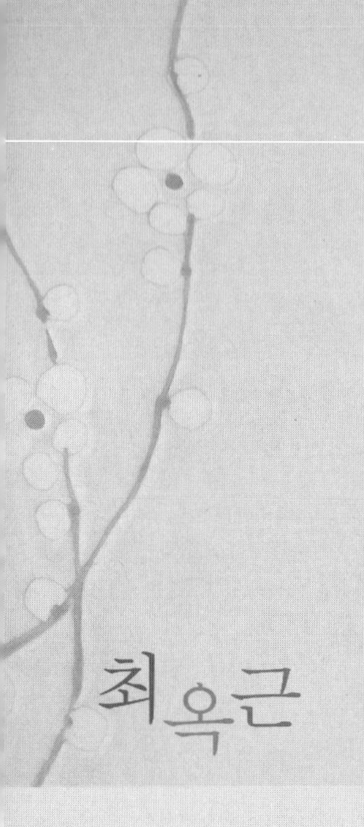

최옥근

시인
시와창작작가회 前 회원
호: 청백(靑白)
경기 평택 출생
제주특별자치도 제주시 다문화가족지원센터 한국어 교육 지도사
사회복지사, 미술치료사, 독서치료사
〈문학광장〉〈한국문학정신〉 시 등단
〈창조문학〉 동시 등단
창조문학가 협회 운영이사
예원문학회원
시집 『삐리기』
공저 『연필로 쓰는 세상』 『헬레나의 시』 외 다수
이메일: cokchunga@hanmail.net

쉼·1

울바자 에두른 넝쿨장미
차랑차랑
한낮 끄트머리 자락을 애모쁘게
애랑애랑
물기 젖은 새소리 하얗게 모여들어
초랑초랑
어질고 고운 풀이 돌스럽게
몰곳몰곳

초여름 나뭇잎 사이좋게 섶비빔질한다

몰록*
으깍없이 띠앗 좋은
넘치게 앙그러진 고향 모둠꽃밭
마안하게* 뉘누리 감쳐오고
애동초목 숨겨놓은 뜨저구니*
부끄러워 빗소리 뒤집어쓰고
호도독 달아난다

숨소리가 깨끗하다

*몰록: '갑자기' 의 토박이말
*마안하게: '끝이 없이 아득하게' 의 토박이말
*뜨저구니: '심통' 의 토박이말

농약 주는 날·2

아침 일찍
농약 통을 짊어진 어머니는
전쟁터에 나가는 군인 같다

농약 주는 어머니 머리 위에
뭉게구름이 그늘을 만들며
맴을 돈다

뜨거운 날에 일하시는
어머니가 안쓰러워
하늘나라에 계시는 아버지가
구름 타고 오셨나 보다

시와창작작가회 회원작품
〈시〉

공석진	박정숙
김기진	복기완
김송배	서석문
김영수	오대교
김영심	우영규
김용식	이성직
김이철	이수인
김종분	이원문
김태경	이혜우
김태복	임채화
노선영	정강윤
노준섭	주정민
민남대	최순해

공석진

시와창작작가회 부회장
1960년생
필명 추암(秋岩)
경기 송탄 출생
경기 일산 거주
전 경찰신문 논설위원
전 현대자동차 전국대리점협의회 부회장(2007~2008년)
현 현대자동차 봉일천대리점 대표
한류문예 등단
한국문인협회 회원작가
고양문인협회 회원작가
공석진의 아름다운 시(コン・ソクジンの美しい詩) 일본 현지 번역 소개
[저서]
시화집 『봄 여름 가을 그리고 겨울』 (좋은 생각)
제1시집 『너에게 쓰는 편지』 (청어출판사)
제2시집 『정 그리우면』 (청어출판사)
제3시집 『나는 시인입니다』 (청어출판사)
제4시집 『흐린 날이 난 좋다』 (청어출판사)
동인지 〈파라문예〉 〈한류문예〉 외 다수
이메일: jdpdjd@hanmail.net
블로그: http://blog.daum.net/jdpdjd

색맹

잿빛 사랑을 추억하다
결별조차 소중해서
후퇴의 삶을 추궁당하는
흐린 날을 소원하였다

무성 영화 필름이
비처럼 쏟아져 내리고
울한 회색으로 가라앉아
창백한 채플린 검은 눈물이
폭소가 터지도록 슬펐다

앨프레드 히치콕의
현기증이 나는 장면도
아름답다 느낄 때쯤
이별을 통보하고
떠나는 뒷모습이
무채색이어서 좋았다

오색찬란 보이지 않아도
저 기적 같은 흑백의 눈부심
단색의 무지개가
피고 또 지고
간신히 떠오른 태양이
붉지 않아 다행이었다

세월

황망히 등 떠밀려
구부정히 줄지어 선
석양에 긴 그림자

어림없다, 어디 감히
단단히 빗장 걸어
세월을 내치네

가자 가자
채근하던 바람
문고리 잡고 흔들다

이내
쉿
잠잠하였다

'사랑해' 라고 말하면

'사랑해' 라고 말하면
그 말이 너에게로 가는 동안
나비처럼 사뿐히 날아가 안착할 수 있을까
가는 도중에 오히려
서운했던 오해
낯설었던 표정
이기적인 욕망까지 더해져
혹처럼 흉스레 변형되어
아픈 멍으로 박히진 않을까

'사랑해' 라고 말하면
그 말이 너에게로 가다가
그 많은 그리움 짊어지고
혼자 허공을 떠돌지는 않을까
다행히 도달하여도 까맣게 잊어버려
'뉘신지, 나는 당신을 알지 못합니다'
너의 응어리진 마음 속
서러운 냉가슴에 기대어
오도 가도 못하고
빈집에 갇혀 통곡하진 않을까

매운탕

나를 숨긴 채
나를 잃어버리고
독하게만 살아왔다

몸도 이름도
모두 사라지고
맵기 위하여 매워진

악착같이 살으려
살아남지 못하여
나를 버렸던 나

산산이 부서지고
빨갛게 우러나와
속 터지게 끓었다

나에게 나를 묻다

그대는 누구인가
나와 나 사이에 놓여 있는
강을 건너기 위하여
필사적으로 악어 소굴로
뛰어드는 누(gnu)입니다

그대여 사랑을 아는가
나만을 사랑하려
철옹성을 구축하여
다가오는 사랑에
화살을 퍼붓는 겁보입니다

그대여 길을 아는가
까마득한 숲에서
언제나 같은 길
가도 가도 끝이 없는 길을
헤매고 있는 바람입니다

어서 가보게
그대의 집으로
어서 가보게
그대의 가슴으로

김기진

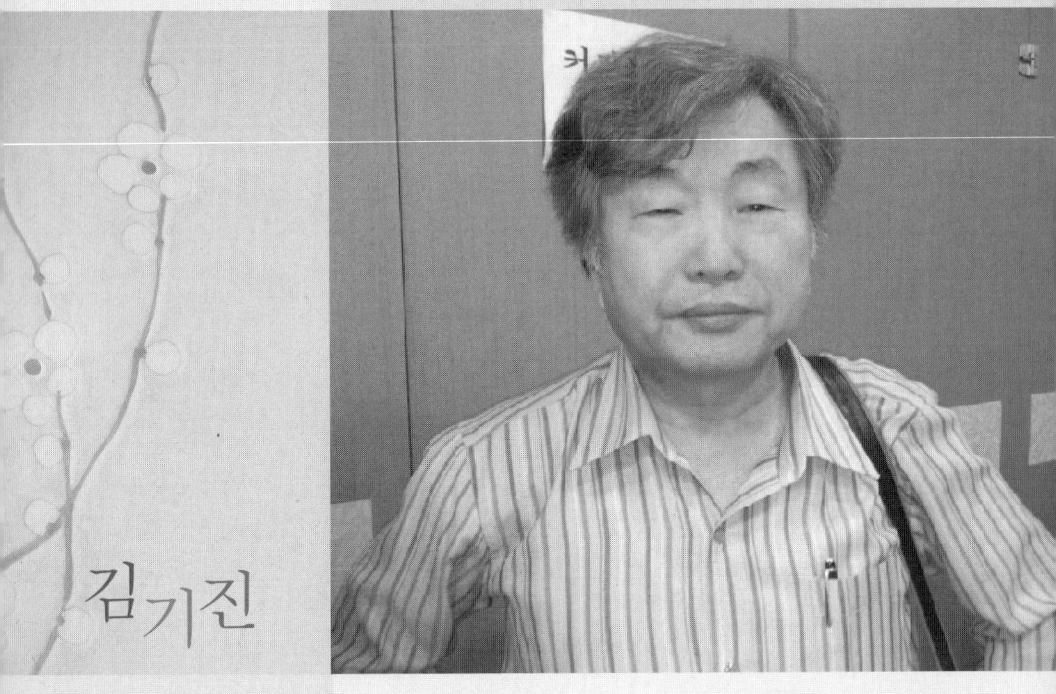

시인
시와창작작가회 회원
아호: 백당(柏堂)
자유문예 시 부문 신인상
2008년 12 광명문협 공로상
2011년 광명시장상 문예부문
2010년 11월 시사투데이 선정
2010년 대한민국 사회공헌 대상
시가 흐르는 서울 명회 회장
자유문예 문인회 부회장
만다라 문학회 고문
강은혜 문학 아카데미 고문
다온문예 고문
작가시선 심사위원
꽃씨 뿌리는 마을 부촌장
한국문협 회원
한국문협 광명지부 회원
저서 『일출처럼 노을처럼』 『한강』
이메일: evernew-co@hanmail.net

일출처럼 노을처럼

아침 해 빛내며 하늘 오를 때
동녘이 저리도 아름다운 것은
오늘 하루 희망 때문이고

저녁 하늘 구름 노오란 황금빛
환희롭게 노을 져 물들이는 것은
오늘이 아름다웠기 때문입니다

내 세상 빛 처음 만날 때
온 세상 축복 가없이 받았던 것은
눈 초롱 맑은 희망 때문이고

눈짓으로 이 세상 고별할 때
눈물지으며 손 잡아줄 한 사람 있는
내 생에도 노을 져 아름다웠으면 좋겠습니다

주논개(朱論介)*

죽음을 누가 두렵다 않으랴
누가 죽음이 두렵지 않으랴
설핀 풋 꽃
열아홉 살인데
죽음보다 강한 한 깊은 분노

기생 첩지로 분장하여
은가락지 옥가락지 열 손가락 장식하고
진홍빛 입술연지로
시퍼렇게 솟구치는 의분을 감추고
스멀스멀 더듬어오는 구렁이 같은 감촉을
간드러지는 웃음으로 토악질을 참으며
의연히 의암에 올랐다

칼잡이 왜장을 맨손으로 남강에 처박아
고기밥으로 던져주었다
비도 주룩주룩 밤을 새운 7월 7일 그날

누가 감히 애인이라 욕되게 하는가
누가 감히 천기(賤妓)라 모멸 하는가
의열(義烈) 열사(烈士) 주논개를

혼령이 되어서도

게야무라로 꾸스께(毛谷村文助)를
매일 매일 죽여
자르고 썰어내어 찜을 쪄서
지아비 제단에 상식(上食)으로 바치었다

살아서 육신을 죽어서는 영정을 바쳐
하늘보다 푸른 순(殉, 純) 빛
천년 비취 보다 찬연하고
지리산 주령(主嶺)보다 우뚝하구나

의암은 남강에 무량하고
주논개의 의혈 겨레의 얼로
천추만대 짙붉게 흐르리라

*주논개는 충의(忠毅) 최경회(崔慶會) 좌찬성의 부실이었다. 경상우도 병마절
도사 최경회 장군은 2차 진주성 싸움에서 왜장 가토 기요마사에게 패하여 남
강에 투신하여 자결하였다.
주논개가 의암에서 게야무라로 꾸스께(毛谷村文助)를 남강에 껴안고 죽은 나
이가 19살이며 거사일은 7월 7일이다. 논개의 고향은 전북 장수군 장계면 대곡
리 주촌마을.
논개는 조선에서도 맨손으로 남강에 게야무라로 꾸스께(毛谷村文助)를 처박아
죽인 사실이 있듯, 일본에 걸려있는 논개 영정은 매일 매일 게야무라로 꾸스께
(毛谷村文助)를 죽였으리라 믿는다.

일본의 우에쓰카는 게야무라로 꾸스께의 억울함을 풀어주고 싶다는 생각에 참
으로 기가 막힌 묘수를 생각을 하여 73년 진주를 찾아와 자신은 논개를 존경하
는 일본인이라 비추면서 한·일간 역사적 화회와 교류, 영혼들의 원풀이라는

주장으로 진주에 논개와 게야무라로의 넋을 건져 이를 일본으로 모셔가는 의식을 치른 후 남강에 국화를 뿌리고 1천 마리의 종이학을 띄웠다.

그리고 그는 진주에서 나무, 흙, 모래 그리고 돌을 가져다 히코산에 게야무라로와 함께 논개의 무덤을 만들고 게야무라로와 영혼결혼식을 시켜 보수원 게야무라로 사당에 그의 부인과 처제의 영정 옆에 논개의 영정을 걸어놓고 첩이라 칭하여 욕보였다. 논개는 일본에서 부부 금실을 좋게 해주는 '섹스의 신'으로 여겼다. 당시 진주시에서는 그의 말도 안 되는 주장을 믿으며 흡족해 하고 적극 협조하며 감사장까지 선사했다고 한다.

피임약

76세 그녀는
늘 피임약을 지닌다
그 한 알의
피임약은
유통기한이 지난 지 오래고
날이 시퍼런
은장도였다

취해 보니 알겠다

취해 보니 알겠다
똑바로 걷기보다는 비틀비틀 걷는 것이 쉽다는 것을
삶도 그러하지 않을까
올곧게 삶기보다는 되는대로 사는 것이 쉽지 않을까

취해 보니 알겠다
발 따로 몸 따로 걷는다는 것을
삶도 그러하지 않을까
이상과 현실은 다르다는 것을

취해 보니 알겠다
온통 세상이 빙글빙글 돈다는 것을
삶도 그러하지 않을까
현실이 어찔어찔 돈다는 것을

취해 보니 알겠다
매스꺼운 속 토해보니 시원하다는 걸
삶도 그러하지 않을까
속속들이 맺힌 것 버려버리면 편한 것을

취해 보니 알겠다
다음날 몸 쑤시고 머리 아프다는 걸
삶도 그러하지 않을까

환락의 날을 살면 몸 버리고 가슴 아프다는 것을

취해 보니 알겠다
망각의 대가로 비어버린 주머니 채울 길 막막하듯
삶도 그러하지 않을까
허송한 세월 돌이킬 길 막막하다는 것을

취해 보니 알겠다
먹은 만큼 마신 만큼 취하게 된다는 걸
삶도 그러하지 않을까
쌓은 만큼 베푼 만큼 걷을 수 있다는 것을

한강(漢江)

대한(帝國)의 심장에
푸른 동맥으로 꿈틀거리며 흐르는
겨레의 젖줄 아리수

태백산 검룡소에서 솟아
천이백오십 리 장구한 물길 위에 수천 녹곡의 옥수를 모으고
칠호* 구강*을 합하여 넉넉히 나누어주어도
장엄(張弇)*한 북독

단군천웅이 동이국을 열기 이전
억겁 년 흘러온 창조의 물줄기
광막(廣漠)한 대지를 갈아엎어 제국의 길을 열고
고요한 밤 청연(靑煙)* 속에서 생명을 잉태하던 사평도

유구한 역사가
한수 푸른 물결위에 질풍노도(疾風怒濤)로 흐르고
고구려 백제 신라 쟁패(爭覇)의 북소리
초인 영웅들의 우렁찬 호령을 삼키며
제왕들의 이글거리는 눈빛을 대수 속에 적시었다

녹색을 심는 평온한 농부
은어 황어가 노니는 어라이언 계곡에

아우라지 뱃사공이 아리랑을 부르며 휘돌아가고
경강의 어부는 빛을 건지었다

뗏목이 흘러가고
돛배가 흘러가고
거함이 흘러갔다
민초의 한을 씻으며 아기의 탯줄을 씻으며
어김없이 찬란한 아침이 이하에 날마다 솟았다

쪽빛 수면 위 구름 두른 바위산 시선마다 선경(仙境)인 충주호
일출이 황금 꽃을 흔들며 소망으로 솟구치는 내륙의 바다
소양호
대적(大敵)을 일거(一擧)에 삼켜 깊은 바닥에 잠재운 파로호
(破虜湖)가
비축의 힘을 열수에 열고

두물머리에서
북한강 남한강이 어우러져 한강이 되듯
너와 나 칠천만이 남북통일의 축배를 들리라
축복의 노래 육대주에 울리리라

사랑하였다
이 땅위에 삶을 갈구하던 백성들을

거대한 한용(韓龍)* 욱리하
용의 눈 여의도가 밤하늘에 번뜩인다

무궁한 청사(靑史)는 사리진에 녹아 있고
문명을 꽃피워 기적을 높이 세웠다
대한의 역사를 대양(大洋)으로 끝없이 끝없이 이끌며
저 도도히 굽이쳐 흐르는 한강

*칠호(七湖): 파로호, 춘천호, 소양호, 의암호, 청평호, 충주호, 팔당호
*구강(九江): 동강, 서강, 평창강, 주천강, 섬강, 남한강, 소양강, 홍천강, 북한강
*장엄(張弇): 넓고 깊은
*청연(靑煙): 안개
*한용(韓龍): 한국의 용
*한강(漢江)의 이름: 욱리하(郁里河), 이하(泥河), 왕봉하,(王奉河) 한산하(漢山河),
북독(北瀆), 사평도(沙平渡), 사리진(沙里津), 경강(京江), 대수(帶水), 열수(洌水),
한수(漢水), 아리수(阿利水)

김송배

〈심상〉 신인상 등단
시집 『여백시편』 등 10권
평론집 『성찰의 언어』 등 5권
시창작법 『김송배 시 창작 교실』 등 2권
산문집 『지성이냐 감천이냐』 등 4권
윤동주문학상, 탐미문학상, 평화문학상, 영랑문학대상, 조연현문학상 수상
한국문인협회 부이사장
한국예총 이사
국제PEN한국본부 자문위원
한국시인협회 심의위원
목월문학포럼 중앙위원
한국문협 평생교육원 교수
청송시창작아카데미 회장
이메일: ksbpoet@hanmail.net
다음카페: http://cafe.daum.net/ksbpoet

물 詩 · 38
―홍제천 산책

홍제천 산책길은 언제나 붐빈다
우리 동네 사람들 모두
건강에 관심 높아지면서
자전거를 타거나
약간 빠른 걸음으로 걷는다
사천교에서 연가교, 홍남교, 홍제교 지나
폭포마당에 도착하면
산정에서 쏟아지는 폭포수 아래
활기찬 분수가 장관인데
세월의 물레방아 저 혼자 돌고 있다
팔뚝만한 잉어 떼와
정갈하게 빗어 넘긴 청둥오리 떼
잠시 발걸음 멈추게 하지만
황포돛배 사공은 어딜 갔나
우거진 갈대 곁에서
바람만 한가롭게 머물다가 떠난다
오수와 폐수가 말끔히 정비된
북악에서 한강까지
우리 동네 사람들
틈만 나면 홍제천을 걷는다

물 詩·53

-월아천에서

타클라마칸 사막에서
실크로드를 만난다
명사산(鳴砂山)에서
모래알들 울음을 듣고
초승달 모양 오아시스로 간다
거대한 사막 한가운데서
인간들 생명을 위해
천년 세월의 생명수여,
오늘도 낙타 한 무리는
관광객을 태우고
모래가 들려주는
현악기의 선율 속으로
바람이 수를 놓는다
황막한 사막에서도
인간은 살아남도록
누군가의 지혜가 고여 있다
실크로드에서 펼쳐졌던 그날의 영화
승려와 상인 모두들
훈훈한 정감의 궤적(軌跡)으로 흘러
마를 수 없는 무지개로 떠 있다

물 詩·54

―바이칼호(湖)에서

울란바트로를 날아
이르크추크 앙가라 강물 따라
자작나무 숲 헤치면서
거대한 너를 만나러 갔다
시베리아의 진주
세계에서 가장 큰 담수호(淡水湖)
바다냐, 호수냐
너는 태초 신비의 전설을 감추고
투명한 내장으로 바람을 유인하지만
넓고 깊은 속마음은 일러주지 않는다
출렁여라, 파도처럼
남쪽 이방인의 영혼을 흔들어라
시린 물속에 발을 담그고
바람이 전해주는 밀어를 음미하라
물보라가 세차다
유람선이 고동소리 울리며
시베리아의 사랑을 전해준다

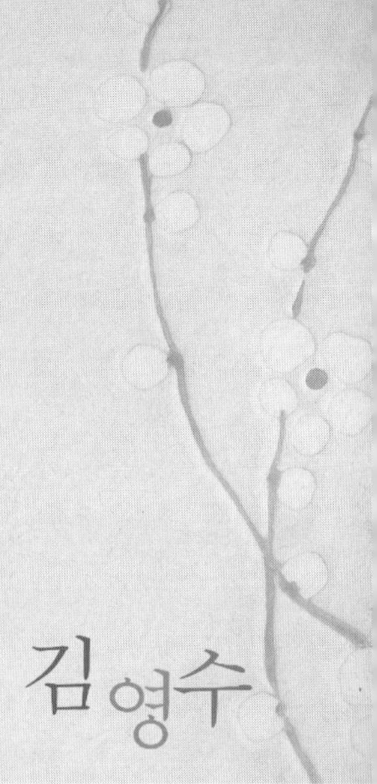

시인
시와창작작가회 회원
1947년 8월 17일생
서울문학문인회 이사
새한국문학회원
별곡문학회원
세계크리스찬문학, 한국문협 강서지부 회원
동국대 사회교육원 수료
두 번째 시집 『버려도 좋은 우산』 외 공저 다수

지금도 모를 당신

나는 당신을 알지 못합니다
눈부신 당신의 앞모습도
뒤태가 더 아름다운 그리움으로
잡을 수도
만질 수도 없었기에

아니 당신은
날마다 보여 주었다고
어제도 오늘도
향기 나는 그 모습 그대로
나를 기다리고 있었노라고

멧새 우는 산 이랑에서
청보리밭 아지랑이 위에서
후줄후줄 내리는 봄비 속에도
내 외로운 창가에 와설랑
오간다는 다정한 눈빛 다하여
나를 부르고 있었노라고

그러나 임은 또 가야만 하는 것을
눈보라같이 휘날리는 벚꽃잎 따라서
한가슴 붉게 뒤흔들어
끓어오르는 청춘으로

내년 봄이라는 당신
이름만 또 불러야 한답니다

오늘 참 좋은 날

아득한 옛날부터
마고(麻姑)의 미소가 흘러
오늘 여의도에
고운 임으로 환생하였는가

아버지
그 이상 아무 말도 하지 못하고
33년의 바늘 없는 낚싯대를 담구었던
국모(國母)의 부드러운 손길로

비로 쓸고 물로 닦아서
세종로를 거쳐 청와대 가는 길
어머니의 핏방울로 키운 조국을
어린 딸의 어깨 위에 대한으로 지고 갑니다

공명정대한 백두대간을 세우고
상식이 통하는 금수강산을 춤추며
약속을 지키는 국모의 발걸음으로
선열(先烈)들의 업(業)을 들고 갑니다

(2013. 2. 25. 박근혜 대통령 취임식)

애향의 노래

어머니
담쟁이 지나서 그 나라에
어머니 뜨락에도
라일락꽃이 피었던가요

마디 굵은 곱은 손으로
멍에 멘 목 잔등을 쓸어주신 어머니
황소 더운 콧바람 불며
실박한 멍에를 끌고자 하여도
워낭은 소리가 그치고
천관 아래 정남진은 멀기만 합니다

다듬이 소리 정겹던 어머니 가슴 같은
탐진강 솔치제를 차마 못 잊을라치면
향리에 개구쟁이 애향으로 다 모여서
년년마다 관악 벌에 사랑방을 차립니다

때맞춰 남도 천리 숭례문이 열리던 날
덩덕꿍 아름다운 천관녀의 춤사위에
다시 피인 라일락 향을 득량만에 가득 실어
온 가슴 가득하게 그 향기 받으소서

(2013. 5. 4. 재경관산향우회 체육대회에 부쳐)

구암 공원에 넝쿨장미는

태초에서 영겁으로
성난 황하의 물결 흐르듯
울울창창 울타리를 돌아 흘러가는 길

참았던 가시는 잎새 그늘에 숨기우고
진주홍 장미꽃 송이 송이로
안타까운 듯 기웃이 세상을 본다

어찌 꽃 같은 세상일까마는
실망으로 놀란 가슴들이 애 곯아 터져
기어이 삶의 상처에선 붉은 피로 흐르고

안 아플 수만은 없는 서글픈 생명이기에
속가슴 한(恨) 실은 진한 살냄새 뭉쳐
터지려는 가슴 멍을 아픔으로 내밀던 손
한 자락 햇살 같은 구암의 손길 있어
줄줄이 쓰다듬는 뜨거운 사랑 담아
그렇게 추운 겨울 따스운 햇살로 안아서

옆에서 옆으로 어울리며 살 피운 넝쿨장미
티 없이 아름답게 건강하게 살라고
지는 순간까지 핏방울로 나누어 흐르는가

사진

아버지께 보내드리려고
몇 장을 자르륵 펼치는데
아버지 닮은 내가 있다
구순의 아버지 앞에
흰 머리 섞인 영감이 앉아 있다
손가락 빨며 발장난마저 귀여운
손녀딸이 쳐다보는 눈길 속에는
타국에 멀리 간 아들도 웃고 있다

어느새 가버린 세월 저편에는
두고 가기 아까운 이야기들이
또로록 황금 방울로 굴러가고
뜸부기 울던 논배미 끝에서
졸다가 들킨 파란 하늘 하얀 뭉게구름은
오늘도 내 어린 날같이
손에 잡힐 듯 가까울까
울 어머니 웃음 웃을 손녀 사진

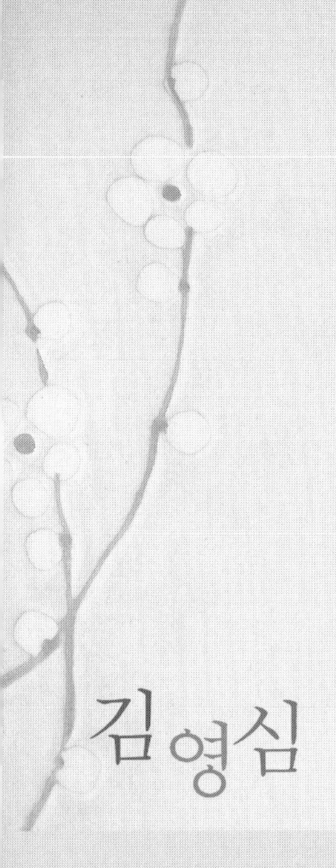

김영심

시인, 소설가
1995년 〈心象〉으로 작품 활동 시작
단국대학교 국문과를 졸업. 유치원 및 미술학원원장 역임
〈좋은문학〉 시, 소설 등단
2005년 〈좋은문학〉 한국소설가상 수상
2006년 〈시와창작〉 작가상 수상
시와창작작가회 명예 회장
시와창작작가회 3대 회장
사)한국소설가협회 회원
사)한국문인협회 회원
사)한국시인협회 회원
2009년 시집 『북치다, 장구 소리 들리다』
단편소설 「연인」 「다섯 손가락」 등

상황

퇴근하는 오후 벌떼 같은 사람들과
한차례 전철은 사람들을 쓸고 가는데
의자에 앉자
그것도 더 많이 앉자 한결같이 졸고 있다
21세기 초 7월 퇴근길은
뒷모습만 처진 어깨 남기고

늦은 밥상 대하면
뚝배기 속 들끓는 세상 이야기
서걱서걱 씹히는 술책과 계산
잘난 사람들의 너저분한 치다꺼리
여기저기 멍 자국이 가시지 않는다

그래도 저녁상 대하고 물러난 나는,
덤으로 마시는 커피 한 잔이야, 행복 아니던가
씁쓸하나 개운하기 그만이다

오염된 활자들이 왔다 갔다 한다
이 저녁 또다시 도지는 나의 속앓이
술보다 독한 삶을 얘기 했지
늦은 밤

소망가(歌)

지휘자의 손끝에서
소리의 파도가 일어난다
끊임없이 밀려오는 선율에 객석이 출렁인다
소프라노, 알토, 테너, 베이스 어우러진다
하나가 된다는 것은

가락을 탄 마음이
자전거를 타고 달리듯
움츠렸던 가슴들이 날갯짓을 하는 것이다

가슴을 튕기는 멜로디에
기억의 현이 살아 움직이고
아름다운 소리를 얻을 때까지
더 높이 더 경쾌하게
하늘을 향해 가슴을 열어젖히는 기분 좋음이다

초여름 태백산에서

그대여!

산간에 이르니 솜털 같은 바람이 붑니다
산은 욕되게 하는 법, 없지만 우러러 무릎 꿇게 합니다
태백산 백두대간 무명 속에 살아온 이에게
우렁찬 산은 침묵으로 대답을 줍니다

산 밖의, 산 밖에 산이 있습니다
돌멩이 하나 풀 하나 이름 모를 노란 꽃
간지럽게 생긴 하얀 꽃도 운율이 되어
얼럴럴 얼럴럴하게 춤추게 합니다

수백 년 되었다는 주목은 자라는데 천 년이고
죽는데 천 년이 걸린다는 군락지에
새 한 마리 정확하게 울고 있는 한나절

그대여
오늘이면 더 좋고, 내일이면 더 좋고
꿈속에서 우뚝우뚝 보고 있습니다
산간을 나오며 꾸중보다 더 무서운
침묵을 듣습니다

그대여

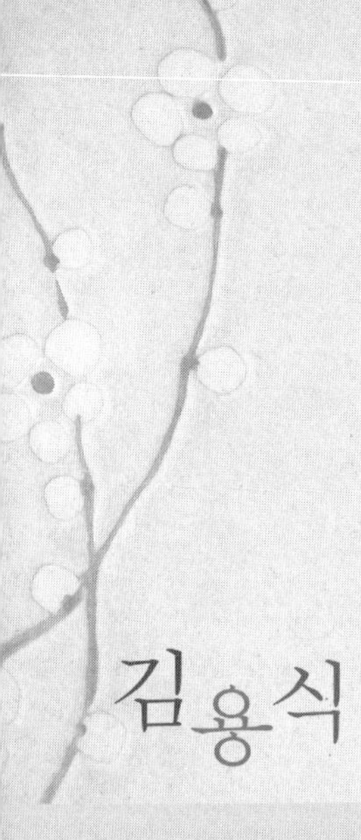

김용식

시인
시와창작작가회 회원
1968년 강원 양구 출생
호: 피안(彼岸)
8인 시집 『내가 여전히 그대를 그리워해도 되겠습니까』
5인 시집 『사랑이 나에게 아름다운 것은』
그 외 동인지 다수
다수 문학지에 작품 발표 문학활동
이메일: blackhole68@naver.com
블로그: http://blog.naver.com/blackhole68.do

눈물

만약 내가 다시 그대에게로 돌아온다면
그대 눈물이 되어 돌아오리라

그대의 죽은 기억을 되살려,
그대 눈 속에서 잉태되고,
그대 뺨 위에서 강물처럼 살다가,
그대 입술 속으로 흘러들어 가서,
그대 가슴속에서 죽고 싶다

아
침
이
슬
처
럼

달팽이의 노래

늘 난 혼자였죠
아무도 내게 관심을 주지 않았죠
그 혼자라는 외로움에 아침이 밝아 와도 눈을 뜨기 싫었어요

괜스레 울적해진 날은 애써 어색한 웃음 지으며 설움을 삼
켰죠
입술 깨물며 울지 않으려 하늘을 보았지만
목이 메어와 눈시울이 붉게 젖어왔죠

보이나요
오늘도 난 도망치지 못할 만큼 무거운 세상을 어깨에 지고
가장 낮은 곳에서 온몸으로 까마득한 벽을 넘고 있어요

때론 절벽을 타고 오르다 발을 헛디뎌 피멍 드는 아픔도 참
아야 했죠
갖은 고초와 매서운 칼바람 속에서도 희망의 끈을 놓지 않
았어요
그 어떤 장애물도 나를 막을 순 없었죠
이 세상 태어나 헛되이 죽을 수는 없잖아요
지금까지 걸어온 길이 아까워서라도 말이죠

그래요 삶이 아무리 힘들고 고달파도
언젠가는 정상에 올라서서

새처럼 비상하는 날이 올 걸 믿어요

비록 작고 보잘것없는 모습으로
지금은 어둡고 낮은 곳에 머무르지만
나도 언젠가는 강물처럼 계곡과 들판을 지나면서 물줄기
가 굵고 넓어져
큰 강이 되어 바다에 이를 수 있겠죠
눈부신 황금빛 물결의 푸른 바다를 이루어
하늘과 바다가 닿아 하나가 되는 황홀경을 느낄 수 있겠죠

그래요 난
가장 낮고 깊은 곳으로 흘러가면
풍진 세상을 벗어나
가장 높은 경지에 오를 것임을 믿어요

시월의 마지막 밤에
-가을에게

오늘 저녁 영풍문고에 가서 릴케 시집을 보다가 편지지를 한 묶음 샀습니다. 당신이 내 곁을 떠나기 전에 용기 내어 가슴속 깊이 묻어놨던 말을 고백하려 합니다.

빛바랜 추억 역(追憶 驛) 플랫폼에서, 마지막 기차를 타고 떠날 당신에게 막상 이별을 고하려 하니 자꾸 슬픔이 앞을 가려 펜을 들 수가 없습니다.

지난봄부터 뜨거운 태양 바라보며 맹렬히 키워온 사랑이 오늘로서 아쉬움을 뒤로하고 막을 내리려 합니다. 난 아직도 당신을 더 사랑할 수 있는데 당신은 이제는 나를 사랑할 수 없나 봅니다. 지금도 내 마음속에 당신이 있는데 이제 다시는 당신의 이름도 소리 내어 부를 수 없나 봅니다.

여름 한때 사람들로 북적거렸던 마로니에 공원에도 나뭇잎이 하나둘 떨어집니다.
찬바람이 불면 저 나뭇잎들도 다 떨어져 없어지겠지요.
허전한 공원 벤치 위에 남아 있는 당신의 흔적조차도 지워지고 잊혀지겠지요.

눈시울이 뜨거워집니다.
당신의 기력이 점점 쇠약해져 그림자가 작아지는 모습에 가슴이 시리고 아파옵니다.

아무래도 난 당신을 잊지 못할 것만 같습니다. 따스한 봄이 올 때까지는,
함박눈이 펑펑 내리는 크리스마스 날에도 집 밖으로 나오지 못할 것만 같은데 어찌해야 합니까.

당신 없는 세상이 날 슬프게 할까 봐⋯⋯
당신 없는 앙상한 숲이 날 울게 할까 봐⋯⋯
당신 없는 거리가 날 쓸쓸하게 할까 봐⋯⋯

오늘 저녁 당신의 모습을 간직하기 위해 편지지를 한 묶음 샀습니다.
기억 속에서 영원히 잊히지 않게 절절히 우리의 사랑을 담으려 합니다.
당신의 얼굴을 닮은 단풍잎과 함께⋯⋯

안부, 사랑보다 깊은

가끔은 까마득하게 잊힌 사람이 안부를 물어와 기쁠 때가
있습니다.
때로는 안부가 사랑이란 말보다 더 절절히 다가올 때가 있
습니다.

잘 있니?
뭐 먹고 사니?

안부의 말은 짧지만
그 속에는
보고 싶다는 말보다 더 애틋한 마음이 담겨져 있습니다.
묻고 싶은 말은 너무 많지만
무슨 말부터 꺼내야 할지 몰라
단 한마디밖에 할 수 없을 뿐
그 한 줄짜리 안부 속에는
사랑보다 더 깊은 뜻이 숨어 있습니다.

홀로 구석진 방에 틀어박혀
긴긴 겨울밤을 지새워본 적 있는 사람이면 잘 알 겁니다.
내게 안부를 묻는 사람이 없다는 게
얼마나 외로운 일인지를
아는 사람은 많지만
그럴 만한 사람이 한 명도 없다는 게

얼마나 슬프고 아픈 일인지를
무수히 많은 사람의 마을에 살면서
내게 안부를 묻는 사람이 하나도 없다는 게
얼마나 쓸쓸하고 막막한 일인지를

이토록 마음마저 시린,
사랑이 절박한 세상에서
사소한 관심이
사소한 말 한마디가
한 사람에게 얼마나 큰 힘이 되는 일인지를
얼마나 세상을 바꾸는 힘이 되는 일인지를

애수(哀愁)

당신이 나를 사랑할수록 난 가슴이 아프지요.

난 육체의 감옥 속에 갇혀 살고 있으므로 당신이 생명을 바쳐 만들어주는 사랑을 먹지 않고서는 살지 못하고, 그런 나로 인해 당신의 사랑을 먹어야 사는 나로 인해 당신의 몸이 갈수록 야위어가기 때문입니다.

단 하루라도 당신이 곁에 없으면 난 죽습니다. 그래서 가시고기처럼 내게 모든 걸 바치며 야위어가는 당신을 그만 놓아주어야 된다는 걸 난 잘 알면서도 당신을 놓아드릴 수가 없습니다.

난 늘 당신이 날 떠나버릴까 봐 불안합니다. 이렇게 안절부절못하는 내게 당신은 또 거부할 수 없는 더 큰 사랑을 안겨주지요. 시들고 마른 당신의 피와 살과 뼈로 황금빛 감옥의 열쇠를 만들어 주지요.

바보 같은 당신이 나를 사랑할수록 난 가슴이 아파 울컥울컥 어쩔 줄을 모르지요.

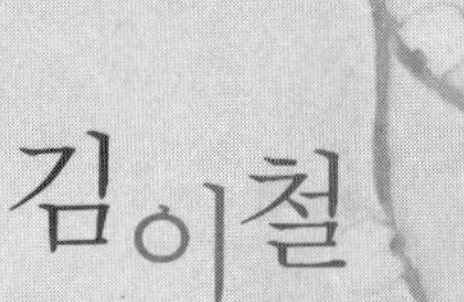

시인, 수필가
아마추어 사진작가
시와창작작가회 운영위원장
아호: 운정(雲丁)
1962년 6월 13일생
비등단, 미발행 시집이라는
고집불통 활동하다가
선배 교수님 권유로 2005년 〈문예사조〉로 등단
문예사조 시 부문 신인상
창조문학신문 수필 부문 신인 문학상
창조문학신문 사진 부문 추천
각종 문예대전 다수 수상
『빈 가지에서 이는 바람 소리』 1, 2, 3집(藝望省文學會)
『사랑을 입금하다』(피에니 동인회) 외 동인지 다수
산화목 전시관 대표
시와창작 이사

지렁이 인생강의

모래도 가풀막이었을 여정에
꿈틀 춤으로 무게 덜어낸다
고작 저 깊이로 숨으려고
육신 던진 이유 묻기 어색하다
하루나 백 세나 같은 삶
누가 웃고 울었는지 질문 접는다
와서 머물다가
지렁이보단 조금 깊게 묻혀
잠들어 있는 모습을 본다
가다가 서고 하다가 말고
건너뛰다 앉는다
힘겨움과 여유로움
작은 차이가 생존 존재 가른다

지렁이 등 올라타 일 미리 전진이
덤으로 얻은 삶이다

위험한 사랑들아

풀등에 핀 푸새, 꽃이 되었다
편집된 향기, 인연 휘감는다
계산된 사랑, 무작정 뜨겁다
의미 없는 이와
이유 있는 이의 뒤섞임
한몸이라 우겨도 둘이 분명하다
두고 온 진실에서의 도피
잊음의 미학 붙잡지만
겹으로 올 아픔일 뿐이다
돌아갈 곳, 재건축으로 무너졌다
찾아야 할 자리, 빈방이 없다
찰나의 만끽, 행복 신용불량이다
사랑 아닌 사랑 뒤에 숨어
활보하며 핑계 탐하는 자
죄는 너의 몫, 벌은 함께여서 억울하다

더러운 물 마시며 곱고 아름답게 핀 연꽃
암수가 한몸이었기에 가능했던 이유
그대는 몰라도 너는 안다

새로운 인종은 육두문자 먹고 산다

온라인 바다에는
닉네임이 실명인 새로운 인종이 산다
언어도 자유롭고 행위도 분방하다
거기엔 육법전서도 없고
자신이 집행하는 독선만 있다
그들의 진리란 때로는 감정이고
급히 모여 만든 날조된 세상이다
옳고 그름, 숫자에 비례하고
서 있는 위치가 판사 잣대다
오락시간 소품으로 둔갑한
내맘대로님 엿같다님 빨아줘님
위선 위 한 꺼풀 더 깔고
기본 버린 비겁한 인종들이다
이것쯤 당연하다는 듯
고장 낸 안전장치가
여과 없이 무사통과에 뻔뻔하다

왜지랄이야님 더러운세상님 말종들의모임님
내 이름은 놀고있네입니다

세상엔 도둑이 없다

꼼지락 탁탁 슬금슬금
허리 굽어 키 작은 할머니
놀란 몸짓에 무언가 급히 감추신다
한 귀퉁이 허전한 건조대는
도둑이란 이름으로 만나게 한다
친구 어머니로 인사를 거부한다
도망가는 슬픈 뒷모습이 아프다
내리던 눈이 시퍼런 고드름 되어
나 찌르고 세상 찔러 갈기갈기
예수님 부처님 옷자락 꿰맨다
순간 욕심에 도둑이 된 선한 마음이
지하방 곰팡이를 안정제로 드시고
가져간 옷 베고 새우잠 청할 때쯤
아내는 세상에 대해 불신 하나 더 없는다
할머니, 눈멀어 보질 못했습니다
머무시는 길에 잠시 임대한 소모품이오니
반납할 책임 없음을 알려드립니다

뒤늦게야 알았다
헌옷 가게에서 돈으로 둔갑한다는 것을

쌍문동 하늘에 무지개가 산다
−황금찬 시인님을 뵙고 오는 길에

그때는, 주름이 잡혔어도 가벼운 힘이 미소였는데

오늘은, 무겁게 잡는 이야기가 시혼 되어 가슴 흔든다

참으로 뜨거운 일삼 년 말복 날

대낮에 별을 해이고 꽃과 잎으로 털어내는

구십육 개 사연은 백석 시인님의 사랑보다 깊다

늘 오늘이었던 것 같이

내일 쓰실 시를 남겨두시는 듯

가지런히 놓여 있는 원고지에

기억에 있을

혹은, 잊었을

이름자를 적으실 것이다

그리움 위에 그리움 덮고

박목월 선생님이 만들어준 첫 동인지를 펼쳐 놓으시곤

"콩죽이라도 많았으면 좋겠다!" 하시던

어머니, 어머니 외침의 끝으로

수고한 오늘과 사랑할 내일을 위해

詩 같은 하루를 정리하시는 동안,

돌아서는 쌍문동 하늘에 느닷없이 무지개가 떴다

추억은 눈을 감지 않는다며

서른아홉 번째 애인과 함께 옆에서 웃고 계시는

육십팔 개 그리움이

무더위에 내리는 우박 되어 자연도 잠시 멈추라 한다

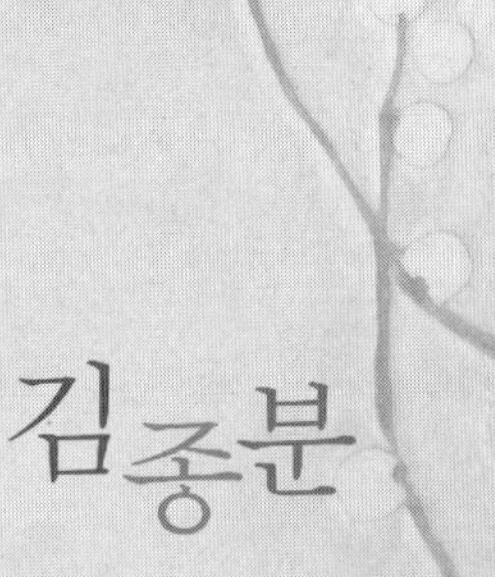

시인, 시낭송가, 동화구연지도사

시와창작작가회 낭송분과위원장

호: 초영(草英)

서울 출생, 세종대학교 졸업

한국문인협회 홍보위원

사단법인 국제문화예술 문예진흥회 이사

사단법인 한국문학예술 유권자 총연합회 이사

한국 한울문인협회 낭송회장

한국문학예술 편집위원

현대시선 자문위원

한울문학 시분과 위원장

한국문인협회 어울림 문예학회 회원

시마을 동인, 광화문 사랑방 낭송회 상임 시인

현) 샤론 화원 대표

소월백일장 장원, 한울문학상 수상

시집 『향기가 짙은 꽃은 가슴에 핀다』

공저 『어쩌다 꽃이 되어』 『여울목』 『생의 미학과 명시』

『옹달샘』(1·2·3·4·5) 『춤추는 인사동』 『한울 시화집』

『광화문을 지키는 시인들』 『시마을 문예』 등 다수

숲의 하모니

태고의 전설이 울렁이다가
울컥울컥 토해 내는 건 생명이어라

보이는 건 보이는 대로
보이지 않는 건 보이지 않는 대로
품어내는 거룩한 산세의 기염(氣焰)을 속삭이누나

가파르게 깎아진 곳에도
깊게 패인 골짜기에도
골고루 씨앗 주고 물길 주어
감싸 안은 커다란 마음 한 자락

병풍처럼 펼쳐진 산줄기마다
한순간도 멎지 않는
해산의 축가는
이름 모를 산새들의 몫이다

빠알간 산딸기가 언뜻언뜻
교태를 부리면
모른 척 황망히 내닫는 물줄기

하늘을 지붕인 양 이고 앉아서
맨살로 내리쏟는 햇살 조각을

구름 끝에 혀를 대는 듯
잔솔잎들이
길어진 해 그늘을 힘껏 잡아 늘인다

구부린 등 더욱 구부려
달음박질하던 바람에
팔랑대던 이파리들
귀를 쫑긋 세우고
녹음을 뒤집어써 한참 하늘이 없다

마음을 헤집다
욕망 툭툭 터뜨린 숲에
한순간 고운 웃음을 엮어보면 잘 자란 생각 끝에

혈관마다 맑은 숨이 뿜어 올려져
쑥쑥 발목 굵어진 나무들
서둘러 그득그득 생기를 품고

잔양(殘陽)은 희미하게
숲으로 스며들어
맑은 눈 가지런히 모아
숲은 온몸 들썩여 절정에 이른다

어머니의 가을바람

가을 녘
붉은 노을
타들어갈 적에

밤나무
상수리나무
윙윙 바람 소리에
속병 앓는다

불어오는 바람에
구름 생명 얻어 흐르듯
산들바람 풀잎에 흐느낄 때

어머니의 이마에는
찬바람
소슬히 엄습하며
차가운 한기가 느껴진다

가지마다
저린 고통
잎들은 아느냐
너희 한 잎 떨어지면
밑동 나이테가 더 늘어난다는 사실들을

이 어미 밤이면
모진 바람에
아픈 마음 흐느끼며
바람 소리에 눈물 먹음을
헤아려 보았느냐–

너희들 내 나이 들면
살갗 트는 아픔으로
저 나무처럼
속앓이함을

노송(老松)

−왜목마을에서

산허리 지나
바다가 보이는 작은 언덕
위용과 푸르름의 자태 속에

고향 가는 길을 품고
인고(忍苦)의 세월
깊게 뿌리내려
마을 어귀를 지킨다

나무껍질에서
어린(魚鱗) 닮은
해조음(海潮音)이 나부끼고

밀려드는 물소리
거침없이 풀어내는 삶의 애환들
솔향 가득하던
아버지의 옷자락

솔잎의 은은한 속삭임에
푸른 소원 하나
감기어 도네

산을 품으며

우리들은
참 행복하였네
산을 품고 오르면
아름다운 풍경들에
내 마음은 포근히 동행하고

자연은 늘
꿈속의 낙원으로 앉는다

보랏빛 산도라지
영원한 사랑은
내 마음속에 함께하고

산은 문득
그리움으로 다가와
산을 품은 내 안의 만상이
이제 산이 되는구나

고독한 노래

외로운 이가
흥얼거리던 노래
패티김의 '초우'

"가슴속에 스며드는 고독이 몸부림칠 때
갈 길 없는 나그네의 꿈은 사라져 비에 젖어 우네"

노래를 잘 부르든
못 부르든
노래를 듣든지

내 안에서
나를 살리고
인생을 살맛나게 하는
노래, 내 안의 노래

가수 윤복희 씨의 노래
"여러분"은
"내가 만일 외로울 때면 누가 나를 위로해줄래"

가을 여인이 되어
흐느끼며 노래를 부르면
은신처를 찾아 헤매는

상처 입은 가슴은

어느덧 아물어가고
위로를 받는다

그리운 마음으로
부르는 노래

외로운 이는
늘 외로운 노래로
위로를 받는가 보다

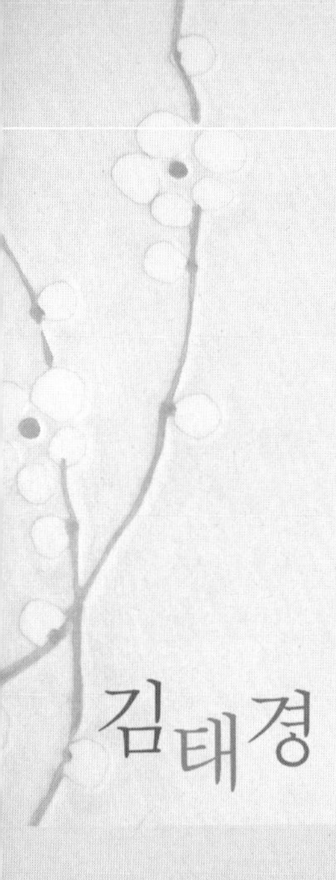

김태경

시인
시와창작작가회 회원
1962년 강원도 진부생
월간 〈모던포엠〉 등단(2009년)
연당 국어논술 학원장
제2회 조지훈 문학상 시 본상 수상
2009년 월간모던포엠 최우수 신인상 수상
영월 여행 체험 공모수기 수필 우수상 수상
한국문인협회 회원
서울시낭송클럽 회원
두드림시 동인
월간 〈모던포엠〉 편집위원
이메일: 777juin@hanmail.net

송림정사·5

―성탄절

아홉에 하나 더하여
일원상 같은 달 허공에 놓아

사랑의 길도
자비의 길도

어긋난 길이 아니라 하나의 길임을,

손수레 끌며 폐지 줍는 손에서
빈자일등 환하게 켜 놓고 엎드린 여인에게서
빈 주머니에 찰랑거리는 눈물 꽉 움켜진 사내의 손에서

기도의 길이 저마다 다른 길이 아님을,

함박눈 내리는 허공에서
풍경소리와 성당 종소리가 만나네
아, 경계가 없는 날이여

길

길이 끝나는 곳에서
그리움도 깨어난다고
툭 뱉는 말은 꽃잎처럼 떨어지고
푸름이 짙은 조팝나무 사이로
사람들은 쓸쓸한 바람 사이로
독경소리를 내며 걸어간다
색즉시공(色卽是空)
공즉시색(空卽是色)
온종일 풍경처럼 매달려
살고 있구나, 삶이란 연습이 없다고
오직 앞으로 가다가 문득 뒤돌아보지만
햇살이 비추는 곳으로
다시 걸어갈 뿐

아내를 위하여

아내는, 내 사랑은
천명이 된 후 천명으로 만난다는 것을
눈 뜬 아침에 깨달았습니다

저승 가는 문고리 잡고
달과 별을 낳고 환한 햇살처럼 웃는다는 것을
꽃 핀 봄날에 알았습니다

경쾌한 도마소리로 끓인 된장찌개 먹다가
아내가 한숨도 눈물도 은빛 날개로 덮고 있음을
한입 가득 떠먹다가 깨달았습니다

내가 사랑하는 당신은
빗물에도 젖지 않는 연꽃처럼
고결한 이름이었습니다, 아이들의 엄마라는

오늘은 제비꽃 핀 길 위로
당신의 이름 살며시 부르면서
그냥 손잡고 걸어가고 싶습니다

가뭄

가뭄을 달리 한발이라고
한발은 말이야,
가뭄을 맡고 있는 귀신의 이름인기라
유월도 폭염에 갇혀
혀 빼물고 숨 할딱거리는 거야
그대도 아마 알거야
이 세상에서 가장 담백한 맛은
아마 뭐니뭐니 해도
물맛이요, 밥맛이라고
우리 죽을 때,
콜라, 콜라 좀 줘하면서 가지는 않겠지
어쩌면 물- 무울 입술 달싹이면서
순한 그 물이 그립다고
온힘으로 손 뻗을지도 몰라
뉴스에는 기상 관측 이래
올해가 최악의 가뭄이라지
TV 화면에는 굴착기가
암반 속 깊이 숨어 있는
물의 심장을 뚫고 있는 거야
없다고, 없다고 물이 없다고
욕설을 구멍 속에 쏟아 부으니
그 폐공 속으로 한발이 기어 나온 거야
개처럼 숨을 헐떡여 보라는 거야

머리 푼 가뭄 곁에서
오늘도 울고 있는 플라타너스는
하늘을 배경으로 몸부림치고 있는 거야
꿈도 말라버린 채로 저 나무는 속으로 우는 거야
오늘따라 맑은 물이 무척 그리워
우리가 울부짖을지라도
땅을 뚫은 죄로
수도꼭지 함부로 돌린 죄로
폐공을 막지 않은 죄로
곡선의 물길, 직선으로 만든 죄로
가뭄 속에서 타는 목마름으로
살아가고 있는 날인기라

구절판

문득 구절초 꽃잎이
사념의 문을 열고 들어오듯이
맑은 눈 속으로 들어와
가부좌를 튼 듯한 구절판이여

고인 침으로
묵은 번뇌 다 녹이고
먹지 않아도 배부르다
정(情)의 성찬(盛饌)이여

지단의 향기가 실핏줄에 스며들고
저 고운 빛깔은 가슴에 박혀
눈 감아도 보일 듯한 화인(火印)이어라

우리네 삶이
구절양장 같아도
탐하는 마음 다 내려놓으라
호흡도 멎게 하는 구절판이여

김태복

시인
시와창작작가회 회원
문학광장 시 부문 등단
시사랑 동인

기억을 전송하다

장마 그치고 햇살 비치니
골목마다 습한 사연들 부풀어 오른다
길에 버려졌던
이파리 같은 폐지 모서리
눈물이 그렁하다
폐지를 모으는 할머니는
행운목처럼 덩그러니 앉아
어느 산골 어느 오지에 뿌리를 두고 온
生들을 거두고 있다
바람이 불자 모아둔 폐지더미에서
푸드덕 서둘러 둥지를 떠나는
새의 날갯짓 소리 들린다
저 새들은, 기억들은 이제
어디로 가는 걸까
기지개를 켜는 할머니의 두 팔이
싱싱한 나뭇가지가 되어
그들의 안부를 전송하고 있다

가위바위보에 대한 또 다른 견해

회원작품 〈시〉

바위는 가위를 이기고
가위는 보를 이기고
보는 바위를 이기는
약육강식을 가리는 아이들의 놀이
그러나 이런 견해도 있다
바위는 가위의 날을 벼리고
가위는 보의 맵시를 더하고
보는 모난 바위를 가려 준다고

누구나 을이 되고
갑이 될 수 있는 사회
그래서 아이들은 놀이 하면서도
약자를 먼저 불러주나 보다
가위
바위
보

여문다는 것

옥수수를 만지니
속이 어금니처럼 단단하다
잘 여문 듯한데 아직 멀었다며
겹겹의 수의로
죽은 듯 자신을 가리고 있다

잘 여문다는 건 무엇일까
겉과 속이 서로 거스르지 않고
바라는 모습으로 익어 가는 것 아닐까

풋내 나는 옥수수의
어울리지 않는 수염처럼
덜 여문 생각들이
서둘러 열매를 꿈꾸는 나는
아직 멀었다

못 하는 일

못을 박는다 서투르게
부화되지 않은 물집이 손에
못을 만든다
검게 멍든 손으로 박은 못들
물음표로 구부러지며
옹이진 마음에 시퍼런 대못을 박는다
못을 빼낸 자리마다 움푹 팬
못된 눈들 노려본다
못
못
못
못하는 일만 쌓인다, 그래서
삶의 치수는 자꾸 틀리는지
가슴에 마른 빈 못만 한숨처럼 늘어난다

귀향

먼 길을 걸어왔습니다
앞으로는 흐릿한 길이 남아 있습니다
잠시 뒤돌아 본 길
많이 휘어져 있습니다
바르게 왔다고 믿었는데
그게 아니었나 봅니다
어둠이 지나온 길을 지우고 있습니다
아무도 꾸짖어 주지 않았던 지난날이
지워지고 있습니다
멀리 풍경소리에 길은 더 아득하고
발에 채여 자리를 벗어난 돌들
저녁 이슬에 젖습니다
회초리를 든 어른이 사라진 길 저 끝
이제 다 왔다고
바람에 조등(弔燈)이 손을 흔듭니다

노선영

시인
시와창작작가회 회원
경남 함양 출생
뿌리문학 등단
뿌리문학회 회원
시마을 회원
하남문인협회 회원
시가 흐르는 서울 회원
여성기예경진대회 우수상(2008)
외 다수 수상
시집 『기억 속의 향수들』

개나리 피면

절기의 흔들림에도
기필코 피어
희망으로 서 있는 노란 미소

덩달아 흥겨운 날
일기장엔
긴 이야기가 잉태한다

싱그러운 삶
조금은 슬픔이 끼어 있어도
기꺼이 웃고 싶은 날

꽃 하나 꺾어
머리에 꽂아
미쳐 보여도 괜찮다

개나리 피는 날엔
여자가 되어
가슴이 뛴다

여행은 나의 벗
−한솔 리치 빌에서

여유 있어
풍요로운 시선이 배부르다

푸념은
창가에 매달려 아슬아슬

까짓것
외면하며 크게 웃는데

순진한 마음은
바보인 양 미소를 접는다

이런 마음 아세요

풍광 소리
삶 닮아 흥겹게 불렀어도
애절한 음으로 퍼졌다

사랑의 초심을
동요로 불렀어도
절절한 사연으로 흘렀다

그대가 심어준 굳센 사랑에
벚꽃 눈이 내렸어도
슬퍼하지 않으려 했다

떠나고 남은 뒤
혼자에 굳은살이 박혔어도
둘이라 우기며 웃었다

그런데 말이죠
노년이란 이름표가
이리 서글픈 연유는 무언가요

그리움 훔친 나무

기대봤다
가슴이 먼저 설렌다
그늘은 임으로 품어 안는다

맑음으로 전하는 목소리
정갈하게 살다 오라고
그리 살다 와야 한다고

먼저 가보니
그게 답이라 말하지만
아직은 미련이 깊다

살랑이며 유혹하는 보리수
흑심이어도 좋을 만큼
사랑하고 싶은 게 너무 많다

싸리꽃 앞에서

임보다
손님으로 기다렸기에
왔다 감도 슬프지 않아요

혼자여서
단단해진 삶이라고
안타까워 마세요

스쳐 가던
무심한 인연까지
사랑할 줄 안답니다

당신더러
남아 달라 하지 않음을
서운해 하지 마세요

그래야
되는 것쯤 아는
혼자만의 사랑이랍니다

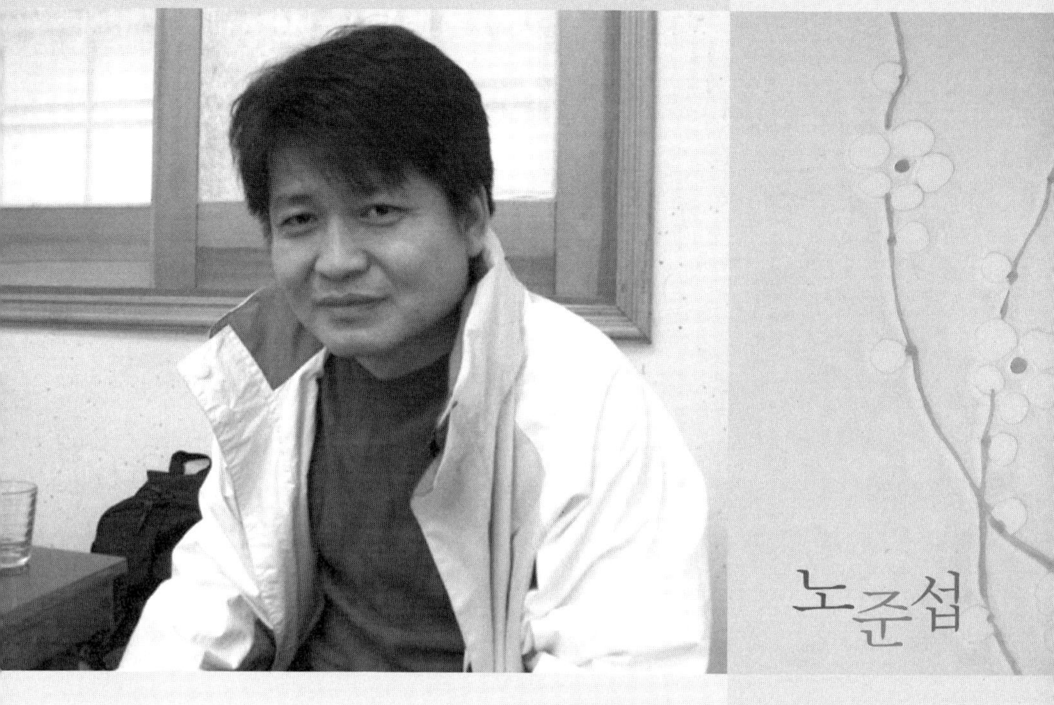

시인
시와창작작가회 감사
전북 임실 삼계
후천리 박사골마을 태생
전북사대부고, 우석대학교 신문방송학과 졸업
2006년 〈시와창작〉 신인상 수상
현) 시와창작작가회 6대 감사
시집 『낮에 빠뜨린 이야기』
공저 『언어의 사원을 꿈꾸며』 『꽃 진 자리에 누워』
『초록을 만나다』 『시와창작 작가들』 등

화사 · 2

기어이 봄은 오지 않았다
붉은 혀 나풀거리며 약속한 봄은
동장군의 기세를 이기지 못하고
대한 그 밤에 얼어 죽어버렸다

창밖엔 비가 내리고 있었다
일찍 허물벗은 화사는 얼어 죽고
비는 고드름처럼 펄럭이는 비늘에도
기어 나온 뱀굴에도 내리고 있었다

삶이란 그런 것이다
신기루는 갈증을 부추길 뿐
붉은 혀로 나불거린 봄처럼
헛된 꿈 하나 툭 던져놓고
모가지 비틀린 풍뎅이처럼
온몸을 발광케 하다가
고갯마루쯤에서 숨을 놓게 하는

그래도 기어이 봄은 오리라
기다리는 자의 숨이 짧을 뿐

앵두

아버지라 찍혀서 울리는 전화벨
행여 무슨 일이 있는지 내려앉는 가슴에
"앵두가 익었다"
울안에 유실수 심어 가꾸는 심사
나이 들어도 헤아려지지 않고
벌겋게 익은 앵두 바라
핑계 하나 매달아 서툴게 전화한 마음에
살가운 말 한마디 목 어림에 걸리누나
어쩌다 시골 마을엔 아이들도 없어
익어 지친 앵두 짓무른 눈에 가시로 되어
자식 그리는 마음 알알이 박혔으리
이제 곧 칠월이면
자두가 익었노라 그리 부르시겠지

자두

유월이 다 가는데 자두는 퍼렇다
익어 터진 앵두는 다 떨어져 버리고
합환수 자귀는 야실야실 꽃을 피우는데
울, 안이고 밖이고 지천이 기다림뿐인데
자두는 아직 퍼렇다
저놈 얼굴에 홍조가 피어야
이참저참 핑계가 되어
천 리 밖 자식들 부르기나 하련만
굽어진 허리 펴 올려보는 가지마다
잎새에 숨은 자두는 숨이 차게 퍼렇다

부고

바람 성근 밤이 지나고
시름겹던 꽃잎
몸을 부렸노라는
서럽고 간결한 소식
내내 붉기만 바라도
잠시 그렇고 말았네마는
그 기억 안아 지탱한 시간들
살가운 바람
어느새 버겁더니
열꽃이 지쳐 피어난 검버섯 보듬고
내내 떨치지 못한 아쉬움 내려놓고
뚝

2013 후천리

괸들보를 지나 서답 모퉁이까지
내 하나를 끼고 옹기종기
그리 살던 사람들
산바래기 아래 그 좁은 들 보듬고
가난 파먹고 살기 고단하다
다 어디로 가고
이런 이유 저런 사연으로
붙들린 사람들만
그 들에 청춘을 묻었네
나간 사람 오지 않고
늙은 사람 산으로 가니
빈집 서까래 기운 파해 무너지고
흘러간 세월에 이끼 낀 냇물만
시름없이 가는고나

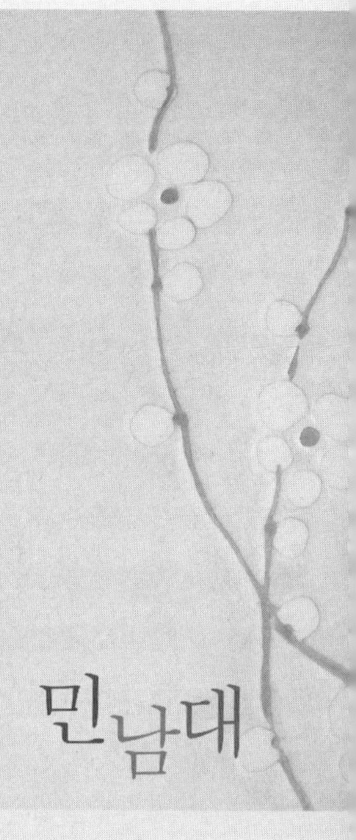

민남대

시인
시와창작작가회 회원
1973년 9월 25일생
전라남도 해남 출생
서울 성북구 석관동 거주
2007년 〈시와창작〉 등단
장안대학교 세무회계과 졸업
동인지 『기억은 소금 없이도 간간하다』 외 다수

그날이 오면

억겁(億劫)의 윤회(輪廻)를 지나
유성(流星)의 바다에 한 톨
씨앗으로 떨어져
한 송이 꽃으로 피어나
호명되어질 수 있는
그날이 오면
억척스럽게 놓지 않던
인연의 사슬도
부드러운 바람이 되리니
강산은 쉬어 가라 하여도
두 발에 불이 붙도록
멈출 수가 없구나

추구하는 깨달음의 궁극(窮極)은
그대, 가깝다 말하지만
어찌 몸으로 마음으로
들려주지 않는가
타버린 목줄기로 흐르는
무뎌진 사랑이여
살갗 벗겨진 발바닥으로 이를
그날이 오면
다시는 이별이 없다 말하리니
내 수레바퀴를 거두어다오

천하대장군

버들잎 이별 겨워 삼킨 울음으로
밤을 달구고
만삭의 달도 안 찬 세월에
무엇이 목말라 고단한 길을
홀로 서두르며 떠나시었나
빈 두레박을 들고 선 우물가에
채워드리지 못한 사랑의 생명수(生命水)
날카로운 메아리로 울리네

푸른 잎으로 살 수 없어
성긴 세월을 견디지 못한 기다림
동구 밖 외진 자리에 그림자 말며
그리움 깎아 세월 녹여
외발로 우뚝 선 불타는 심장
천하대장군 되어 눈을 부리네

나는 권태롭다

버리려 해도 사라지지 않는 것들
내 안에 안주한 채 썩어가는 것들
나는 권태롭다

눅눅한 벽지에 묻어난
일상의 흔적들이
제 무게 힘에 겹다 소리치고
똑딱거리는 시계 소리
마른 천장에 규칙적인 일침을 놓는다
떠나간 그 무엇이 있어
허무한 담배 연기로 화하고
지켜온 그 무엇이 있어
방바닥에 눌어붙은 상처가 되는가

나는 권태롭다
창가에 아지랑이 지는 손님
어이하여 빈손으로만 찾아와
내 지닌 무엇이 있어 달라 하는가
목마름에 슬픔은 버릇이 되어 가고
가슴을 할퀴는 햇빛에
타들어가는 어린 날의 꿈들
나의 소설은 여기서 끝이다
걸어 나간 바닷가에 일렁이는 푸념

모래알 속에서 나는 무엇을 찾는가
쓸려나간 기억의 단편을 추스르려
파도 앞에 벌거벗고 우는가
깎여 나가는 세월의 아픔 속에서
어이하여 나는 권태로운가

살아 숨 쉬는 모든 것들이
위태롭게 바다로 잠겨드는 날

나는 권태롭다
뒤집히지 않는 백지 밑에 숨어
나는, 나는 말뿐이다

안개꽃

"나, 결혼해요!"

라며 떠나간
그녀의 발치 점거한
꿈틀거리는 미련의 안개만 하더냐
볼모로 잡힌 내 마음인 양
꼬옥 쥔 두 손에 흐르던 눈물
번져간 웨딩드레스
잊고 살 날 힘에 겨웠을 게지
번듯이 이름 석 자 내밀어
축하한다고 말하지 못하는
꼬리 긴 남자의 한숨은 어떤가
세질 만 원짜리 몇 장에
길던 추억의 아스팔트를 포장해
"잘 살아라!"
던지듯 두고 온 발버둥 치던 집착
뒤도 안 보고 던진 그녀의 부케만 하더냐
숨 막히는 사람들 사이에
넥타이 마냥 목을 옥죄어 오던
가난한 샐러리맨의 비애
주례 긴 선생님의 졸음처럼
수업은 깨달음이 없고
이룰 수 없는 소망마냥

갈비탕에 그녀를 말아먹고
"나, 가요!"

이슬비 오는 날

구멍 난 아스팔트 하얀 선 위에
부서져 흩어져도 덜 아프도록
잔잔한 이슬비처럼 가슴에 내려줘
뿌연 유리창을 달리는 삶의 물음들
확고한 대답을 들을 수 없어도
흔들리는 가로등 밑
입 벌린 진실의 틈새로
조금씩 젖어들 수 있도록
소나기로 가슴에 내리지 말아줘

수없이 지나온 빨간불의 교차로
흔적은 늘 멈춰서 있어도
사랑은 동그라미로 굴러가는 것
우산 밑 발치는 먼저, 울고 있는 것
전부를 드러내어 젖을 수 있는 날이
인생의 굴곡에 며칠이나 될까
색 바랜 삶의 푸념을 나무라듯
고통마저 이는 굵은 빗방울이 아닌
조용한 스며듦으로 나를 보듬어줘

박정숙

시인
종이접기 강사
시와창작작가회 회원
1960년 8월 20일생(음력)
필명: 정천(靜天, 고요한 하늘)
거주지: 서울(대학로)
2003년 11월 〈월간문학 21〉 등단

여자

—잃어버린 시간

많은 날들이 사립문을 흔들어 놓고 떠났습니다
돌아보며 꼬챙이 하나씩 숨구멍을 틀어막아
낡은 추억 하나씩 꿰차고 낮게 웅얼거리는 악착
이젠 가거라 슬몃 놓아줍니다

살아서 달려온 적막함에 살 비린내가 배어
꿈틀거리는 생의 그림자가 꺾임 없이 들어옵니다

쓸모없어진 자궁을 들어내고 기막혀 꺽꺽거리던
심장에선 자갈 부딪혀 깨지는 소리가 쩡쩡 울리고
한때는 생글거리며 안겨오던 그녀의 멘스는
비리고 검게 만장에 새겨져 펄럭이며 재를 넘어가네요

이젠 꿈도 길을 잃었습니다
이젠 마음도 없습니다
이젠 눈물도 이별도 사랑도 찾거나 오지 않습니다

퍼뜩 사립문을 치고 가는 세월의 편린들을 본 듯
미동도 않던 햇살이 비춰주고 가네요
지친 날이 칭얼거리며 지나가네요
어디에도 없습니다 당신의 모습은

언뜻 지나가며 웃는 볼 붉은 계집애의 자발*이

가슴을 치고 떠나네요

*자궁 잃어버린 그날에
*자발(自發): 남이 시키거나 요청하지 아니하였는데도 자기 스스로 나아가 행함

이슬 털기*

―잡코리아

바다
눕고 싶다
해 없는 역풍에
죽어질 때까지 살아야 하는 건 고행이다

이력서
자기소개서
기능 자격증
최종학교 졸업 증명서
기타 등등
빵빵한 서류봉투
봉투

200원짜리
자판기 커피 한 잔 먹고 싶다
땡그랑
구르는 십 원짜리 땅바닥에서 히죽 웃는다
끈끈한 커피 향이 뒤통수에 매달린다

*이슬 털기: 진도 씻김굿의 한 절차. 영혼말이에다 비로 쑥물·향 물·맑은 물을 차
례로 묻혀 머리부터 아래로 씻어 나가는 것으로 영혼이 이승에 맺힌 원한을 씻고
극락에 가도록 한다는 뜻을 지닌다.

추억 · 1

멈춰진 시계를 추억하며
길모퉁이에서 밤새 돌아가던
아버지의 단골 이발소 간판이 멈추던 날
아버지도 웃음을 거두셨다

오래된 붙박이 시계처럼 낡고
빛바래 누런 흑백사진인 양 버티고
이제는 거꾸로만 도는 아버지의 단골 이발소
유령처럼 드나드는 아버지의 환영
아직도 어릴 적 몇 번인가 들었던
가위 소리와 시계 소리가
바람 스치고 지나는 그 길에서
째깍거린다

미소 짓던 그 아저씨도 멋진 내 아버지도
이젠 그곳엔 없었다

무덤
－103호

주문을 걸었다
허연 입김 무거운 서울역에서
소주 한 병을 따고
물주머니 다독이기엔 그놈이 제격이라
출발하면서부터 시작하여 돌아올 때까지
내내

그날의 조각난 기억들은
도린곁*에서 서성이고 취기 오른 잔망한* 환영
실재인 양 토막내
마알간 의식의 필터를 통과하고

용인되지 않은 죽음은
거부함도 아닌데
서둘러 들메끈을 조이고
마음 넉넉히 살아보지도 못한
세상의 문을 닫아 버렸다

모질음에 똥줄 타던
그가 죽었다

부산하지도 흐리지도 않은
103호

그가 죽은 것인지

*도린곁: 사람이 별로 가지 않는 외진 곳
*잔망(孱妄)하다: 1. 몸이 몹시 약하고 가냘프다. 2. 행동이 자질구레하고 가볍
다. 3. 얄밉도록 맹랑하다.

몽상

문밖에 열기가 훅–
바람에 등 떠밀려
얼굴을 덮치면

별 짓는 골목길
고단하게 내려앉아
그림자를 잡는다

끄덕이는 눈꺼풀은
잡힐 듯 멀어지는
시간 그 너머의
사랑을 쫓아가고

우연한 시작
기분 좋은 그리움

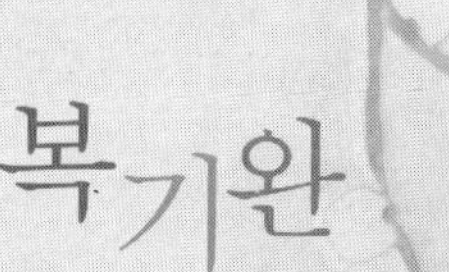

시인
시와창작작가회 고문
2006년 시와창작 신인상 등단
다시올문학 회원

느릅나무 껍질처럼

김이 뿌옇게 서리는 목욕탕 안에서 보았다
살아서 꿈틀대는 퍼런 빛깔의 이무기
부리부리한 눈으로
왜소한 내 육신을 마구 조여 올 듯이 노려본다

괴물이 태어나던 순간은 혼의 갈망이었기에
육신이 감당해야 하는 아픔과 혐오는 오직 그의 몫이다
자라지 못하는 저 몰골로 주인의 몸을 칭칭 감고
주야로 동침을 강요당하며 탈출을 시도했을 것이다
용이 되지 못한 저 이무기

안 해도 후회, 해도 후회인 저 혐오스러운 동거
한 백 년 묵은 느릅나무 껍질 같은

오늘도 온탕에서 주인과 혼욕하며
군더더기 된 육신이 뭇사람의 눈을 피한다
이무기는 이제 지천명을 넘고 있다

돌아가는 날

저만치
향기 짙지 않고
맵시 곱지도 않은
사랑 하나 있었네

그것은 설렘이었고, 꿈이었고, 희망이었네
가슴 조이며 나를 비추어 보고
얼굴 붉히며 수줍음 보였네

다가갈 수 없는 현실에 애태웠고
잡을 수 없는 욕망에 눈물 흘렸네
그런 사랑 하나 있었네

사랑을 위하여
실낱같은 희망 하나 가슴에 안고
억겁의 인고를 마다하지 않고
아름다움으로 승화시켰네

긴 기다림이여
참으로 긴 기다림이여!

떨기나무

아라비아 사막의 열기에
떨기나무가 타고 있네
샤블레 폰티악의 냉방을 즐기며
200km/h로 쭉 곧은 고속도로를 건너는 사막은 바다라고
파도같이 출렁이는 신기루가 말하네

리야드에서 메디나로 달리다 보면
알 타이프 고지대를 돌고 도는 비탈길 다리 밑에서
남성 편력으로 쫓겨난 사마리아여인의 후예
수컷을 유혹하여 본능을 태우네

알라의 계율과 현실의 갈림길에서
여인의 영혼은 메말라 가네
검은 얼굴에 붉어지는 양심 볼 수 없어도
매일 사탄을 하나씩 잉태하며
참회의 눈물로 코란을 접네

나는 아라비아 드림으로 태양을 사랑했네
낙타 몸만 한 그늘도 만들어 주지 못하며
떨기나무 불구경만 즐기고 있었네
여인의 눈물 없는 울음이 바늘처럼 가슴을 찌르네

누가 여인에게 돌을 던질 수 있을까?

매듭

허울 좋은 화이트칼라
직장이 그들을 넥타이로 묶어 놓았다
남자의 넥타이를 아내가 매어 주면 행복하다고 하지만
노타이의 자유로움을 몰라서 하는 말이다

사랑에 매이고, 일에 매이고, 집에 매이고, 돈에 매이다 보면
급기야 울컥울컥 목이 멘다
갈수록 높아지는 빌딩은 살찌고
쎄가 빠지게 일하는 자들은 휘청대는 허리를 술로 적시고
담배 연기로 가난을 뱉어낸다

뜬금없는 부음을 받고 문상을 갔더니
그 친구 넥타이 매고 갔다네
아니 마지막까지 꽁꽁 묶여 갈 것이다
그 순간까지 일福을 벗지 못하고 가는 길에
유족들 꺼이꺼이 목이 메어 울지도 못한다

공의의 하나님!
불쌍한 저 친구
이제 그만 모든 매듭을 풀어 주셔야 합니다

바람(風)이 도둑이여

몸 하나로 바람을 막아내며 사는,
가난은 그쯤에서 버려도 좋을 사람
못 먹어 얻은 뱃살이 만병의 시초라며
애물단지로 여기면서도 어쩌지 못하는

말로 글로 세상을 읽어내고
빛과 물과 공기를 감사해 할 줄 알고
후회 없는 오늘을 만들어 가려고 노력하지만
겨울바람에 손발이 얼고 봄바람에 가슴이 얼고
여름 바람에 머리가 차고 가을바람에 마음이 시려
뜨거우면서도 사철 얼음처럼 사는 사람

사방팔방 얽힌 길을 보며
찌꺼기 쌓여 흐르지 못하는 물길 터야 산다고 허둥대는데
우환이 도둑인 줄 모르고 걸레질만 하는 사람
물 흐르듯 살아야 물꼬가 트인다는데
산업도로에 물 흐르듯 흐르는 차량 행렬만 보며
마냥 부러워하는

어쩌지?
바람나는 건 못 본 체 할 수 있었지만
바람들은 머리는 그냥 볼 수 없어
바람이 와서 손발이 날 잡을 수 없다면
바람처럼 살다 바람처럼 가겠다는 사람아

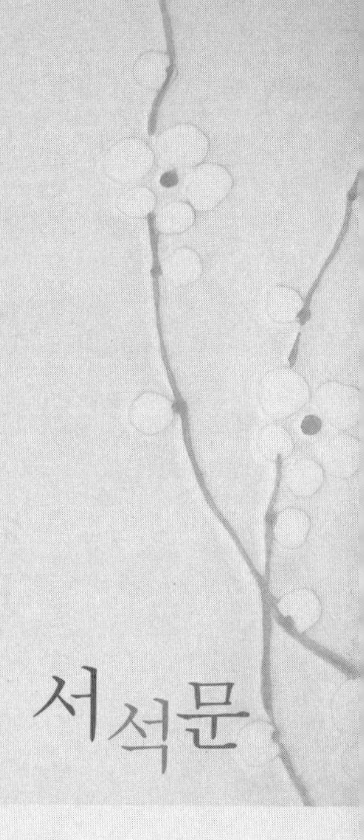

예비 작가
시와창작작가회 특별회원
1968년 경북 경산 출생
방통대 법학과
심리상담사 1급
경찰청 위기협상요원
가족아카데미아 산말연구회 회원
위기중재 강사(가족아카데미아)
파주시 문예창작 전문과정 학습(강사: 시인 이덕완)
현)파주경찰서 근무(팀장)

도시락

항아리 속 긁어모아
한 줌 보리 꺼내 들고 아궁이 불 지피니
굴뚝 위 연기 덩실덩실 춤춘다

구수한 밥 짓는 내
참새들 날아들어 뉘 집 잔치인 양 노래하네

울 엄니 잠든 암탉 밀쳐내고 따끈한 알 꺼내
오일장 날 내다 팔까 도시락에 올려진다

난로 위에 층층 공양탑
선생님 말씀 길어 밥도 타고 애도 탄다

슬며시 우물가 가는 짝꿍
손목 잡아 앉혀 놓고
보리밥에 김치 섞고 계란 가른다

사후 여행(死後旅行)

한평생 일개미처럼
집만 짓던 아비!

간(肝)이 멍들었다
삼 개월 살다 떠나야 한다고

아내는 팔공산 갓바위 부처님 전에 공양하고
산야를 헤치고 캐낸 민들레
정성으로 달여 붓고 또 부어
덤으로 5년 살다 땅속으로 스며들었다

하늘 향해 누워
달을 친구삼고 바람과 애기 나눈다

유두에 핀 민들레
홀씨 되어 아름다운 여행을 떠난다

철마(鐵馬)의 염원(念願)

각혈한 몸체는 검붉게 녹슬었고
총포탄에 구멍이 나고 찢겨도
심장은 뛰고 있다

재 너머 개성역이 고향이건만
분단의 피아 줄이
온몸을 휘감고 있어 갈 수 없구나

삼팔선 철조망들이여, 일어나서
네가 태어난 땅속으로 돌아가라

힘찬 기적 소리 울리며
꿈속에서 밟은
내 고향으로 달려가고 싶다

아직도
내 심장은 뜨겁게 뛰고 있다

백로의 비상(飛上)

수정처럼 맑은 영혼
눈부신 자태
옹기종기 모여
파아란 도화지에
새하얀 물감으로 그림 그리고
순결한 날갯짓하며
바람과 벗하여 비상하는
백로로 살고 싶다

활

세상을 향해 구부러진 등을 활짝 펴라
상투가 매달린 듯
머리에서 발끝까지 몸을 세우고
항문을 조여라

정심정기(正心正己)
습사무언(習射無言)
사두(射頭)의 호령이 떨어지고

줌손은 바위처럼 시위에 각지를 걸고
두 눈 부릅뜬 채 호랑이 꼬리를 힘껏 잡아당긴다

상념(想念)을 비우고
시위를 떠난 화살은 모진 비바람을
뚫고 과녁으로 여행을 떠난다

꽝! 오시오중(五矢五中) 관중이요
힘찬 함성에 한량들의 축제가 펼쳐진다

오대교

시인
시와창작작가회 회원
전남 함평 출생
조선대학교 국어국문학과 졸업
시와사람 신인상(2009)
시와창작 문학상(2012)
원탁시회 회원
시집 『욱신욱신 뛰어나 보세』(시와사람 서정시선 025, 2011)
『새물내』(시와창작 기획시선 010, 2012)
공저 『각설이품바타령집』(일로품바보존회, 2012), 『원탁시 56, 57, 58』

백수타령

얼씨구 씨구 들어간다 절씨구 씨구 들어간다
작년에 왔던 백수 놈 잊지도 않고 또 왔네
허어 품바가 들어간다

일차 면접 보고 나니 일자무식 들통났네
이차 면접 보고 나니 이구동성 또 틀렸네
삼차 면접 보고 나니 삼고초려 없는 세상
사차 면접 보고 나니 사면초가 갈 데 없네
오차 면접 보고 나니 오리무중 이내 신세

어머니 어머니 미안해요

육차 면접 보고 나니 육두문자 퍼부을까
칠차 면접 보고 나니 칠전팔기 헛말이네
팔차 면접 보고 나니 팔삭둥이 못난 놈이
구차 면접 보고 나니 구사일생 꿈을 꾸네
십차 면접 보고 나니 십벌지목 달라드네

어머니 어머니 미안해요

어허 품바가 잘도 한다
어허 품바가 잘도 한다

쳐라타령

쳐라 땅을 쳐라 땅을 쳐라
쳐라 벽을 쳐라 벽을 쳐라
쳐라 돌멩이로 쳐라 막가지로 쳐라

쳐야 밥 먹는다 밥 먹는다
안 치면 못 먹는다 못 먹는다
쳐라 겁나게 쳐라 깡통을 쳐라

쳐라 땅을 쳐라 땅을 쳐라
쳐라 벽을 쳐라 벽을 쳐라
쳐라 돌멩이로 쳐라 막가지로 쳐라

쳐야 밥 먹는다 밥 먹는다
안 치면 못 먹는다 못 먹는다
쳐라 겁나게 쳐라 나를 쳐라

애고땜

얼씨구 씨구 들어간다
절씨구 씨구 들어간다
작년에 왔던 각설이 죽지도 않고 또 왔소

여름 바지는 스키복 겨울 바지는 반바지
당신 본께로 반갑소 이내 꼬라지 서럽소
주머니가 비어서 서럽소 양곱창이 비어서 서럽소

일자나 한 자나 들어나 보소 일자상서 눈물판
이자나 한 자나 들어나 보소 이판사판 울음판
삼자 한 자나 들어나 보소 삼시세판 죽을판
사자 한 자나 들어나 보소 사시사철 추울판
오자 한 자나 들어나 보소 오장육부 탈날판
육자 한 자나 들어나 보소 육시할놈 쌍욕판
칠자 한 자나 들어나 보소 칠칠맞다 난장판
팔자 한 자나 들어나 보소 팔월공산 떴다판
구자나 한 자나 들어나 보소 구월국화 시들판
십자나 한 자나 들어나 보소 십승지지 찾을판

얼씨구 씨구 들어간다
절씨구 씨구 들어간다
작년에 왔던 각설이 죽지도 않고 또 왔소

여름 바지는 스키복 겨울 바지는 반바지
당신 본께로 반갑소 이내 꼬라지 서럽소
피자는 피곤해 못 먹소 커피는 코피라 못 먹소

어허이 품바가 잘도 한다
품바하고 잘도 한다

못난 놈

얼 씨구 씨구 들어간다
절 씨구 씨구 들어간다

벌어먹다 빌어먹는 타고난 놈 김 품바
정승 판서 불쌍하다 깨달은 놈 이 품바
얻어온 밥 빌어먹는 짜잔한 놈 박 품바

지리구 지리구 잘한다 품바 품바 잘한다

내 밥 네 밥 따지는 더러운 놈 정 품바
동냥타령 장타령 물오른 놈 고 품바
입방귀만 뀌는구나 저 잘난 놈 강 품바

지리구 지리구 잘한다 품바 품바 잘한다

못나고 못나고 못나서 못난 놈
못나고 못나고 못나서 못난 놈

지리구 지리구 잘한다 품바 품바 잘한다

먹자타령

먹자 먹자 먹자 먹자 먹고 보자
먹었구나 진시황도 먹었구나
먹자 먹자 먹자 먹자 먹고 보자
먹었구나 공자님도 먹었구나

먹자 먹자 먹자 먹자 먹고 보자
처먹은 놈 잘났구나 잘났구나
먹자 먹자 먹자 먹자 먹고 보자
못 먹은 놈 못났구나 못났구나

먹자 먹자 먹자 먹자 먹고 보자
잘난 놈만 잘난 놈만 먹을 거냐
먹자 먹자 먹자 먹자 먹고 보자
못난 놈도 못난 놈도 먹어 보자

먹자 먹자 먹자 먹자 먹고 보자
너도 먹고 나도 먹고 먹어 보자
먹자 먹자 먹자 먹자 먹고 보자
너도 먹고 나도 먹고 먹어 보자

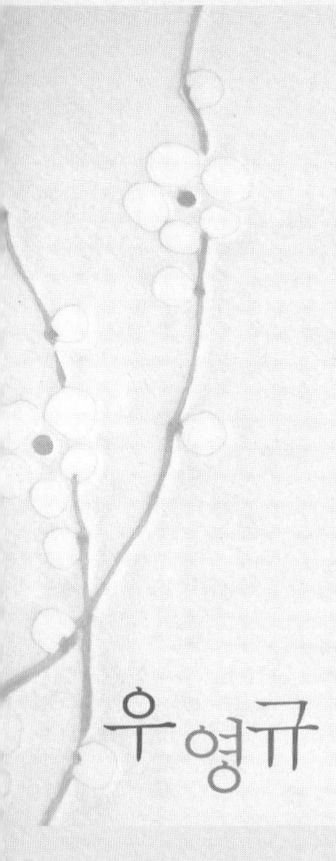

우영규

시인, 문학평론가
필명: 송주, 우석
1952년 대구 출생
경북대학교 상경학과 졸업
대구대학교 대학원 지사학 연구과정 이수
하와이 주립대학교 지역사회개발학 석사과정 이수
등단작품: 수필「우리시대의 산업전사」(문공부 공보지, 1980. 10)
등단작품: 시「아라비아의 산업전사」(대한매일신문, 1984. 01)
(재)해외문학상 수상(문화공보부, 1985)
대한문학세계 문학대상 수상
대구문인협회 이사
대구시인협회 편집주간
월간문학광장 심사위원
한국시민문학회 고문
[저서]
논문집「지역사회개발의 척도」(1992)
평론집「詩문학과 언어」공저(1995)
시집「人愛」(2005)
시집「초록과 만나다」(시와창작작가회, 2006)
시집「가벼움에 대한 애착」(시와창작작가회, 2007)
시집「여왕개미와 도동댁」(2008)
산문집「싱커페이션」(2010)
이메일: kyu8989@hanmail.net

무죄

서민아파트 3층에서
창문 밖으로 팔이 하나 튀어나왔다
시력 좋은 눈이 물어본다
아주머니! 아래로 던질 겁니까
화초의 뿌리가 발버둥을 친다
아주머니! 그 화초 말라 죽었습니까
비명이 들려왔다
아아! 너무 평범한 타살이군
저 팔뚝에다 수갑을 채워야겠어
아주머니는 살인죄 말고도 방임 죄가 추가되겠어
형사님! 폭행죄는 안 되나요
등 뒤에서 앙칼진 목소리가 들렸다
'혜미 엄마, 식당일 나가더니 한 달 만에 보이네!'
화분 조각이 편하게 떨어졌다
눈은 이제 물어보지 않는다
폐지 담긴 리어카가 일요일을 지나가다가
화초의 몸뚱이를 수습한다
창 열린 베란다 헝클어진 머리 사이
속옷 몇 장 구겨진 종이처럼 걸려있다

봄의 내부

밭둑가에 덩그런
낡은 컨테이너 지붕에 모여 우는,
미간(眉間)만큼 열린 창틀 사이에
오종종 모여 우는,
겨우내 울고 싶어도 울지 못하던
봄비
왜 우느냐고 물어도 설명하지 못하는
봄비여!
여인의 치마 끝에 젖어들어
위태로운 여인을 대뜸 꺼내놓으려나
그 겹겹의 속내를 맨 허벅지처럼 꺼내놓으려나
주름치마 성글게 고쳐 입은
여인의 텅 빈 눈 속으로 모여들어
별똥별처럼 서럽게
서럽게 우는 봄비여!

그해 여름

저 어둠이 온전해지려면
새 한 무리 더 서쪽 하늘로 날아가야 하네
개 짖는 골목길에는 온통 어둠의 이빨 자국투성이네
어머니는 골목 입구에다 대고 아이를 부르다 지쳐
컴컴한 플라타너스까지 다가와 별명을 불러대네
어둠살이 끼고서야 겨우 어머니 목소리 들리는 아이
온 동네 땟물 다 바르고 돌아온 집 대청마루엔
불어터진 수제비 한 그릇 저 혼자 배부르고
아이는 탱탱한 수제비부터 골라 먹었네
숟가락 소리 멈추자 말문 막고 회초리 드는
어머니, 어둠의 이빨보다 무서웠네
커다란 산이었네
꺼억꺽 우는소리에 산은 저절로 무너져 내려
애끓던 산, 지구 위로 떠올라 밤마다 한 방울
파아란 빛, 한눈에 봐도 어머니별인 걸
어머니 녹여 만든 짙푸른 보석, 별이었네
용서 한 번 못 빌고 늙어버린
저 아이, 유난히 밝은 별 바라보며 처음으로 펑펑 우네

화신

어스름에 매달려 울어대는

매미는 본디 북극 새 일지도 모른다

남루 한 벌 벗어 던지고서야 비로소 오르는

저 몸짓은 밤을 날아서 본향에 닿고 싶은

마지막 결행 같은 것이다

그렇지 않고서야 미루나무 끝까지 오를 리 없고

목청 다해 울부짖을 수 없다

내게서 언제 강을 건너가

그리움처럼 웅크리고 앉은 저 집들

아무도 모르게 떠나가 버린 꽃들

부르면 오히려 멀어지는 저편

기다림마저 성큼성큼 저편으로 가고

나는 어스름 풀밭에 외따롭다

어느 소행성에서 온 생명인가

내 앞에서 울지 마라, 날 두고 울지 마라

나도 본디 밤에 우는 북극 새인지도 모른다

겨울바람이 타고 있다

하늘에 별 진눈깨비처럼 내리는 밤
혹시나 싶어 창문 열어보았더니
그새 당신은 몰래 다녀갔다
깊은 밤마다 경사 심한 나뭇가지에 매달려
애원하듯 창문 두드리더니
그 밤도 모르게 당신은 다녀갔다
아무리 바삐 다녀갔어도
아무리 몰래 다녀갔어도
대숲에 걸린 옷자락
그대 다녀갔어도 나의 밤은 잠들지 않는다
옹이 박힌 채 몰래 다녀가는
아, 휘파람 같이 시푸른 눈물 글썽한
그대는 거기 머물고
내 힘으로 나는 작은 창 하나를 넘지 못한다

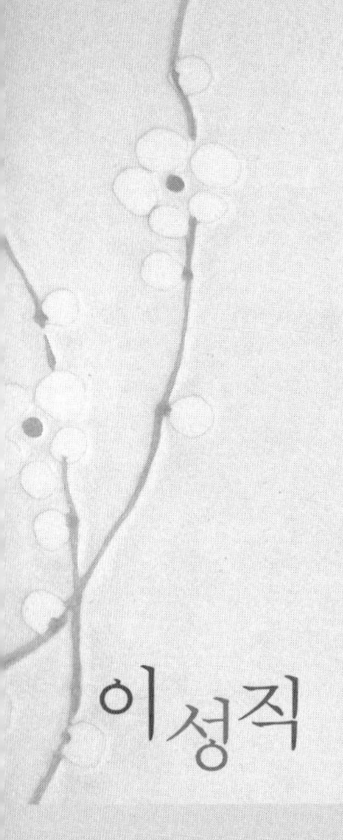

이성직

소설가
시와창작작가회 수석부회장
아호: 늑대
1956년 충북 보은 출생
인천 부평구 거주
기계, 철골 도비(제작 운반 설치 해체 폭파)
2007년 〈시와창작〉 소설 신인상 수상(「바닷가 풍경」, 「호객꾼」)
시와창작작가회 5대 부회장 역임

홀로 선 자리

화장을 멈춘 춘이 숨결이 거울 적실 때
창문 밖 열린 하늘로 마음은 묻어 나가고
채비 늦은 끄트머리 자락은 앞마당에 떨어진다
그림자를 드리우기도 부끄러운 유월 햇살에
시도 때도 없이 울던 뻐꾸기는 벌써 숨었다
잠시 추스른 생각들이 서로 부둥켜안고
이평리 동 다리 밑에서 소용돌이치는데
보은읍사무소 앞 저잣거리에 오일장이 섰는지
숨었던 뻐꾸기가 난잡하게 설친다
손 없는 날이라고 이삿날을 받았는데
빈집에 두고 가는 정 때문에
내딛는 마음 따라 촉촉이 눈자위를 적신다
사람 사는 게 뭐 별거냐고 마음 굳게 먹었지만
별것 아닌 그것은 전혀 쉽지 않은 별것이기에
은연중 마주치는 작약의 붉은빛에 설움을 토해낸다
싫어도 순서 없이 데려가는 시간여행
뭐가 급해 저승길 찾아갔는지
남은 식솔 건사와 가장 책임을 걸망에 숨겨 놓아
숨바꼭질하듯 찾을수록 술래가 되니
혼자된 설움에 노여움이 밀려와 미어지는 가슴
쏟아진 고통 속에 인내가 피어 삶은 여물고 있더라

요양원

당신을 두고 돌아선 발자국은 날이 갈수록 깊어집니다
한두 번 오가는 길도 아니지만, 마음의 짐은 늘어나
시냇물에 띄우고 마을 어귀에 숨기고 산모퉁이에 버려도
헤어질 때 받은 보퉁이는 집안 곳곳을 누비고 다닙니다
기억이 머물지 않는 당신은 아픔을 모르고 울지만
아프지 않아도 복받치는 설움이 차고 넘칩니다
애달픈 이별연습을 시키는 것인지
그렇게 해서라도 오만가지 정을 끊으려는 것인지
사람의 도리라는 것은 아무런 답이 없다는 계산을
당신은 꿰뚫고 계신 것인지요
윗목에 처박아둔 보따리가 마루턱에 걸터앉아도
천진난만 아이 같이 떼쓰다 체념할 뿐
순식간 이별여행 떠나는 것을 배우지 못하고 있습니다
모질지 못한 당신도 정신줄을 놓아 버렸는데
연습할 채비마저 보이지 않습니다

닭장

이지러진 달이 삼복 초입에 들어설 때
닭장에 백열등이 춤춘다
선잠 든 닭은 서로 부대끼고
배설하는 본능에 어둠을 밀어내는 달
반복을 거듭하지 못하면 가차 없이 폐계가 된다
죽지 못해 사는 목숨 천차만별
새벽이슬 머금고 삶을 구걸하러 떠난다
도회지 빌딩 안에 갇힌 무리는 핀잔을 듣고
급여에 저당한 하루를 체념한 채 아파트로 향한다
어제보다 배부른 달이 지붕을 디디고 설 때
뒤질세라 홰를 치며 참았던 부아를 토해내고
모이보다 비싼 원리금 고지서에
긴장한 암탉은 새벽까지 뜬눈이다

아파트 공화국을 건설하자
재개발을 외치는 모리배들
딱지 치는 재미에 모이통을 뒤엎고
부리가 닳도록 쪼아대는 닭대가리들
닭 모가지 비틀어도 새벽은 온다고
녹슨 철 대문 안에서 목청을 틔운다

인숙이를 아시나요

돈내기 곰빵 치던 날 함바에서 소개한 인숙이
생면부지 타관 객을 기꺼이 안고 뒹굴었지
피차간 예절 지킬 필요 없었기에
와룡소주 사 홉 노가리 서너 마리에
하루를 홀딱 벗고 밤별 수놓았지
천정에 우당탕 서생원 달음질치고
아닌 밤중 임검에 숙박부 들고 와
가 갸 거 겨 쌍판을 들이댔었지
인내에 찌든 작업복이 헤져 갈 때면
보름 간주로 인숙이도 거듭났었지
그 화상에 그 차림 못마땅해 투덜거려도
공수 찍는 계산법은 서로 같아 머리 맞대고
몸값 지불하고 이별하는 날이면
공연히 방문을 소리 나게 닫고 떠났지
이제는 늙고 낡아 세상 버린 인숙이나
몸 팔아 돈 먹으라는 소식 끝난 화상은
산굽이 돌아 멋들어진 모텔에
시시때때 찾아드는 몰골들이 궁금해

숙자는 살아 있다

진열장 풍경 바뀌니 오가는 행인들 차림새가 가볍다
가끔 따스한 기온이 느껴지지만
등 붙일 바닥은 냉랭한 쓴웃음만 짓는다.
고향 들녘 춤추던 아지랑이는 역사 지붕 위에 내려앉아
어머니 미소 흉내 내는데 차마 다가서지 못하는 삭신
마디마디가 바늘로 찌른 듯 아프다
하루 쉬고 이틀째 놀고 사흘 동안 휴식하며
주야장천 연거푸 빈둥대다 보니
모두 물러서는 고위관료 난장 명패 노숙자
무료급식 줄 대고 늘어서는 웅성거림은
죽지 않는 표시 살고 있나 확인하기
봄 마당 한쪽에 펼쳐지는 삶의 몸부림
아직은 사람이기 때문이라고

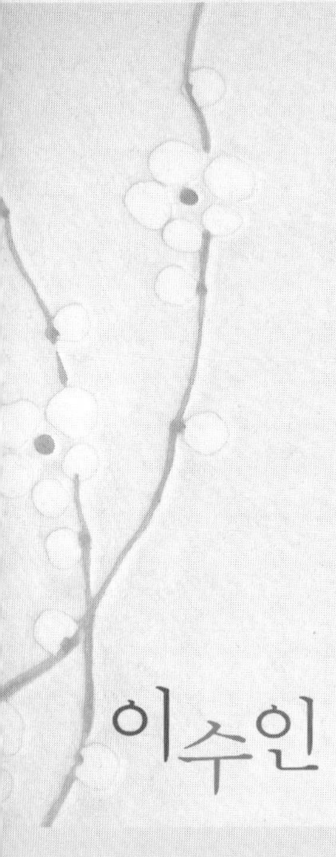

이수인

수필가
시와창작작가회 홍보이사
2004년 제1회 희귀난성질환 환우돕기 수기공모 당선 문학활동 시작
'시가 흐르는 서울' 정회원
한국낭송문예협회 행사위원
성북구내 중학교 시낭송 심사위원
시낭송가 전문과정 수료
시낭송협회 동상 수상 외 다수
조선일보 책과함께 시낭송 다수 출연
어린이집 동화구연 활동
서울종암경찰서 녹색어머니연합회(2010)
서울특별시 성북교육청 교육장 감사장(2009)
녹색어머니협회 감사장(2011)
한국펠트공예 강사
피오피 강사
SBS 화제집중 출연(2003)
(Red Lantern Winner 완주 –레드렌턴 워너 칭호 수여)

5월의 비

비가 온다. 5월의 바람을 타고
기억의 향수 맛을 흡족해하며
뉘 쉴 곳 하나 없는 텅 빈 가슴에
사랑의 호수를 만들어 온다

내가 사랑하는 작은 울타리 안에
빗방울은 작은 소리로
커다란 희망을 타고 내린다

하루 몇 번씩 나를 적시던 눈물조차
흐르는 감성에 시간에서 눈을 뜨고
그저 바라만 보는 것으로 만족해하는
그대는 나의 눈물 나의 사랑

미래를 사랑한다

미래를 향해 엄마가 집을 나선다
너를 한 번도 잊은 적이 없었다
너를 위해 엄마는 포기하지 않는다
"아가야"
세상에 태어나 너의 볼 스칠 때
엄마는 기분이 날아갈 것 같았다
"다른 사람들도 그랬을 거야"
엄마는 그래서 행복을 나눠주는 수호천사가 되기로 했다

너 때문에 많은 이야기 허리 춤사위 주머니에
사랑 꽃바구니로 유난히도
밤하늘에 빛나는 수많은 저 별들
그리고 작은 별 하나
듬뿍 담긴 정성이 한가득 갖가지 색의 꽃을 꽂아주고
자꾸 눈길이 가는 것이
아가에 대한 사랑인 줄 모른다

내 손으로 직접 만들어 주고
이러한 추억이 금세 한두 살 먹고
"유난히 배고픔을 못 참은 아가야"
엄마는 말이지
어려운 상황에서도 한가득 채울 수 있는 미래가 있어서
여름 사랑의 마음을 전달할 수 있는

우리가 있어 행복했다

소중했던 웃음으로 하늘의 달빛처럼
엄마 곁에 우주를 타고 온
네가 있기에 고통도 이겨낼 수 있는 거다
"엄마에겐 가장 큰 최고의 선물이지"
생명의 신비 무료로 나눠주는 미래를
자랑스레 들어 보이며 알려주고 싶다

사랑해야 하는 이유

내 창가에만 내리던 비는
커튼을 적시며 달려옵니다
가슴에 퍼부을까 봐
여린 반항이 힘겹습니다
마음 돌려 앉아
벽에 걸린 사진을 바라다봅니다
웃어야 하는 시간에
눈물은 비로 둔갑합니다
천둥 타고 온 사연이
퍽퍽한 음성으로 노래합니다
울지 마요 울지 마요
울지 말라며 슬픈 춤을 춥니다

안고 쓰다듬고 비비며
들켜버린 미안함이 아파옵니다
숨기고 싶은 엄마 마음이
아가의 눈빛에서 잠이 듭니다
비 대신 별이 쏟아져 앉아
사랑의 이유를 읊습니다
하다마는 사랑은
사랑하지 않음보다 큰 죄라 합창합니다
찬송가를 부르듯이
후렴에 후렴을 더해봅니다.

뮤지컬 절정에 만나는 전율의 외침
사랑하고 사랑할 수 있어 감사합니다

굵어진 빗줄기가 외롭지 않습니다
천둥소리는 연주되어 흥겹습니다

이제야, 이제야 알았습니다

사랑들이 잠들고
혼자와 벗하며 커피를 마십니다
돌이켜보면 쉽지 않았던 삶
포기와 본심 사이도 가까워졌습니다
체념 뒤에도 얻음 있음의 깨우침
모든 걸 받아들이며 행함이 순리임을 알았습니다

타인의 검은 시선 빛
그건 내가 만든 열등의 색임을 알고서야
사랑할 줄 알았고 사랑받을 줄 알았습니다
온전한 것만이 행복이라고
다짐하며 살기로 한 날
하찮은 것에서 귀함을 얻는 행운을 만났습니다

다르다고 하여 틀린 것이 아니고
틀리다 하여 잘못 아닌 평범한 논리 이탈에서
많은 실수 범하고도 모르고 살았음을 반성합니다
조금은 남겨두고 주고서
더 많은 것을 받으려 손 벌린 욕심에 대해
진심을 말하며 용서를 빕니다

이제야, 알았습니다
여러분이 저의 스승이고 벗이고 사랑이라는 것을

내 일기는 왜 이리 슬플까

호수가 바위 틈 사이로 수줍은 얼굴 비춘다
구름 손 뻗는 한 켠에
시를 쓰며
식은땀으로 멱을 감고
세상 아픔 다 짊어진
유연의 기억이 오래전 읽었던
어느 글귀에서
손에 쥔 채 글을 쓴다
풀잎 흔들릴 때마다
가슴속은 쉬지 않고
마음을 표현한 눈길은
이야기 속으로 빠져든다

고통이 있어야 한다고
언제나 서툴다

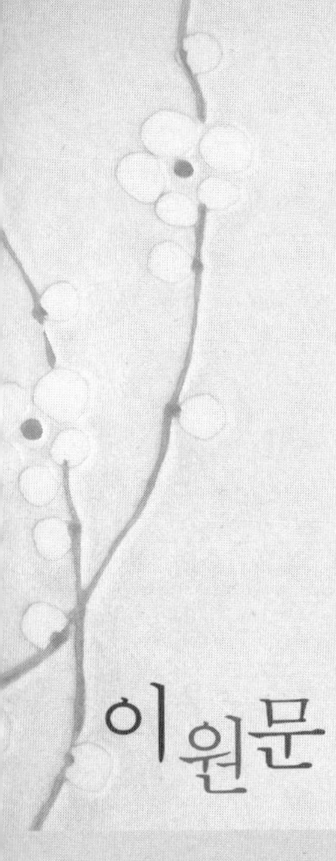

이원문

시인
마필 관리사
시와창작작가회 회원
〈문학광장〉 시 부문 신인상
국가보훈처장상 수상
5개 시장상 수상
국가2급비밀 취급인
한국문인협회 회원
한국작가협회 회원
저서 『백마의 눈물』 외 10집
현)서울경마장 마필관리사 재직 중

조약돌의 노을

먼 훗날이 된
오늘을 위해
우리의 사랑
얼마나 아파했나

잔잔한 물결
조약돌 씻는 강

여름날 너와 나는
그 뭉게구름에 꿈 묻었고
노을에 물든 강은
고기 떼가 뛰었었지

지금도 눈감으면
떠오르는 강

일곱 번을 건너뛴 돌
누구의 것이 더 멀리 갔나
헤아릴 수 없는 날
그리움은 여기에서 기다리는데

작은 행복

넓고 큰 행복은
욕심의 것이고
좁고 작은 행복은
마음의 것이 아닐까요

욕심의 행복은
마음의 행복보다
소중하지 않아요

잡히지 않고
들어오지 않으니

들어오고 쥘 수 있는
좁고 작은 행복만큼이나
어찌 소중하다 할까요

행복은 욕심의 것이
아니에요
허공의 것도
아니고요

그 슬픔

먼 산기슭 뻐꾹새 소리
메아리에 들리는 듯
고요한 다랑이 논
뜸부기 운다

바람에 실려 온
슬픈 아이의 그리움인가
먼 하늘 그리움
구름 따라 흘러가고

언덕배기에 핀 꽃이
아이 가슴에 필 꽃인 듯
한 움큼 쥔 산딸기
그 아이의 눈물 된다

법당 안 들어서며

거짓 섞인 양심으로
살아온 인생
디딘 이 발에
진실만 있겠는가
소리 씻어 들으니
마음 더럽혀지고
눈 안의 것 파헤치니
몸이 더러워지더라
혀끝의 음식 맛이
이 몸 위해 가려졌나
더럽혀진 맛
속 모르게 집어넣고
넣은 것 나오니
무어라 했나
살갗에 닿은 것도
손으로 씻기는데
더럽혀진 마음은
씻을 길이 없더라

불기 2557년
단기 4346년
서기 2013년, 부처님 오신 날에 즈음하여

먼 그리움

친구야
나는 가진 것이 없어
배운 것도 없고
그때 잡은 송사리
몇 마리뿐이지

그것도 물고에
놓아주고
빈 신발 신고
그 자리에 앉아 있어
너를 기다리며

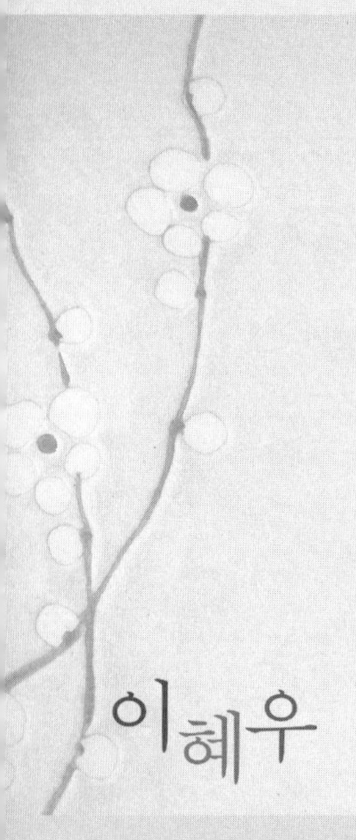

이혜우

시인
시와창작작가회 회원
충남 공주 출신(1940)
서정문학 신인상 수상(수필, 시)
한국문인협회 회원(시)
한국문인협회 서울지회 이사
한국문인협회 광진지부(광진문협) 부회장
한국창작문학낭송회 이사
국제문화예술협회 홍보이사
문학의강 영상낭송회, 작가회원
김우종문학상 자문위원
시마을작가회 회원, 운영위원
청계문학문예대학 교학처장
허난설헌문학상 금상 수상
서울노인종합복지관 봉사상
저서 『마음 깊은 사랑은 황혼이 없다』
동인지, 문학지 수록 다수
이메일: mmmkkk5252@hanmail.net

초복이 오시는 날

날마다 더위 연습하고 있나 보다
초복을 준비하고 있으니 그런가
연초록이 진초록으로 여물어가고 있으며
일 년 중 제일 긴 낮을 간직한 하지(夏至)가 지나고
세 번째 경일(庚日)을 초복이라 한단다
그 초복을 즐겨 맞이하면서
벽장에 고이 모셔 두었던 보약재 꺼낸다
더위에 이겨 버티려고 준비하노라면
마루 밑에 견공은 숨어 떨고 있고
마당에 즐겨 놀며 크는 듯한 약병아리
눈치 보며 힘없이 울타리 밑을 맴돈다
어느 무엇을 선택하여 보신할까
그 보양식도 계층 따라 저마다 다르다
보양식을 들고 농사 잘 지으려 하는데
온 동네 아낙네 얼굴에 웃음꽃 피운다
그래서일까? 내년 5월에 산파 바쁘겠다

멀어져가는 고향

뿌연 먼지 갈색 머리채 날리듯
비포장 길 달려가다
산골길로 십 리 길 걸어가면
서낭당 고개 너머 함지박 같은 동네
저녁연기 서기처럼 아련히 서리어
포근한 엄마 품일까 느끼던 그곳

지금은 큰길로 차들이 서둘러 가고 오고
다정히 걸어가던 길 두리번거린다
초가집은 보이지 않고
꿈 키우던 사랑도 어디로 갔는지
들녘은 비닐집이 나열되어 있고
내가 즐겨 따먹던 감나무 어디 갔나

있던 것이 없어지고 모를 것은 보이어
저마다 삶의 처방도 달라졌다

자연 품을 가슴

꿈 많은 청춘의 적금
어느 날 힘없이 해약당하고
고운 향기 뿜어내기를 거부한다

마음은 방랑하고
욕심은 가슴 깊이 묻어 삭이고
고독은 맷돌에 갈아 마시고 있다

꿈은 깨어졌어도
마음은 넓어져 천 리를 보면서
세상 사는 즐거움으로 돌려놓고

외로움을 짊어지고
한숨을 가슴에 안고 잠을 자도
그런대로 마음잡을 삶의 동아줄이 있다

나에게는 골고루 펴진 장르가 있고
인생길 마음의 등대가 있다

짝사랑

거울에 비친 나를 본다
거울도 나를 본다

그녀를 보았다
그녀가 나를
어떻게 생각할까 보다
나는 거울이 너무나 예뻐
나를 잊어버렸다

거울은 내 눈에 비친
거울 자신을 본단다

물결에 금 비늘 있다

미운 오리 새끼처럼 보이겠으나
어쩌랴
할 수 있으니 잘해 주겠지 하는
뻔뻔한 생각일 것이다

하루 삼식이로 사는 마음
어쩌랴
조금 부담스럽지만
그저, 감사히 받아들인다

권위적인 젊은 날의 후회
이제 이자까지 치러야 하겠지만
어쩌랴
마음뿐이라는 것 알고 있겠지

크게 생각해 주는 듯이 한다는 말
어쩌랴
돈 없으니 아프지 말고 건강해

사랑한다는 말 한마디 하면 어디 덧나나

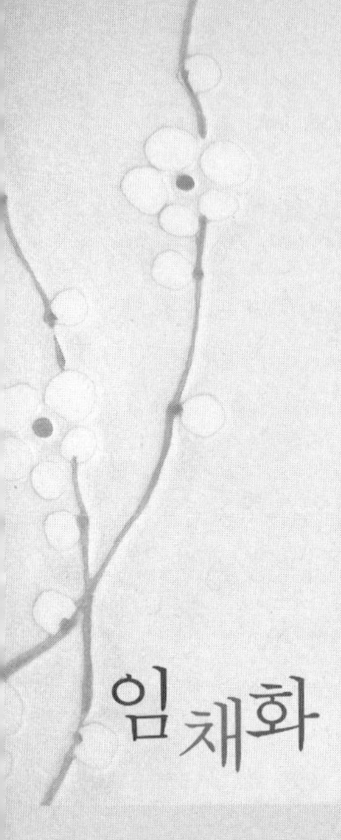

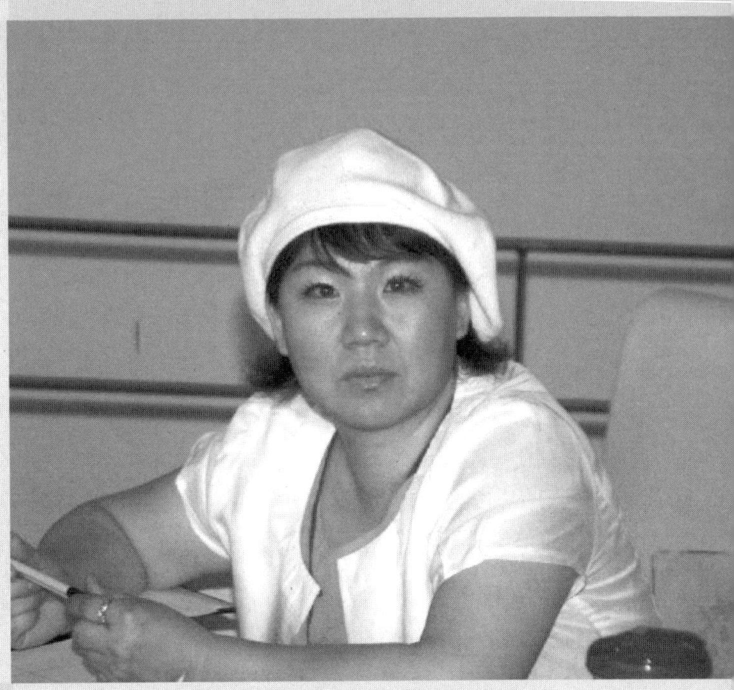

임 채화

시인, 화가
〈시와창작〉 발행인 / 시와창작 출판사 대표
시와창작작가회 회장
아호: 우영(旰嶸)
계간 〈문학광장〉 신인상 수상
〈제3문학〉 등단
시산작가회 편집장 역임
〈현대문학과 예술〉 편집장 겸 사무국장(현)
한국문인협회 회원/ 청시 회원, 청송협회 회원
광명문인협회 회원 / 시 마을 회원
시산, 계간웹북작가회 회원 / 한국신맥회 회원
한국미술여성작가회 운영위원
평화통일위원회 자문위원
제1회 프랑스 파리 100인 초대전 초대작가
제27회 대한민국 우수작가
신춘기획 대전 초대작가
한국신맥회 10주년 신맥 모티브 우수작품상 수상 / 일본 대판 공모전 금상 수상
27회 대한민국 전통미술 대전 입선 / 한국미술여성작가회 특선 / 한국신맥회 10
신맥 모티브 전시 / 인사동 조형 겔러리 작품전 전시 / 중구 문화원 전시 / 인천 한
화관 한국미술여성작가회 / 단체전 전시 외 다수
문학 동인지 다수
김송배 시 창작교실(한국문협 평생교육원) / 한성대학교 사회교육원 시 창작 과정

원하지 않은 이별

자식 바라보는 눈물
밤새워 들려주던
무덤 앞에서
그 사연 꼬부라지고
그 마음 따스하여라

허공에 번져간다
마음 아파서 그리움 아는가!
앞산 담장 흘린 땀
하늘 향해 고개 숙여 피었다

설움이 생각나서
바보 꽃 구절구절마다
넋 양지에 묻고
어느새 할미꽃 백발이 되었다

이듬해 봄
풀밭에 고개 내민 거죽
공기 나란히 맞고 야금야금 기억 갉아
땅 햇볕 겹겹이 입고
허리가 꼬부라졌다

산새의 울음소리
똑같은 건 하나도 없다

하루의 끄트머리

퇴근길 느낌이 좋았던
가슴 움켜잡고
익숙한 침묵과 표정으로
이름 불러도 말없는
눈빛은 푸르게 바래졌다

애잔한 키스가 오랜만인 듯
슬픈 눈빛인지도 모른다

늦은 밤 고요한 관계
빗방울이 남긴 상처 응시하고
직접 들으니 슬프다

가버린 시간 빤히 쳐다보고
풀잎에 맺힌 눈뜬
숨소리 마주한 기억은
감정도 드러나지 않는다

한참을
덤덤한 척 뼈아픈 후회는
바로, 내게로 내리꽂았다

바람에 이동하는 징표(徵標) 없이

그는 살짝 고갤 돌려 나와

그가 돌아왔다
어깨에 내려앉은 낙설(落屑)
하루에 한 번씩 감는데도
찬바람에 미움 담아 웃는다

회백색 잔 비늘
머리에서 어깨 부위까지
하얗게 쌓여 눈으로 내린다

머리에 놀기 시작한 지
몇 년
물기만 닿아도 신 나
샴푸 뒤집어쓰고
나를 외면하고 외출한다

우수수 떨어지는 하얀 비듬
장마철 그는 살짝
고갤 돌려 나와 대치 중이다

잃은 서러움

사랑하는 부모, 형제
모두 잃은 서러움 삼켜야 했던 그 영령(英靈)들
나라 잃은 눈물 밤 지새우고 피눈물 흘리는 너를 어찌 달래느냐

혈침은 민족의 뼈아픔을 당하고 앞산 뒷산 쇠말뚝에 박혔다

산새 지저귀는 노래가
애절하고 애처롭다

남으로 곧게 허리 펴지도 못한 시리도록 높은 하늘
죽은 강, 죽은 땅 바라보고 세월 흘렀구나

아무도
기다리는 사람 없는 고향 가슴에 묻고
사발로 막걸리 마시며 복받친 눈물 손수건으로 훔친다
살다가 살다가 변형된 손 지문 나잇살 먹고
그들의 넋 달래며 가야금을 켠다

나라의 한
너도
나도
부둥켜안고 울었다

제부도

너의 품 안에서
사랑, 그리움 안주 놓고
탁주 한 잔 따른다

햇볕, 쓸쓸한 봄 바다
숨죽인 추억
졸졸 쫓아다니는
하늘 구름 불러 앉힌다

차가운 바람
고갈(枯渴)된 기억
아스라한 너의 모습
망설임을 삼켜 버렸다

빈자리에 넣을 마지막 퍼즐
마른 눈물 조각
너의 이름

짭조름한 사랑이
눈물 같아서
외면하는 가슴에
또 하나 섬에 물이 차오른다

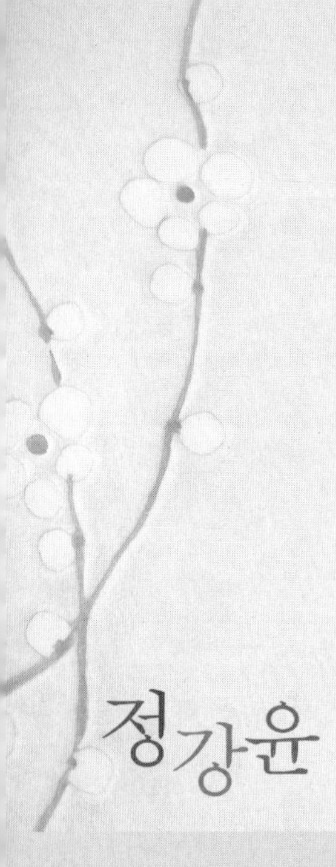

정강윤

시인
시와창작작가회 고문
본명: 정방준
필명: 정강윤
경북 영주 출신
고려대학교 국문과 졸업
시와창작작가회 시 부문 당선
서초문인협회 회원

겨울과 작별하기

세시풍속에서 입춘은
한 해의 시작이며
봄의 첫머리라고 한다.
節氣에 맞추어 봄을 만나려면
마음 먼저 추스른 뒤 익숙해진
겨울과 작별하는 게 순서겠다.
겨우내 마음 구석구석에 쌓여
찌든 미움의 땟자국들이며
별 의미도 없는 일상의
편견들은 멀끔히 털어내고……
그래도 끝내
일치에 이르지 못한
우리들의 불편한 관계는
우수 경칩 지나면 풀린다는
강물에 흘려보내는 게 좋겠다.
節氣가 바뀌어도
여전히 발목을 잡아
걸음을 더디게 하는 내 육신의
나태함도 이 겨울과 함께 작별하고 싶다.
봄맞이 입춘축은
'立春大吉 建陽多慶'을
차운해서 올리고……

겨울 바다를 보려고

겨울 바다를 보려고 서해 쪽 꽃지(花池)엘 갔었다.

돌아올 때 뒤끝이 허전할까 봐 미리 마음 다잡아

감정의 높낮이를 맞추어 놓고서……

짐작했던 대로 겨울 바다는 너무 퉁명스러웠고

온통 기다림으로 찌들어 있었다.

지난여름 모래펄을 달궜던

그 많은 천둥벌거숭이는

어디로 갔는지……

물이 빠져나간 갯벌에는

넉살 좋은 바지락이 하늘을 보고 누워

겨울 바다를 보러온 사람들을

꼬드겨 부르고 있었다.

부르는 소리에 꾀여 갯벌 여기저길

오금이 저리도록 쏘다녔으나 갈매기 떼에게

속살 떼어주고 등 돌려 누운 바지락 껍질만 줍고 또 주웠다.

그런 것도 손에 쥐어 주면 바다소식에 목말라 하는

아내에겐 쏠쏠한 위안거리가 될지 몰라……

소금기 밴 칼 같은 갯바람이

귓불을 할퀴어 대는 갯벌에서

속 빈 바지락을 줍고

다시 아내를 떠올렸다.

돌아갈 때 바지락 속 빈자리에

꽃지(花池)의 부부바위 전설이나 서해 제일이란

일몰의 장관을 가득 담아 전해주면 얼마나 감격스러워할까.

발품을 팔아 갯벌을 헤집고 바지락을 주우며 헤맨

꽃지(花池)의 겨울 바다는 어느새

명암이 뚜렷한 수묵화로 채색되어

미리 다잡고 맞추어 놓은

감정의 높낮이 속으로

슬며시 들어와 자리를 잡는다.

나도 서서히 겨울 바다를 닮아 가고 있었다.

나이를 먹는다는 것은

나이를 먹는다는 것은
살아가면서 세상을 바라보는 눈이
더 맑고 깊어진다는 것을
의미하는 것일 게다.
비록 돋보기 없인
신문도 못 보는
시력이지만……
더러는 사람의 심성을
꿰뚫어 보는 직관의 안목이
먹은 나이만큼 높아진다고 하는데
내 관념의 잣대로는 도무지 가늠할 수가 없다.
나이를 먹고 '從心' 의 문턱을 넘어
뒤를 돌아보니 지나간 것은 어느 것 하나
소중하지 않은 것이 없지만 눈앞에 펼쳐진 세상은
'知天命' 이나 '耳順' 의 즈음에는 상상도 못했던
외눈박이로 물구나무서서 가는 어처구니없는 세상이다.
이런 세상에서
나이를 먹는다는 것은
이제껏 누리던 자리에서
내려와 사랑하고 용서하며
구차하지 않게 명줄을 이어가는
지혜를 터득하는 것일 게다.

용문사 은행나무

커다란 키에 우람한 몸집
온몸 던져 부처님과
선문답 중인
용문사 은행나무.
나이는 가늠도 어려운 일천 일백여 살.
허구한 날 대웅전 어간문 밖에서
하늘 우러르고 부처님과 독대하며
불심 닦아 나라의 변고에는
경종을 울려준다는 용문사 은행나무.
그 앞 오갈 때마다 무병장수 발원하고
합장 삼배 올리는 사부대중들에겐
영락없는 불보살이며 환생하신
부처님과 진배없다는데……
天王木이란 별칭에 堂上 직첩까지 받아
지상에서 누리는 온갖 복록은 부처님의 뜻인 것을
몇 겁의 세월 지나야 깨칠 수 있을는지
대웅전 어간문을 사이에 두고
어제도 그랬듯이 오늘도
부처님과 선문답 중인
용문사 은행나무.

덕수궁 돌담길 걷기

덕수궁 돌담길은 붉은 단풍잎이
핏빛같이 붉게 물든 단풍잎이
떨어질 때쯤에 맞추어서 걷는 것이 좋다.
오가는 사람들의 발끝에 뒤채이는
단풍잎만큼이나 많은 역사의 흔적이
촘촘히 박혀 있는 덕수궁 돌담길.
소용돌이치는 험난한 역사의 고비마다
역사의 무대이기도 했고,
역사의 증인이기도 했던 돌담길.
핏빛같이 붉은 단풍잎으로 뒤덮인
돌담길을 오가며 옛 덕수궁 주인의
참담한 개인사를 헤아려 본 사람들이 몇이나 될까?
시공을 넘어서 역사가 되고, 신화가 되어
실록의 행간에서 만난 月山大君, 李婷이라는 이름이
'今上의 母兄' *이란 족쇄와 함께
'詩酒와 經史 子 集의 섭렵' *으로
한목숨 부지했던 옛 덕수궁의 주인이라고 했다.
조카의 왕위를 빼앗은 수양대군이 대군의 조부였으며
대군의 부인을 겁탈하고, 대군의 墓室에 쇠기둥을 박은
연산군이 대군의 조카이고 보면 月山大君, 李婷이라는 이름은
살아서는 반역의 역사를, 죽어서는 패륜의 역사를,
모질게 감내하며 살았던 비운의 왕손인 셈이다.
질곡의 역사 속에 묻혀버린 月山大君, 李婷의 恨이

핏빛같이 붉은 단풍잎이 되어 지금 떨어지는 것이라고 한다면
때를 맞춘 덕수궁 돌담길 걷기는 대군의 망혼을 위한
진혼의식 같은 것이라고 해도 좋겠다.

* '今上의 母兄(조선 제9대 성종의 동복형인 李婷을 지칭)', 詩酒와 經史 子 集
의 섭렵'은 조선왕조실록 성종조 223권, 성종 19년(1488년) 12월 21일자 두 번
째 기사 '월산대군 이정의 졸기'에서 인용
*經史 子 集: 중국 고전의 經書, 史書, 諸子 類, 詩文集을 통틀어 이르는 말

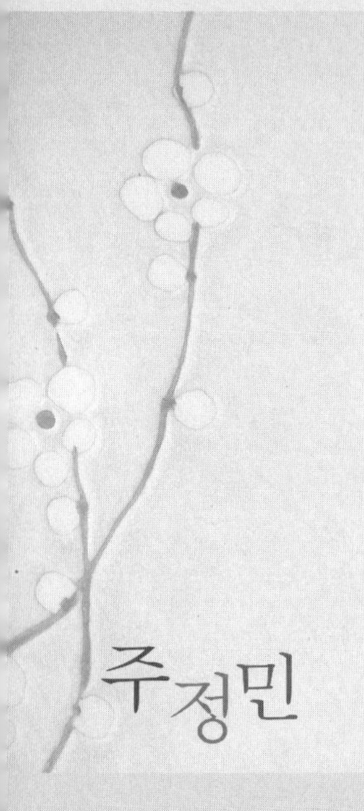

주정민

시인
시와창작작가회 회원
호, 필명: 유운(흐르는 구름)
서울 태생
2009년 〈문학광장〉에서 「그림자 사랑」으로 등단
2009년 〈문학광장〉 11월호 '이달의 시인' 으로 선정
옛 천리안 홀씨 동인
현재 부산에서 자신의 이름을 걸고
영어 학원을 운영하며
우리말에 바탕을 둔
영어 교육을 실천하고 있다.

이별할 때는

머뭇거리는 작별의 말 대신
담배가 있어야 한다
딸깍
상대에게 불을 붙여주고
한숨 한번 내쉬고 나면
말이 없어도 좋다

짧은 흡연의 시간만큼
이별은 완성되지 않았으니
아직은 연인일 수 있다

거리가 다소 조용하더라도
크리스마스만큼 냉정한 추위가
매정하더라도, 그러하더라도
담배가 타고 있는 동안은
웃고 다시 웃으며
행복한 끽연의 시간을 누리자

뒷모습을 보려 하진 말 것
담배가 꺼질 때
사랑의 유효기간도 끝나고 있으니
상대의 그림자 속으로 던져버릴 것
꽁초 같은 미련까지 매몰차게

다미

어둠처럼 잔인한 소나기도
네 그림자를 적시진 못했다
추억의 우비를 입고 냉정하게,
빗물처럼 사라지는 네 걸음엔
아쉬움은 전혀 밟히지 않았다

시간의 웜홀 속에 갇힌
쓸쓸한 나의 기억처럼
네가 전해온 이별의 소식 또한
실감나지 않아 여전히 난 웃었고

짧은 네 미니스커트 속으로 비치는
새하얀 첫 경험의 기억 또한
전생처럼 아득하기만 했다

너는 가고 있고
나는 보고 있는데
너는 멀어지지 않고
지금도 네 손을 잡을 수 있을 것 같아

무심히 손을 뻗다
가까웠던 네 손길은 빗속에 흩어지고
찢어진 기억은 우산이 되어

거리에 뒹굴고 있다

사랑 따위 하지 않았으니
널 기억하지 않을 것이고
이별이 없었으니
널 보내지도 않으리라

이 비가 그쳐도
다시 내일의 비가 내릴 터이니
초보처럼 너의 걸음을
아쉬워하진 않을 것이다

무심히 창을 쳐다볼 때
여전히 너는 거기 있을 테니

사막에도 비는 내리고 있음이다
아스팔트에도 꽃은 필 수 있음이다
시간의 틈새에는 영원(永遠)이 있음이다

그러니 이젠 편히 쉬도록
추억 속에서

비가 내려도

숲의 공기는 옅어져만 갔다
아무리 찾아도 정겨운 초록보다
점점 갈색의 진흙만 무성했고
굶는 날이 늘어만 갔다

비가 내려도
생명의 몸짓은 보이지 않았고
슬픈 눈을 가진 연약한,
바보 같은 그 사슴은
더 이상 뛰지 않았고
굶주린 늑대가 다가와
송곳니를 드러낼 때조차
울지 않았다

허벅지가 뜯기고
가슴살이 짓물러질 때에야
그 고운 목을 들어
허공을 한번 보고
아직 희미하게 남아 있는
마지막 봄날 같은 달빛 속에서
그제야 사슴은
크게 울었다

숲엔 비가 내렸지만
더 이상 풀은 자라지 않았다

봄은 사라졌고
달은 보이지 않았으며
구름은 흐르지 않았다

파랑새, 노래하다

비가 차던 어느 날
허공에 나타난
슬픔보다 푸른
어린 파랑새
식어가던 심장에
날갯짓하다

동화 같은, 파랑새의
다정하게 울리는 속삭임
서서히 고동치는
조각난 심장
비는 어느덧 개고
파랑새는 내 품에서
귀여운 가르릉

파랑새의 눈망울
맑게 노래하다

파랑새 이야기

그녀의 방은 작지만 초라하지 않고 춥지만 냉기는 없다.
삐걱거리는 침대에는 파랑새의 향이 묻어 있고
중고 책상 위에는 수많은 작가들의 글이 그녀를 외롭지
않게 해준다.
오늘따라 그녀, 파랑새는 촛불을 켜놓고 편지를 읽고 있
다. 삼파장보다 흐리지만 훨씬 따스한 촛불 아래서 구름이
그녀에게 말해주고 있다. 슬플 때조차 웃을 줄 아는 그녀
를, 파랑새라 부름은 지극히 당연하다.

파랑새의 방은 난방이 되지 않는다.
가녀린 그녀의 발은 겨울마다 퍼렇게 되지만, 옷으로 여
민 파랑새의 여윈 몸은 그래도 행복하다.
춥지만 마음이 시리지는 않은, 가진 것이 없기에 잃을 것
을 걱정하지 않는 파랑새의 삶은, 그래도 행복해야 한다.

처음부터 그녀에게 날개가 없었는지는 알지 못한다.
창문으로 얼핏 보는 것만으로는 모든 것을 알 수는 없다.
구름이니까 이나마도 볼 수 있는 것이겠지만.
날개가 없는 파랑새는 걸어야 한다.
4층을 내려가고, 다시 지하도를 걷고 시커먼 열차를 타고
조금은 졸며 그녀는 둥지를 벗어난다.

일터에 들어서는 순간 그녀에겐 빛이 난다.

살짝 보이는 덧니는 파랑새의 상징이고 가녀린 팔뚝이지만 그녀의 압은 유도선수에게도 만족을 준다.

만나는 손님마다 행복의 조각을 나누어 주는 그녀를 언젠가 부터 사람들은 파랑새라 부르기 시작했고

구름도 그만, 그녀를 간직하게 되었다.

한순간, 그녀가 날개를 찾을 때가 있다.

손님이 얼굴에 팩을 하고 누워 있으면 그 얼굴 위에서 파랑 새의 날갯짓이 느껴진다.

눈을 뜨는 순간 사라지는 파랑새의 날개.

행복은 그래서 눈을 감아야 보이는 것인지도 모르는 일이다.

파랑새는 울지 않는다.

겨울이라도, 곧 봄이 올 것을 알기에 파랑새는 슬플 때도 즐 겁게 노래하고 힘겨울 때도 신이 나서 노래하고 없는 희망의 그림자까지 그녀는 찾아내어야 한다.

한겨울 냉방 속에서 그녀는 본연의 모습으로 돌아간다.

거추장스러웠던 초라한 옷가지도, 온몸 구석에 묻어있던 오 일자국도 벗어버리고 그녀는 스포츠마사지 관리사에서 행복 의 파랑새로 거듭난다.

이제 알에서 깨어나고 있는 작은 파랑새는 한겨울 새벽을 자신의 춤사위로 데우고, 녹이고 있다.

파랑새는 알고 있으니까, 눈이 녹으면 봄이 올 테니 눈을 감고 있다 보면 아침도 올 것이라는 것을.

그리하여 이제 파랑새는 눈을 감고 조용히 아침을 기다린다.

이렇게 아침이 계속 오면 다시 봄이 올 것이고 봄이 오면, 어쩌면 구름 위로 날아갈 수도 있을 것이다.

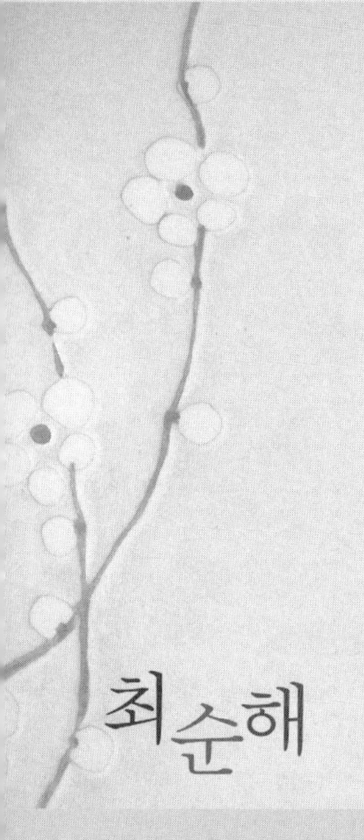

최순해

시인
시와창작작가회 회원
경남 김해 출생
2008년도 문학광장신인상
부산문인협회 회원
새부산시인협회 회원
연제문인협회 회원
실상문학 회원(불교문인협회)
산울림문학회 회원

씨밀레*

이월 영등할매 심술
목젖을 적시며
버들강아지 입술에
알을 싣는다.

사과처럼 상큼한 봄동이
실눈을 하고
당신의 향기로
오손도손 꽃피는 밥상

된장국 냄새 솔솔
어머니 손맛 부르며

칼날처럼 매섭게 불던 바람
땡초처럼 맵게
운명처럼 다정한
봄동이가 효자네

*씨밀레: 다정한 친구

봉정암의 자화상

운무로 둘러싸인 암자
푸른 우장 입은 산이
눈물 쏟으며 보초를 서고 있다

아슴푸레한 절벽을
빙판 타듯 훑고 있는
네 발 가진 할머니 발꿈치에
물집을 지었다

질퍽질퍽 리듬 따라
성형수술에 들어섰다

굽은 등이 굽은 등껍질을
둘러메고
세상 인연 다
연등에 휘날리는
산사의 목탁소리

웅얼거리는 원
환희의 몸살 앓으며
당신의 넓은 등에
나를 내려놓는다

목련꽃

바람이 말을 건넨다
콜록콜록
뱃속을 깨우는
아홉 쌍둥이
인큐베이터 아가들처럼
혹한을 딛고
세상 밖으로 마음을 여는
몰풍스런 하이얀 입술
혓바닥으로 몸을 데우는
몸부림
북풍을 온몸으로 핥는다

시인은 말한다
옷이 헐거워 벗겨지는
너스레의 교태라고

한 생명의 탄생

진통이 시작된다
하늘이 노오랗다
잇몸을 악물었다
문고리를 잡고
천정이 샛노랗도록
끙끙거렸다

붉은 선혈이 봇물 터지듯
아랫도리를 휘감고
태양이 솟아오르듯
쏙 빠져나왔다

자궁의 예술

풍악을 울렸다
응애응애 소리가
역사가 이루어진다

아련한 기억 하나

등줄기 타고 흘러내리는
추억 모서리 하나
먹다 걸린
옹울
회오리바람처럼 날아와
나를 향해 덤빈다

옹굿쫑굿한 자태
알 듯 모를 듯
발자국 자취 묻어나는
산사의 외바람도 외롭다 하며

애면글면 시간을 휘감고
설핏 해 질 녘
원을 토하는
소리 들을 수 있었다

시와창작작가회 회원작품
〈수필〉

김기진

안현숙

오세권

유병권

최성린

2013년 시와창작 봄맞이 문학기행

| 김기진 |

시와창작 봄맞이 문학기행을 2013년 3월 25일 제부도에 1박 2일 일정으로 임채화 회장님을 비롯해서 9명이 떠났습니다. 시와창작 모임을 끝내고 떠났기 때문에 늦은 시간에 도착하여 여장을 풀었습니다. 민박집의 방은 넓고 창 너머 들어오는 바다가 철석거렸습니다.

간단히 시낭송회를 열었습니다. 김종분 시인과 이수인 시인이 낭송복을 갖추어 입고 낭송을 하여 깊은 감명을 주었고 노선영 시인의 여려 배려의 고운 마음씨며 이성직 작가님의 몸놀림이 유연함에 놀랐으며 신종현 선생의 봉사 정신이 투철하였습니다. 김이철 선생은 궂은 일 힘든 일은 다하려 하였고 공석진 선생도 세심하게 분위기를 챙겨주었습니다.

담소를 나눈 후 바비큐 실에서 삼겹살을 구워 소주 파티를 했습니다. 가장 인상 깊었던 것은 서로를 칭찬하기 게임이 있었는데 참으로 흐뭇하고 정겨운 광경이었습니다. 파도를 자장가로 잠이 들어 파도 소리에 기상하니 정갈하고 상쾌한 아침이었습니다.

식사 후 둘러앉아 서로 시를 논하고 연구하는 시간을 가진 후 매바위로 산책을 나갔습니다. 마침 썰물 때라 걸어서 갈 수 있었고 돌에는 굴이 다닥다닥 붙어 있어서 깨서 먹으니 해향이 입안 가득했습니다. 소주만 있으면 돌부리에 걸터앉아 취해보고 싶은 곳이었습니다. 아마도 술에 취하고 바다에 취하고 기분에 취해 밀물도 잊을 듯했습니다. 기념사진을 찍고 모세의 기적이 매일매일 일어나는 곳 제부도를 뒤로하고 떠나면서, 2009년에 제부도에 왔을 때 쓴 시 제부도를 생각하였습니다.

제부도 / 柏堂 김기진

사랑하는 사람과
제부도에 가고 싶다

매바위 에서
황혼에 황홀하다가
실수처럼 갇히고 싶다

달콤한 갯벌 파먹다
홀로된 고기처럼

또
슬쩍 갇히고 싶다

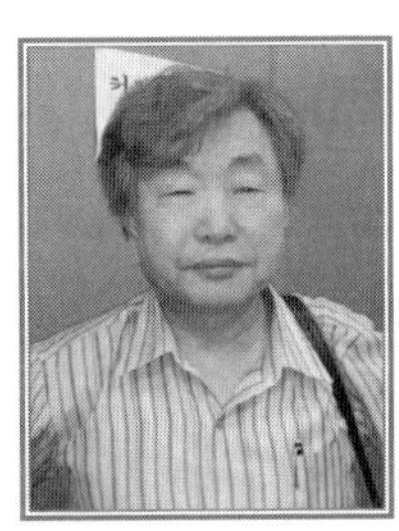

김기진

시인
시와창작작가회 회원
아호: 백당(柏堂)
〈자유문예〉 시 부문 신인상
2008년 12월 광명문협 공로상
2011년 광명시장상 문예부문
2010년 11월 시사투데이 선정
2010년 대한민국 사회공헌 대상
시가 흐르는 서울 명예회장
자유문예문인회 부회장
만다라 문학회 고문
강은혜 문학 아카데미 고문
다온문예 고문
작가시선 심사위원
꽃시 뿌리는 마을 부촌장
한국문협 회원
함국문협 광명지부 회원
저서『일출처럼 노을처럼』『한강』
이메일: evernew-co@hanmail.net

별

| 안현숙 |

내가 그에게 호감을 갖기 시작한 건 그의 글을 읽고 나서였다.

'당신은 밤하늘의 별과 같은 인생을 사신다고 생각하시나요.

상처받은 영혼이 먼 하늘의 별을 바라보며 위로받고,

여정을 멈춘 나그네 또한 쏟아지는 별빛 아래에서

잠시 짐을 내려 휴식을 취합니다.

당신은 별을 꿈꾸시는 건가요?

사람들에게 위로와 휴식을 안겨주는 별이 되고 싶으신가요?"

라고 시작되는 편지글에,

"나는 별이 무엇인지 모르는 사람입니다.

어쩌면 단 한 차례도 남들 머리 위에 떠 있는 자신을

그려본 적이 없는 것 같습니다.

목마른 길손에게 물을 떠 준 일도 없으며

길 잃은 자에게 손을 들어 방향을 가리킨 바도 없었습니다.

메마른 강가의 시든 풀처럼 물기를 잃은 채 말라가고 있던 내게

누가 휴식과 위안을 구한단 말입니까?

사람들이 우러르는 별을 꿈꾸기에는 나는 보잘것없는,

길바닥에 구르는 작은 돌에 불과하였고 지금도 또한 그러합니다.'

라고 쓴 장문의 답신!

단편소설 한 편 분량의 두 편지글에서 그가 뱉어낸 언어들은 은빛으로 날카롭게 빛나며 내 가슴에 파고들었었다. 어느 부분을 읽어 내릴 때는 비수처럼 내 가슴을 찌르는 것 같아 온몸에 소름이 돋기도 했으며, 또 어느 부분에서는 애잔한 마음이 되어 찔끔 눈물이 나기도 했었다.

사랑했으나 함께할 수 없었던 연인들!

그 절절한 사랑이 그의 언어를 통해서 살아나고 있었고, 그 날카로운 언어에 가슴을 베인 나는, 한동안 가슴속에서 스산한 바람 소리가 나는 것 같았다.

글에 나타난 그의 사랑이, 그의 외로움이, 그의 암울했던 어린 시절이, 그의 예리함이, 또한 그의 남모르는 연약함이 나로 하여금 그에게 특별한 관심을 갖게 했다. 그것이 그와의 시작이었다.

내가 친구로부터 그를 소개받은 것은 아주 우연한 일이었다.

나보다 7살이나 아래인 그는, 동안(童顔)에 작은 키를 하고 있었다. 당시 고등학교에 다니고 있던 180센티미터의 내 아들보다도 훨씬 작은 그는, S대 출신의 명석한 두뇌의 소유자임에도 불구하고 처음부터 내게 만만함을 갖게 했다. 아마도, 동안인 데다가 그의 작은 키가

나로 하여금 그런 생각을 갖게 했던 것 같다.

"청소년 시절, 참 힘들었었지요. 그래서 키가 안 자랐나 봐요."

그는, 자기의 키 작음에 대해 그렇게 말했었다.

어느 늦은 오후, 그와 나는 조붓한 산자락의 아담한 카페에 앉아 모처럼 한가로운 시간을 보내며 저녁 어스름이 내려앉고 있는 산등성이를 무심한 눈으로 바라보고 있었다. 마침 산허리에는 주황빛 노을이 걸리고 있었다.

"난 하루 중 이 시간이 젤 싫어요."

그가 불쑥 말했다.

"왜?"

의아한 눈빛으로 내가 물었다.

"노을이 지면서 어둠이 조금씩 내려앉는 이 시간이 싫어요. 왠지 모르게 외롭고 쓸쓸해지거든요. 밝음도 아니고 어두움도 아닌, 아주 모호한 회색 빛 느낌! 스산하고 삭막하고……. 어떨 땐 땅 속으로 꺼져드는 느낌이 들어요. 그럴 땐 '죽음'이나 '떠남'에 대해서 생각하게 되거든요."

그는 나이에 어울리지 않게 '죽음'이나 '떠남'에 대해서 예민했다.

어린 나이에 시작된 '아버지의 부재', 아버지의 부재로 인해 생활 전선에 나서야 했던 어머니, 그 어머니를 하루 종일 기다리며 사랑에 목말라 하던 소년!

어둠이 내리고 노을이 지고, 그러고도 깜깜해져서야 돌아오는 어머니를 어둠에 쌓여 가는 텅 빈 집에서 무서움을 견뎌내며 기다려만 했던 겁 많은 소년!

그 지루한 시간에 찾아오는 붉은 노을빛은 그의 기다림을 극대화

시키며 견디기 힘들게 만들었을 것이었다. 어린 소년이 견뎌내기에 그 시간은 차라리 형벌이었으리라!

나는 어둠이 스멀스멀 내려앉으며 붉은 빛으로, 또는 주황빛으로, 때로는 잿빛으로 변해 가는 노을을 바라보는 그 시간을 가장 싫어한다는 그의 말을 그렇게 이해했으며, 그 말을 듣는 나는 가슴이 아팠었다.

그는 글쓰기를 즐겼으며, 먹고사는 문제 때문에 전업으로 글을 쓸 수 없음을 아주 애통해 했다. 그는 광고 회사에 다니고 있었으나 그렇다고 카피라이터는 아니었다. 그가 가지고 있는 직책은 자금 담당 이사였다.

자금 담당 이사인 그가 쓰는 글은 대부분 날카로웠으며 예리하게 핵심만을 얘기하고자 했다. 대학 시절 몸담았던 운동권 출신답게 그의 글은 아주 논리적이었으며 또한 질서정연했다. 그러나 어두웠다.

어떤 문장들은 아주 화려해서 감탄을 자아내기도 했으나, 그 문장의 화려함에도 불구하고 그의 글은 너무 어두워 읽는 사람의 마음에 알게 모르게 아픔을 남겼다. 그의 글을 읽으면서도 나는 가슴이 아팠었다.

그러던 그가 어느 날 내게 '회사를 때려 치웠다' 는 전화를 걸어왔다. 나는 왜냐고 묻지 않았다. 그가 회사를 '그만 두었다' 고 말하지 않고 '때려 치웠다' 고 말할 때, 그 말이 풍기는 뉘앙스가 나로 하여금 그렇게 묻지 못하게 만들었다. 짐작하고 있던 일을 벌인 것 같았기 때문이었다. '결국은 저질렀네……' 라는 내 말에, '떠나기 전에 알리고 가려고요' 라고 그가 말했다.

강원도 인제를 지나 한계령 자락 필례 계곡 어느 골짜기 무슨 '산방(山房)'으로 당분간 거처를 옮길 거라고 말하는 그에게 '식구들은 어떻게 할 건지, 들어가서는 얼마나 머물 건지, 언제 내려올 건지' 같은 말들을 나는 하나도 묻지 못했다. 다만, 나는 먹먹한 마음이 되어 '잘 다녀오고, 다녀와서 꼭 보자……' 는 말만을 되풀이했다.

그렇게 말하는 내 머리 속에는 '결국 저지르는구나!' 라는 생각만이 맴돌았다. 그가 가지고 있는 글쓰기에 대한 열정이 회사에 더는 붙어 있지 못하게 만들 것이라는 걸 조금씩 느끼고 있었기 때문이었다.

그렇게 떠난 그를 나는 가끔 생각한다. 필례 계곡 어딘가에 있을 그를 생각하며 지금 어떤 모습을 하고 있을까 궁금해 한다. 내게 자주 말했던 것처럼, 수염을 덥수룩하게 기르고 길게 자란 머리를 뒤통수에 꽁지로 매달고 있을까?

'자유인' 이 되고 싶다던 그가 깊은 골짜기에서 산허리에 걸리는 노을을 바라보면서 무슨 생각을 하고 있을까? 여전히 그 시간이 너무 싫다고 생각할까? 아니면 이제는 감정의 굴곡을 여과시켜 검붉게 타오르는 노을을 바라보며 아름다운 문장을 만들어낼 만한 마음의 여유를 갖게 되지 않았을까?

나는 그가 그렇게 되기를 바란다. 그의 외로움, 슬픔, 모두 잊고 여유로운 마음으로 칼날이 서지 않은 아름다운 문장을 만들어내어 여러 사람에게 감동을 줄 수 있는 그런 글을 써내기를 원한다.

산허리에 걸린 붉은 노을을 바라보다 문득, 어쩌면 그는 스스로 글에 쓴 그런 '별' 이 되고 싶었던 건 아니었을까 하는 생각이 들었다.

상처받은 영혼이 바라보며 위로 받는 별!

여정을 멈춘 나그네가 잠시 휴식을 취하며 바라보는 별!

그렇게 사람들에게 위로와 휴식을 안겨주는 별!

정말 그가 그런 생각을 했었던 건 아니었는지 나는 갑자기 궁금해졌다. 그를 다시 만나면 반드시 물어 보리라! 스스로 '별'이 되고 싶은 건 아니었느냐고…….

그가 그립다.

그러나 나는 선뜻 그를 찾아 나서지 못한다. 다만, 내게로 올 때 '별'과 같이 반짝이는 글, 수도 없이 반짝이며 사람들에게 위안과 휴식을 안겨주는 '별' 같은 글을 한 아름 안고 오기를 바라며 그를 위해 기도할 뿐이다. 그를 그리워하는 마음과 함께…… 슬픔도 같이…….

콩국수

올 들어 처음 콩국수를 만들었다.

며칠 동안 너무 더웠더니, 남편, 콩국수 생각이 났던 모양이다.

"우리 콩 없니?"

"아니 있어. 왜?"

"콩국수 좀 해주지?"

"그러지 뭐!"

우리 집 남자 셋 모두 콩국수를 좋아한다.

남편은 무지무지 좋아하고, 큰놈도 엄청 좋아하고, 작은놈도 그런 대로 좋아한다. 그런데 먹는 스타일은 제각각이다.

남편은 얼음 넣고, 소금 넣고, 오이채 썬 것 듬뿍 넣고, 깨소금은 잇새에 낀다고 안 넣는다.

큰놈은 오이향이 싫다며 오이채는 안 넣고, 얼음 넣고, 소금도 많이 넣고, 깨소금도 듬뿍 친다. 이 녀석이 먹고 남은 콩국물을 맛보면 아주 소태다. 소금을 매번 너무 많이 넣는다. 그렇게 짜게 먹지 말래도 말을 안 듣는다. 조금 짭짤해야 맛있다나, 어떻다나…….

작은놈은 얼음 넣고, 소금 약간 넣고, 오이채는 안 넣고 깨소금만 치는데, 콩국물은 다 남기고 국수만 엄청 먹는다. 그래서 그놈이 먹고 남긴 아까운 콩국물은 모두 다 내 차지다.

우리 집 세 남자, 유전인자가 같아도 먹는 스타일은 이렇게 다르다.

내가 콩국수를 만드는 방법은 다른 사람들과 조금 다르다.

다른 사람들은 대개 콩을 삶아서 찬물에 헹궈가며 콩 껍질을 다 벗겨 내고, 그 콩을 갈아서 삼베보자기 같은 걸로 걸러서 그 국물만 먹는데, 나는 그렇게 하지 않는다. 나는 콩을 삶아서 그대로 식힌다. 찬물에 헹구지도 않고 콩 껍질을 벗겨 내지도 않는다. 그렇게 식힌 콩을 믹서로 아주 곱게 갈아낸다. 곱게 가느라고 시간이 좀 오래 걸린다.

그것을 삼베보자기 같은 것으로 걸러내 국물만 먹지 않고, 믹서로 간 그 콩국물을 그대로 다 먹는다. 조금 걸쭉하지만 그래도 곱게 갈았기 때문에 입안에서 씹히는 것 없이 술술 잘 넘어간다. 그렇게 먹는 것이 찬물에 헹궈 콩 껍질 다 벗겨 내고 꼭 짜서 국물만 먹는 것보다 진국이라 훨씬 더 고소하고 맛있다.

그리고 국수는 가느다란 소면을 쓴다. 전에는 조금 굵은 칼국수용 국수를 썼는데 소면으로 한번 해보니 국물의 맛과 국수의 맛이 같이, 또 따로 어우러져 칼국수용 국수를 넣은 것보다 맛이 훨씬 더 부드러운 것 같아 우리 식구 다 그렇게 만든 것을 좋아한다.

그래서 우리 식구들은 밖에 나가 콩국수를 사 먹지 못한다. 내가 그렇게 만들어준 콩국수에 맛이 들었기 때문이다.

남편 회사 다니던 시절, 한여름 더위가 한창인 초복 무렵에 내가 그런 식으로 만든 콩국수와, 해물과 오징어 듬뿍 넣고 만든 파전, 뻘

젖게 고춧가루 넣고 쑥갓과 양파, 오이, 깻잎 썰어 넣고 들기름 듬뿍 친 도토리묵, 이렇게 세 가지를 만들어 부하 직원들을 집으로 불러다 먹이곤 했다. 삼복더위 한창 더울 때 한 번씩 힘을 주기 위한 직장 상사 남편의 배려였다.

이렇게 세 가지에다 김치만 하나 있으면 다른 거 더 필요 없었다. 그러면 소주를 곁들여 얼마나 맛있게들 먹고 가는지…….

몇 년을 해마다 그렇게 했다. 연중행사 중 하나였다. 남편은 자기 부서의 직원들을 일 년이면 세 번 집으로 불렀는데, 한 번은 구정 지나서, 또 한 번은 추석 지나서, 그리고 한여름 복더위 때, 이렇게 세 번 집으로 불러 한 번씩 푸짐하게 먹이고 즐겁게 놀다 가게 했다. 그 덕에 나는 그들에게 사모님이 아닌 맘씨 좋은 형수가 되었다. 그래서 그 직원들은 지금도 가끔 내게 전화를 한다, 아주 스스럼없이…….

그리고 아직도 그 콩국수의 맛을 기억하고 있는 직원들이 있어 어쩌다 가끔 그 일을 화제 삼기도 한다.

오늘 맛있게 해 먹은 콩국수!

올해는 몇 번이나 더 만들어 먹게 될까?

안현숙

소설가, 수필가
서울 출생
현)시와창작작가회 사무국장
시와창작작가회 4대 사무국장, 5대 총무, 6대 사무국장 겸 총무
2004년 〈좋은문학〉 소설 신인상(수상작 「안개 속으로」)
2006년 〈시와창작〉 수필 신인상(수상작 「아들의 몸살」)
[동인지] 〈계간웹북〉 1~16집
『꽃 진 자리에 누워』 『초록을 만나다』 『가벼움에 대한 애착』
『틈새로 부는 바람』 『시와창작 작가들』 외 다수
이메일: soogisoogi@hanmal.net
블로그: http://blog.naver.com/soogisoogi

사돈을 맺자고?

| 오세권 |

"해당화 피고 지는 섬마을에…… 쿵짝쿵짝."

만물상 차가 왔다는 음악 소리에 화들짝 눈은 떴지만 몸은 천근만
근이고 머리가 터져버릴 듯이 아프다. 보통 때는 아침 여섯시면 일어
나 하천변에 산책을 하며 가벼운 운동을 하곤 하였는데 오늘은 8시
쯤 어김없이 나타나는 만물상 0.5톤 트럭이 울려대는 소음에 겨우
눈을 떴다. 어젯밤 부친상을 당한 친구의 장례예식장에서 늦도록 마
신 술이 지금도 목구멍으로부터 퀴퀴한 냄새로 솟구쳐 오른다.

'오늘은 이러면 안 되는데, 조카딸 상견례에 가야 하는데…….'

겨우 일어나 창문에 턱을 괴고 밖을 내다보니 담뱃가게 욕쟁이 아
줌마가 만물상 차에서 두부 한 모를 사는 모습이 보인다.

“따끈따끈한 두부, 콩나물, 라면, 칼국수, 멸치액젓, 까나리액젓, 고무장갑 등이 있으니 빨리 나오셔서 구경하시고 사시기 바랍니다.”

간드러지게 녹음된 긴 문장이 날마다 차량에 설치된 스피커를 통해서 거의 비슷한 시간에 울려 퍼지지만 누구하나 이 소음에 불평하는 사람은 없다. 차를 세워놓고 손님을 기다릴 때면 주로 옛날 노래를 틀어놓는데 오늘은 하필 섬마을 선생님이다.

“그래 나는 섬마을 선생님이 아니고 육지 선생님이다.”

40년 가까이 초등학생들을 가르치다 보니 이제는 아이들이 모두 손주뻘이 된다. 내년이면 정년이라는 생각에 아쉬움도 있지만 요즈음의 교육 현장을 보면 어서 떠나고 싶은 생각뿐이다. 한 해가 다르게 난폭해지는 학생들을 제지하기에는 역부족이고 핵가족이다 보니 학부모들 또한 옛날과는 선생님에 대한 인식이 너무 다르다.

“여보, 목욕탕에 가서 사우나 하고 오세요. 그래야 술 좀 깰 것 같아요.”

잠에서 일어난 것을 알아차린 아내가 꿀물을 한 컵 만들어 가지고 들어와서 한 마디 던진다. 술을 자주 마시는 것도 아니고 어쩌다 분위기 때문에 취하는 것이기에 내 술버릇에 대해서 아내는 늘 관대하다. 그런 아내가 참 고맙다.

그럴까? 그런데 오늘 몇 시에 만나는 겨?

"열두 시 정각이래요. 작은아버지답게 품위를 지키려면 몸부터 깨끗이 씻고 오세요."

품위를 지키라고? 내 자식들도 둘이 있지만 아직 결혼을 못 시켰는데 조카딸 상견례에 참석을 하는 게 조금은 걱정이 앞선다. 그것도 엊그제 이틀을 남겨놓고 작은아버지께서 함께 자리를 해달라고 부탁이 왔으니 말이다. 상대측에서도 아버지가 안 계신 것을 미리 알고는 있겠지만 그래도 가문에 아버지 형제가 있다는 것을 보여주고 싶었을 게다. 가족이라곤 형님과 나 그리고 여동생까지 3남매인데, 5년 전 형님이 암으로 돌아가신 후 형수님께서는 결혼한 아들을 분가시키고 딸과 함께 근근이 살아가고 있다. 다행히 조카딸이 여러 직장을 전전했지만 쉬지 않고 일을 해서 다행이다. 30이 넘어 이제야 시집을 간다니 좋기도 하지만 혼자 남을 형수님을 생각하면 걱정도 된다.

어차피 아침 식사는 뱃속에서 허락지 않은 것 같아 목욕 가방을 든 채 사우나로 향했다. 왠지 중심을 잘 잡으려 해도 자꾸만 다리가 휘청거리고, 멀리 목욕탕 사우나라고 쓴 간판이 아지랑이처럼 흔들거린다.

'안 되겠다. 정신을 차리자! 오늘은 절대로 실수가 있어서는 안 된다.'
두 눈에 힘을 주고 걸어가서는 목욕탕 로비에 있는 냉장고에서 과일 주스 한 캔을 사 마시고 따뜻한 물에 몸을 담갔다.

온몸이 녹아내리는 듯이 피로가 풀리는 기분이지만 속은 쓰려온다. 아무래도 위장이 놀랬는지 신물이 넘어올 것만 같다. 조금만 덜 마실 것을, 그놈의 남사장이라는 자 때문에 이지경이 된 것을 생각하니 지금도 분하다. 그냥저냥 참으면 되는데 성질 급한 내 성격도 문제다.

부친상을 당한 친구와는 고등학교 동창이기에 그냥 상례적으로 친목회원들 몇 명이 함께 문상을 하였다. 사실 고등학교에서 만난 친구들 대부분은 친구들의 가족관계를 잘 알지 못하는 게 사실이다. 그러니 그의 부친 얼굴을 본 사람도 있을 리 없다. 문상을 마친 우리는 식사를 하며 다음 달 부부 동반 모임 계획에 대해 논의하기 시작했다. 좀 더 돈을 모아서 해외로 한 번쯤 여행을 하자는 의견이 지배적이다. 헌데 식사를 하는 옆자리로 우리 또래의 남자 다섯 명이 문상을 끝내고 와서 식사를 하기 시작하였는데 사고의 발단은 그때부터 시작되었다.

이야기를 가만히 들어 보니 상주와는 초등학교 동창이고 한 동네에서 자란 친구들임에 틀림이 없었다. 그러나 망인(亡人)에 대한 몰상식한 언어가 나를 흥분하게 만들었다. 아무리 친한 고향의 죽마고우(竹馬故友)라 해도 그의 부친이 생존에 있을 때 바보스런 행동만을 골라 떠들어 대며 상가에서 큰 소리로 웃어대는 꼴을 그냥 볼 수가 없었다.

“죄송하지만 상가에서 그런 말씀은 너무 지나치지 않습니까?”
“뭐라고요? 당신이 웬 참견이요?”

그중에서도 마치 버크셔처럼 생긴 자가 눈을 부라리며 내 얼굴을 향해 삿대질을 해댔다. 어쩌면 저렇게 살이 많이 쪘을까? 머리와 몸통을 이어주는 목이 없다는 표현이 맞을 것 같다. 돼지 종류 중에서도 버크셔나 요크셔 같은 모습이다.

"아니, 그래도 오늘 같은 날은 망인을 추모하는 의미에서 좋은 이야기만을 하는 게 좋지 않겠습니까? 그리고 언성을 좀 낮추어 주시지요."

평생 학생들만 가르쳐 왔으니 내 말이 마치 학생에게 하는 것처럼 들렸나보다.

"알았으니 당신이나 잘 하슈? 내 원 참 재수가 없을라니……."
"뭐가 어째! 당신 말 다했어!"

급기야 양쪽 친구들이 서로 자기편을 말리면서 좌정이 되었고 성질을 이기지 못한 나는 술만 마셔댔다. 저희들끼리 이야기하는 내용을 보니 남사장이라는 자는 부동산 중개업을 하는 사람이었다. 그냥 친구 이름을 부르면 될 것을 사장이란 명칭을 붙어주는지 모르겠다. 요즈음은 구멍가게 주인도 사장이고 적당한 호칭을 붙이기 곤란한 사람한테는 꼭 사장님이라 부른다. 아마도 한국에서만 있을 수 있는 일일 거다.

몸의 열기가 덜 가시긴 했어도 사우나를 했더니 조금이나마 몸이 개운하다. 집에 돌아오니 아내가 북어 해장국을 끓여놨지만 두어 모금 마시고 소파에 누웠다.

"누워 있을 시간이 없어요. 전철을 타고 가도 한 시간이 걸리니 미리 출발합시다."

"승용차로 가면 되지."

"당신 술이 덜 깼는데 어떻게 운전을 해요?"

그렇다. 이런 상태로는 도저히 운전은 못할 것 같다.

아내가 골라 준 옷을 입고 오랜만에 넥타를 매고는 한껏 폼을 잡아봤다. 여름에 넥타이를 맨다는 게 여간 불편한 게 아니지만 조카딸을 위해서라면 무슨 일은 못하겠는가? 장마 끝이라서 전철역까지 가는데도 복사열에 얼굴이 화끈거린다.

'사돈 될 사람에게 첫마디는 무슨 말을 어떻게 해야 하나' 전철 안에서도 오직 그 생각만 하며 약속한 호텔 커피숍에 도착해보니 형수님과 조카딸이 반갑게 맞는다.

"작은아버지, 이렇게 오시게 해서 죄송하고 고맙습니다."

"무슨 소리야, 당연히 와야지."

약속 시간 10분 전인데 우리들 이외는 아무도 보이질 않는다. '신랑 쪽에서 조금 더 일찍 오면 어디가 덧나나?' 결혼을 준비하는 과정에서도 신부 쪽에서는 항상 주눅이 들어있는 한국 사회의 풍토가 참으로 한심하다는 생각이 든다. 약속 시간보다 15분이 지났을 때야 출입구에서 기다리고 있던 조카딸이 누군가를 모시고 들어오는 기척이 들린다. 형수님은 벌써 자리에서 일어나 대기를 하셨지만 나는 일부러 자리에 가까이 올 때까지는 고개를 돌리지 않으려고 물을 마시는 척하며 기다렸다.

"제 어머니시고, 이분은 작은아버지세요."

조카의 소개말을 들으며 물 잔을 놓고 자리에서 일어나 바라보는 순간,

"아니, 이건!"

신랑의 어머니인 듯한 얼굴이 갸름한 여자와 너무 목이 불어난 두 남자! 그중 하나는 분명 어제 본 버크셔인데…….

"저 버크셔와 사돈을 맺자고? 아이고 머리야!"

성공한 사람

　며칠 전 관내 봉사 단체인 모 클럽 회장의 취임식에 참석하는 기회가 있었다. 이번에 회장으로 취임하는 제자의 간곡한 부탁으로 이미 계획되어 있던 일정을 취소하고 행사에 참석했다. 세계적으로도 명성과 인지도가 높은 클럽이고 국내에도 오래전에 도입되어 지역별로 대단히 큰 규모로 활동하고 있는 단체다. 관내에 만도 열한 개가 구성되어 있다는 사실도 이번에 알게 되었다.

　행사가 시작되면서 연회장을 꽉 채운 많은 인원동원에 놀랐고 참석한 사람들 중에 내가 가르친 제자들이 상당수가 있다는 사실에 더욱 놀라웠다. 더구나 이임하는 사람도, 취임하는 사람도 내 제자이기에 나를 더욱 흐뭇하게 만들었다. 하기야 내가 졸업시킨 제자가 일만 칠천 명이 넘으니 그럴 만도 할 게다. 새 회장은 취임사에서 오늘 내가 이 자리에 서게끔 키워주신 분이 바로 고3 때 담임선생님이라며 나를 추켜세웠다. 좋은 대접을 잘 받고 돌아오면서 왠지 모를 여러

가지 생각이 나를 혼돈스럽게 만들었다. 장(長)이 된다는 것, 모두가 바라는 것일까? 아니면 등을 밀기에 올라서는 것일까?

한국 사람들은 유난히도 명예와 권력을 좋아하며 차지하고 나면 성공한 것으로 착각하는 사람들이 많다. 지역의 단체장부터 국정을 운영하는 사람들까지 얼마나 봉사 정신과 책임감을 갖고 있는지 묻고 싶다. 진정으로 시민을 위해서 신념과 확신을 가지고 책임 있는 시정 또는 의정활동을 하고 있는 분들이 과연 몇이나 되겠는가? 일단 당선되고 보자는 마음 때문에 늘 부정적인 요소들을 끌고 다니게 마련이다.

요즈음 매스컴에 대서특필했던 충남 지역 교육청의 인사 부정만 봐도 대표적인 사례가 될 것 같다. 몇 대에 걸쳐 교육감이 부정으로 물러나더니 장학사들까지 중징계를 받는 불명예를 안겼다. 참으로 참담하고 부끄러운 일이다. 학생들에게 천년대계(千年大系)를 책임지도록 선도 역할을 해야 할 교육계의 부조리가 뿌리째 드러난 셈이다. 하루빨리 제자리로 돌아가 일선학교에 더 이상의 혼란을 주지 않았으면 좋겠다.

지금은 우리나라에도 크고 작은 각종 봉사단체들이 많이 생겨나면서 실질적으로 활발히 움직이고 있는 단체가 많다. 그러나 단체장에 출마한 사람들의 일부는 자신의 사업에 조금이라도 유리함을 의식하고 출마하는 사람들이 있음은 부정할 수가 없을 게다. 어떻게 보면 상부상조한다고 생각하면 편할 수도 있겠지만 자신의 실리를 채우기 위한 방법이 앞서는 경우가 있기 때문이다. 진정으로 시민을 위해, 또는 국민을 위해 봉사하고자 하는 사람들이 장(長) 자를 달고 앞장서 서 더 나은 사회를 만들었으면 좋겠다.

엊그제 텔레비전에서 특별 취재한 내용이 기억난다. 미국에서 의 사로 활동하고 있는 한국계 미국인으로 74세의 나이인데도 계속 의 사로 활동하고 계신 분을 소개한 적이 있다. 그는 대학 총장직을 임 명 받았지만 사양하고 빈민 환자들이 많은 지역에서 묵묵히 봉사하 고 있는 그를 취재하여 보여주는 것을 보고 저분이야말로 성공한 사 람이라는 생각이 들었다.

기자가 '왜 이곳에 오셨습니까?' 하는 질문을 했을 때 그는 차분한 말과 미소로 '저들이 나를 찾고 있기 때문' 이라고 말했다. 슈바이처 박사가 아프리카에서 의술을 펼치다 생을 마감했고, 오드리 헵번도 화려했던 배우 시절을 뒤로하고 아프리카 오지에서 굶주림에 허덕이 는 빈민 구제를 하다 생을 마감한 것처럼 그들 역시 성공한 사람들이 라 생각한다.

진정 성공한 사람은 명예나 권력을 차지했거나 금전을 많이 축적 한 사람이 아니라 사회가 나를 필요로 해서 불러줄 수 있는 사람이 다. 체력이 다하는 날까지 우리 모두 사회의 미흡한 부분을 채워줄 수 있는 사람이 되자. 죽는 날까지 내 이름을 불러주는 그런 사람이 진정 성공한 사람이다.

오세권

수필가
시와창작작가회 회원
시와창작작가회 4대 부회장
천온문학 회원
시산문 회원
월간광장 회원
충남도 교육감상 수상
교육부 장관상 수상
문화체육부 장관상 수상
세계 도덕 재무장 운동 총재상 수상
국무총리 인권 위장상 수상
교육 공로상 수상
교육대상 수상
수필집 『그리움이 맴도는 계절』 『뜰 안에 내리는 바람』

나쁘지 않은(not bad)

| 유병권 |

한강로 집필실 부근 식당에서 컬컬한 토종 된장찌개로 속을 달랜 후, 24시 편의점 원탁에 앉았다. 3년 동안 가끔 바라보던 두 그루 소나무는 변함없이 자리를 지키고 있다. 도로변에 '공사 중 천천히'라는 글이 쓰인 노란 차가 서있다. 열 두 시간 전만해도 원탁 맞은편에 나를 바라보던 여인이 있었다. 컵라면을 안주삼아 검은 비닐봉지에 숨긴 소주병을 홀짝홀짝 비우고 있던 여인에게 단무지 몇 조각을 건넨 게 성공하여 합석이 된 거다.

나는 자리에 앉자마자 여인의 허락도 없이 검은 봉지에서 소주병을 꺼내어 내가 산, 어묵 한 봉, 단무지 한 통 그리고 막걸리 두 통에 디스 담배 한 갑과 대면시켰다. 원탁이 울긋불긋 환해졌다. 요식업소 알바를 마치고 돌아가는 길이라며 돈이 있을 때는 와인을 먹고 돈 떨어지면 이리 먹는다는 여인. 그 말에 나도 가난하여 이리 먹는다고 했더니, 막걸리에 어묵이면 고급이란다. 그러면서 앞으로 궁상맞은 소리하지 말라고 일침을 준다. 여인의 얼굴을 빤히 쳐다보며 브룩쉴즈 뺨칠 정도로 참 아름답다고 했더니 의외로 싸늘한 답이 돌아왔다. 옆집(옆 원탁)에서 마실 왔으면 그냥 놀다 가면 될 일이지, 흔한 수법으로 파고들면 곤란하다며 까르르 웃는 여인. 미안하다며 고개를 숙이니 소나무 가지가 휘청거릴 정도로 웃으며 내 잔에 막걸리를 그득 채워주었다. 주변에 앉은 다른 손님들은 전혀 의식치 않은 채 새벽을 홀리는 알싸한 웃음. 엊그제 한강 불꽃놀이 때 내 빈 가슴을 빵빵 흔들었던 축포소리보다 더 화끈했다. 나보고 무척 외로워 보인다고 했다. 자신도 외롭단다. 외로운 영혼을 달래주고파 시 몇 수 들려주어도 괜찮냐고 물었더니 고개를 끄덕이는 여인. 잠자코 내 시를 듣던 여인이 평을 했다.

어떤 시는 별로고 어떤 시는 괜찮다고 했다.

여인이 눈웃음치며, 자신에 대한 내 느낌을 읊어달라고 주문을 한다. 하여 요즘 내가 자주 쓰는 시구를 인용하여 볼륨을 낮추고 읊조렸다.

함께 살아보지도 않던 사람이/함께 살아본 사람처럼 톡톡 쏴대네
　없는 척하니 궁상이라 내몰고/아름답다고 하니 수작부리지 말라 하네
　이 새벽 훌렁 지나가야/그대 속살 겨우 알려나

잠자코 듣고 있던 여인은 에이플(A+)이라 외치며 엄지손가락을 치켜 올렸다. 그러고는 보조개를 지으며 어묵에 첫손을 대었다. 이후 하노버 스트리트 영화, 삼국지 이야기를 들려주었더니 여인은 나름

소견을 피력했다. 박식했다. 그냥 주워들은 풍월이 아니었다. 내가 대학 교수냐고 물었더니 고개를 젓는다. 방송국 피디나 리포터도 아니란다.

막걸리와 소주가 떨어져 매실 네댓 개 담긴 설중매 한 병을 비우기 시작했다. 새벽에 외간남자와 이리 술을 나누는 것도 처음이고 술을 짬뽕하는 것도 처음이고, 자기 앞에서 담배 피우는 사람도 내가 처음이라는 여인.

여인이 갑자기 가을 2행시를 주문했다. 잠시 잔을 들고 있노라니 1초도 기다림 없이 땡 한다. 나 이거야. 겨우 행시를 들려주었더니 마음에 안 든단다. 나 역시 이런 경우는 처음이다. 만회하고자 여인의 이름 석 자 3행시를 지어줬더니 조금 마음에 든단다. 술잔을 든 여인이 갑자기 재방송을 했다. 돈이 있을 때는 와인 실컷 마시고 돈 떨어지면 소주 먹는다고……. 그 말에, 내가 그랬다. "나보고 궁상떨지 말라던 댁은 뉘세요?" 그러자 여인은 배꼽을 잡으며, "어머머. 그럴 땐 팍 엎으세요. 한강으로 데려가시던가. 호호호."

강바람이 점점 차갑게 달라붙는 새벽. 여인은 시계를 들여다보며 다정한 목소리로 이제 그만 일어서잔다. 내가 20분 더 채워 딱 두시에 일어나자고 했더니, 여인은 씩 웃으며 내 잔을 그득 채웠다. 내가 한 입 베어 물고 남은 어묵 조각을 딱히 놓을 때가 없어 빈 막걸리통 주둥이에 걸쳐놓으니 무슨 패션이냐며 자지러지게 웃는 여인. 내 목소리가 어떠냐고 물었더니 잘 모르겠단다. 내 얼굴을 물끄러미 쳐다보며 '낫배드'라 했다. 나는 놀라며 "침대에서 함께 자고 싶은……?"

우물거리자, 그녀는 씩 웃으며 "not bad(나쁘지 않은), not bad." 반복
하여 소리를 냈다. 간혹 뜻 모를 영어를 쓰기에 의아한 눈빛으로 쳐
다보니, 미국에서 20년 있었다고 한다. 그 사연은 알려주지도 않았
고 묻지도 않았다. 이야기를 나누며 간혹 내 이름 석 자를 불렀고, 이
따금 이름 두 자를 불렀으며 미스터 유라고도 부른 여인.

그녀는 공자가 왜 세상을 떠돌았는지 갑자기 물었다. 그 답을 주려
고 부리나케 화장실에 다녀오니 원탁이 썰렁했다. 여기저기 둘러보
아도 보이지 않는 여인. 마트 안에 걸려있는 시계를 들여다보니 3시
30분이었다. 다른 원탁에 앉은 청년 둘이, 위쪽으로 갔다고 일러주
었다. 세 종류의 술을 섞어 들었으니 꽤나 힘들었을 것이다. 아침 해
장이나 제대로 했나 모르겠다.

집필실로 돌아와 여인의 이름을 검색해봤다. 아닌 게 아니라 모 대
학 여 교수의 사진과 프로필이 떴다. 사진은 한참 때 찍은 것인지 알
쏭달쏭했다. E여자 대학원 박사, 미국 모 대학 OOO과정, 영어 통역
관, 현 OO학부 교수. 저서만 해도 10종이 넘었다.

일과 후에 요식업소 알바를 한다는 여교수와 어묵에 막걸리 벗 삼
는 덥수룩한 문인과의 새벽 썸씽……

손무가 그렇게 그리워했던 공자처럼 싸늘한 새벽을 남기고 홀로
사라진 여인. 새벽에 우연히 자신만의 공간에 마실 온 not bad 사내
를 거부치 않고 소중한 몇 시간을 투자했던 여인. 서로의 눈빛에 기
대고 목소리에 기대며 낯선 새벽을 잘 익어 상큼한 감귤로 승화시킨
숭고한 자리. 그러면서 한번쯤 흔들리고 싶던 마음을 스스로 다독이

며 자신을 지켰을 더럽게 멋진 여인.

세상 여자들이 다 헤픈 줄 알았던 내 생각이 빗나간 아름다운 새벽이었다.

기실 아침에 그 여인과 함께 해장국을 먹고 싶은 마음이 왜 없었겠는가.

노란 차에 쓰인 '공사 중 천천히' 라는 문구를 바라보고 있노라니 허전한 마음이 깔끔하게 다스려지는 것 같았다.

유병권

소설가, 수필가
시와창작회 회원
계간 〈아띠문학〉 발행인, 작가협회 회장
신인작가 배출(수필가, 시인, 소설가 40여 명)
제1회 낙동강 전투 스토리텔링 공모전 입상
(2010년 영남일보 –칠곡군청 주관)
손자병법, 삼국지, 전쟁사 초빙강사
기업경영컨설팅 자문위원(국제경영연구원)
역사 단행본 『왕따당한 카리스마』(2001)
장편 역사소설 『투르바(트로이) 전쟁』
삼국지 '불타는 적벽' 연재 중
단편소설 「장대비 내치던 날에」 외 다수
문예지 단행본 『이야기꾼』(2007)
문예지 다권본 『문전성시』(9권)
문예지 정기간행물 계간 〈아띠문학〉(2009년 여름호부터 발행 중)

짝퉁 문학론

| 최성린 |

정말로 만인이 평등하고 직업에 귀천이 없다면 잘난 사람 못난 사람이 따로 없고 세상의 모든 일에 우열이 있을 수 없다. 우리가 피 흘리며 쟁취한 민주화된 세상이란 게 그런 세상을 만들자는 것인데 아직은 멀어도 한참이나 멀었다. 어이없게도 그렇게 된 까닭은 누구 탓이랄 것도 없이 입으로는 민주화를 부르짖으면서 마음속으로는 지배계층이 되고 싶어 하는 우리들의 겉 다르고 속 다른 마음 탓이다. 부귀와 공명을 좇는 마음이란 그 밑바닥에 남보다 더 잘 살고 높임을 받아야만 한다는 강박관념이 도사리고 있다. 그 요물이 남을 인정하고 더불어 잘 사는 세상을 꿈꾸기보다는 어떻게 해서든 남보다 앞서려는 경쟁심을 부추긴다. 평범한 보통사람이기를 거부하고 남보다 나은 귀족이 되고 싶어 하는 것이다. 아직도 서슬 퍼런 위세로 사람들 마음을 사로잡고 있는 선비정신이니 뼈대 있는 집안이니 하는 말들이 우리 모두가 진즉에 버렸어야만 한 봉건시대의 잔재라고 인정하고 그것을 선망하는 마음을 부끄럽게 여기지 않는 한 세상은 여전

히 또 다른 형태의 봉건시대이다.

우리가 오늘날 아주 고상한 가치를 지닌 것으로 대접하는 예술의 처음과 끝은 놀이거나 무엇인가를 만들어내는 재주에 지나지 않는다. 예술가란 그 놀이와 재주를 직업으로 삼는 사람을 말하는 것인데 봉건시대의 지배계급은 그런 직업을 가질 수 없었다. 엄격하게 금기시했다.

지배계급이 문자를 독점했던 봉건시대에 최고의 지위를 누렸던 문학이란 것은 그들만의 글짓기 놀이였을 뿐이다. 더러 기생 같은 천한 신분의 사람들이 동참할 기회를 얻기도 했지만, 문학은 오롯이 지배계급만이 누릴 수 있는 하나의 특권적인 놀이였다. 그 대표적인 것이 시회라는 것이다. 지배계급인 선비들이 모여서 글짓기 재주를 겨루며 노는 놀이가 곧 시회였던 것이다.

문학이 하나의 직접적인 생계수단이 될 턱이 없었다. 오늘날 예술로 격상된 모든 것이 지배계급이 여가로 즐길 수는 있어도 밥벌이로 삼을 수는 없었기 때문에 그런 일로 생계를 꾸려나가는 사람은 아무리 솜씨가 뛰어나도 그저 '쟁이'라고 불렸다. 누구나 그 쟁이가 될 수 있고 그들을 예술가라는 그럴듯한 이름으로 부르게 된 것은 엄청난 변화다.

그러나 과거에 지배계급이 누렸던 엄청난 특권에 대한 미련은 쉽게 사그라지지 않는다. 그것을 맛보았던 사람들은 그 달콤한 맛을 잊을 수가 없고 그렇지 못한 사람들은 부러움과 억울함으로 어떻게 해서든 자신도 그 맛이 어떠한 것인지를 경험해 보고 그 맛에 취해도 보고 싶은 것이다. 운 좋게 그런 기회를 잡으면 다시는 놓치고 싶지 않은 중독성이 그 맛의 특성이다. 그래서 예전과 겉모양은 아주 다르지만, 그 속성은 똑같은 특권층이 독버섯처럼 번져나가고 있고 전혀 수그러들 기미를 보이지 않는다. 이런 추세를 볼 때 아마도 진정한 민주화란 허구에 지나지 않을지도 모른다.

민주화란 모든 가치의 평준화를 뜻한다. 그러므로 과거에 우월적 지위를 누리던 것은 하향으로, 그 반대의 것은 상향으로 자리매김되어 사람이 하는 모든 일은 더 나을 것도 못할 것도 없는 가치를 지녀야 옳다. 그래야만 참으로 만인이 평등해지고 직업의 귀천이 없어지게 된다. 지금 세상이 과연 그럴까? 천만의 말씀이다. 아직도 사람 위에 사람 있고 사람들의 선망 대상이 되는 직업과 꺼리는 직업이 엄연히 존재한다.

아직도 이렇게 된 것은 아무래도 지배계급 출신들의 악습에서 비롯된 것 같다. 새로운 사회체제가 들어서면서 그들에게 특권이 사라지고 그들이 과거에 멸시하고 천대해 마지않던 일을 직업으로 삼게 되면서 그들은 부끄럽고 계면쩍은 제 속내를 감추려고 자신이 하는 일이 다른 일보다 우위에 있다는 억지를 부리는 데에 혈안이 되었다.

문자를 독점했던 그들이 가장 손쉽게 택할 수 있었던 교육자 같은 직업을 가장 상위의 자리에 올려놓는 것은 그리 어렵지 않은 일이었다. 사실 봉건시대의 훈장이란 직업은 대체로 크게 입신하지 못한 선비들의 궁여지책에 지나지 않았는데도 그들은 뻔뻔스럽게 교묘한 술수를 부린 것이다. 예술의 최상위에 문학을 올려놓은 것도 똑같은 맥락이었다.

그런 식으로 참 민주화의 세상을 여는 대신 자신들이 택한 일에 특별한 의미를 부여하고 그걸 지켜 나가자니 자연스럽게 패거리 문화가 생겨났다. 그 병폐가 이 사회 진정한 발전의 가장 큰 걸림돌이 되어버렸다. 남의 것을 존중할 줄 알고 더불어 살아가는 세상을 만들기 위해서 누구보다도 앞장서야 했던 사람들의 탐욕이 세상을 병들게 한 것이다.

그들의 이기적인 시도는 숱한 해독으로 세상을 오염시키기는 했지만, 다행히 더는 버티지 못하고 차츰 허물어지고 있다. 교육자란 직업의 위상이 서서히 무너지고 있고 문학이 예술제 분야의 가장 높은 자리에서 밀려나서 전전긍긍하고 있다. 너무나도 당연한 일이 아닐 수 없다.

그러나 그 추락은 다른 것들과 평형을 이루는 선에서 그쳐야만 한다. 교육의 중요성은 사회가 존속하는 한 영원한 것이며, 놀이가 쌓이는 삶의 피로를 풀고 새 힘을 얻기 위해서 반드시 필요한 것인 한 인간세상에서 예술의 가치는 영원하기 때문이다. 몰락이란 있을 수도 없고 있어서도 안 될 일이다.

이렇게 볼 때 어떤 사람이 예술가라고 해서 특별히 고상한 직업을 가진 것이라고 말하는 것은 아주 우스운 생각에 지나지 않는 것이다. 또 예술에 조예가 깊거나 예술을 가까이 한다는 것이 딱히 고상한 일이라고 말할 수는 없다. 그저 다른 사람과는 좀 다른 취미를 가진 것일 뿐이다. 예술의 시작과 끝이 놀이와 무엇을 만들어내는 재주에 지나지 않으니 그런 사람은 그저 놀이를 좋아하거나 뭘 만드는 재주가 많은 사람이다.

　요즘 들어서 문학이 고사 직전의 위기에 놓여 있다고 한다. 아주 혹독한 시련을 겪고 있는 것은 틀림없는 사실일 테지만 차츰 좋아지리라고 믿는다. 사실 문학이 힘든 처지에 놓인 것은 문학을 다른 것에 우선하는 것으로 믿고 싶어 하는 사람들의 몰락을 뜻하는 것이지 문학 자체의 어려움은 아니다.

　문학이란 것이 도대체 무엇인가? 글짓기 놀이에 지나지 않지 않는가? 그런데 아직도 그 이름부터 유독 배울 학자를 달고 다른 모든 예술 분야의 으뜸인 양 우쭐대고 있으니 돌 맞을 때도 된 것이고 따돌림 당할 만도 한 것이다.

　내 생각에는 지금쯤 소리를 즐긴다는 뜻을 담고 있는 음악처럼 이름부터 문학이라고 겸손하게 고쳐봄 직하다. 아무튼, 문학이 지금의 어려움을 벗어나는 길은 오직 하나다. 더 이상 특별한 계층의 전유물도 아니고 무슨 특권이라도 가지고 있거나 특별한 가치를 지닌 것도 아니니 위압적인 태도를 버리고 소비해 줄 대중에게 친근하게 다가가면 된다. 그런데 아직도 문단 일각에서는 낯설게 하기라는 해괴망측한 짓이 무슨 중요한 창작기법이라고 떠드는데 참 정신 나간 소리다. 정말 한심한 짓이다.

　문학을 지배계급인 식자층의 전유물로 알고 그 계층 간에서 상당한 수련을 쌓은 사람들만이 무엇인지를 알아보는 일을 하나의 지적인 놀이로 삼았을 때라면 낯설게 하기란 것이 재미있는 유행이 될 수도 있었음 직하다.

　그러나 지금이 어떤 때이고 문학이 누구를 위해서 존재해야 하는데 여태 그런 말도 안 되는 짓거리로 제 발등을 찍고 있다는 것인지

기막혀서 말이 안 나올 지경이다. 글을 판단하는 기준이 가볍노니, 무겁노니, 얕으니, 깊으니 하는 것도 말이 안 된다. 재미로 즐겨야 할 것을 가지고 그런 잣대를 들이대는 것 정말로 한심한 일이다.

얼마 전까지만 하더라도 고전음악은 고상한 음악이고 대중음악은 딴따라라고 비하되었고, 정극은 희극보다 고상한 것이고 회화에 비해서 만화는 유치한 것으로 치부하는 식의 우열 개념이 당연한 것으로 받아들여졌다.

그러나 지금은 그런 가름이야말로 봉건적인 유교사상의 잔재로 인식되어 급격하게 사라지고 있는데도 유독 문학을 한다는 사람들만이 가장 굼뜨게 시대변화를 받아들이고 있다. 그런 사람들이 아직도 문단을 장악하고 있는 탓에 문학이 어려움을 겪고 있는 것이다.

해마다 신춘문예 철이 되면 무슨 소리인지도 모를 시 당선작과 그것을 가려 뽑은 심사위원들의 알아듣기 어려운 심사평을 접하면서 짜증이 치솟는다. 시란 것이 원래 선비란 사람들끼리만 알아들을 수 있는 곁말놀이 비슷한 것이었던 탓으로 치부하고 쓴 입맛을 다신다.

선비라면 결코 드러내놓고는 손도 못 댔던 장터거리 이야기꾼의 입담이 그 원형인 소설조차도 치열하게 문학 공부한 사람 아니면 그 맛을 알 수 없는 것이 대세이니 문학이 총체적으로 위기에 빠져든 건 당연해 보인다. 대중을 지지기반으로 발전해 나가야 할 텐데 대중을 외면하니 대중의 눈밖에 난지 오래일 수밖에. 잘못돼도 한참 잘못된 일이다.

치열하게 문학 공부를 한다는 것의 목표와 방향을 하루빨리 바꿔야 한다. 지금처럼 문학 공부에 매달리는 사람들끼리만 알아들을 수 있는 글을 버리고 대중들과 어울려서 울고 웃을 수 있는 재미와 소통의 방법을 찾아내는 것이 무엇보다도 시급한 일이다. 이것이 좋은 글, 훌륭한 글을 가려내는 첫 번째 잣대가 되어야만 한다. 그러나 그런 희망을 기성 문단에서는 찾아보기 어렵다. 슬픈 일이다.

글이 가볍노니 무겁노니 하는 것은 글줄깨나 쓴다는 사람들이 여태껏 유교적, 가부장적 권위의식을 벗어나지 못했다는 증거다. 지배계층이 자기들만의 특권을 누리면서 피지배계층과의 차별화를 꾀하기 위해서 전가의 보도처럼 사용했던 유교 논리가 빛을 잃은 지 오래다. 그만큼 민주화된 탓이다. 이제 문자는 그들만의 것이 아니라 누구나 쉽게 배워서 쓸 수 있게 된 것이고 누구나 글공부를 내키는 대로 할 수 있는 세상이니 민중은 더는 그들이 가르치고 다스려야 할 대상이 아니다.

민중은 그들만큼, 아니 오히려 그들보다도 더 유식해졌고 더 유능해졌다. 이제 그들은 훈도하고 계몽할 대상이 아니라 평등한 입장에서 더불어 살아야 할 이웃이다. 그런 그들에게 글줄이나 쓴다고 뭘 가르치려 들거나 아주 깔봐서 낯설게 하기란 짓을 해대고 잘난 척하는 일 먹혀들 리가 없다. 쉽고 편안한 대화로 서로 소통하면서 함께 울고 웃는 정을 쌓아나가야 좋은 이웃으로 대접받을 수 있다. 목이 뻣뻣하고 잘난 척하며 저희끼리 따로 모여서 수군대는 족속은 결코 그들이 마음을 열고 친근하게 맞이해 줄 이웃이 되기 어렵다.

아직 민중의 글눈이 덜 트여서 무지몽매했던 시절에는 문인들이 앞장서서 그들을 깨우치고 그들이 잘 살 수 있는 세상을 열어가기 위해서 해야 할 일들이 무엇인지를 짚어줌으로써 지지와 존경을 받아냈다. 그럴수록 문인들은 좀 더 겸손하게 그들과의 소통에 힘을 기울여야 했다. 그랬더라면 지금도 문인들은 이 사회에서 가장 존경받는 친근한 이웃의 자리를 지키고 있을 것이다.

그런데 민중의 지지와 존경을 권위로 착각하여 우월적인 지위라도 보장받은 또 다른 지배계급이라도 된 듯한 행세를 함으로써 돌이키기 어려운 함정에 빠져버렸다. 민중이 주인이 되는 사회를 가르쳐 주고는 그런 사회에서 평등이라는 질서를 존중하지 않고 또 다른 지배계급으로 행세하려 든다는 것은 말도 안 되는 모순 아닌가! 그런 어리석은 제 발등 찍기 덕택에 문인들이 점점 더 찬밥 신세가 되는데 문단의 주축 세력은 아직도 정신을 차리지 못하고 있다. 알량한 권위와 있지도 않은 권력을 붙들고 지나간 시대의 민중들이 보내주었던 존경과 지지를 그리워하고 있다. 참으로 어리석고 한심한 일이다. 그들의 비참한 종말은 불을 보듯 훤한 일이다.

글눈이 트일 만큼 트이고 자존을 깨달은 민중은 더는 어리석지 않고 호락호락하지도 않다. 험난하고 기나긴 민주화 투쟁에 앞장섰던 사람들을 기꺼이 지도자로 뽑아줬다가 그들이 또 다른 지배세력으로 군림하여 새로운 지배계층을 이루는 것에 엄청난 실망과 분노를 느끼는 중이다. 벌써 세 번이나 정권을 갈아치운 민중의 성장할 만큼 성장한 지혜를 읽어내야 한다.

이런 민중을 두고 봉건시대의 가부장적 권위를 꿈꾸는 것은 모자라도 한참이나 모자란 생각이다. 그들에게는 이제 못 배워서 무지몽

매한 자신들을 깨우쳐 줄 스승이나 자신들을 수하로 거느리고 새로
운 세상을 열어 줄 영웅은 더는 필요하지 않다. 말로만 민중이 주인
이고 평등한 세상이지 속내는 아직 한참 다른 이 세상을 바로잡기 위
해서 서로 머리를 맞대고 의논해 가면서 문제를 찾아내서 같이 풀어
가며 고락을 같이해 줄 그런 살갑고 현명한 친구가 절실하게 필요할
뿐이다. 그런 세상을 이루어 낸 다음에는 다 같이 힘써서 해낸 일이
니 그 즐거움을 반드시 공평하게 함께 누려야 한다는 것을 아주 당연
하게 생각할 줄 아는 그런 믿음직한 친구가.

개구리들이 하늘에 왕을 보내 달라고 졸라서 하느님이 던져 줬던
볼품없이 커다란 나무토막이 그들의 진정한 왕이고 친구였다는 사실
을 뒤늦게 깨달았던 것처럼 민중은 오랫동안 막대한 희생을 치르고
나서 이제 자신들에게 진정으로 필요한 것이 무엇인지를 확실하게
깨달아버렸다.

개구리들이 더 멋지고 훌륭한 왕을 보내 달라고 해서 다시 왕으로
보내 준 황새 같은 왕은 더는 바라지 않는다. 잘 살 수 있도록 보호하
고 다스려야 할 백성인 개구리들을 숫제 잡아먹어 버리는 황새 같은
왕에게는 더는 속을 리가 없어진 민중이 바라는 것은 왕이 아니라 홍
수가 날 때에는 개구리들을 제 등에 올려 태워서 목숨을 구해주고도
공치사를 모르고 어떤 대가도 바라지 않던 그 못생긴 나무토막 같은
친구이자 이웃일 뿐이다.

글을 좀 쓴다고 해서 목에 힘이 들어가는 이웃은 더는 필요하지 않
다. 개구리들이 심심하면 겹겹이 그 등에 올라타서 물장구도 치고 온
갖 장난을 다해도 싫은 내색하지 않고 묵묵히 같이 놀아주던 투박한

나무토막 같은 그런 마음으로 글을 쓰는 문인이 나타난다면 민중은 반색하고 그를 친구로 맞이하여 즐거워할 것이다. 본성이 여리고 착한 민중은 반드시 그를 따듯한 이웃의 정으로 감싸주고 사랑하며 더불어 웃고 울며 살아갈 것이다. 이것이 최선이다.

그러므로 더는 예술에 대해서, 특히 문학에 대해서 특별한 가치와 권위를 부여할 이유가 없다. 그저 저 생긴 대로 제 깜냥대로 글을 쓴다는 것이 세상의 많고 많은 놀이 중에서 내가 제일 좋아하는 놀이이거니 하면 충분한 것이다. 타고난 솜씨와 갈고 닦은 노력이 남다르다면 직업으로 삼아도 좋으리라. 객관적인 상품성이나 사업성만을 따진다면 글 쓰는 일은 성공확률이 아주 낮을지도 모른다.

그러나 세상에 수월한 직업은 없는 법이니 각오가 단단하다면 누가 말릴 수 있을 것인가! 그저 대중의 폭넓은 지지와 사랑을 얻을 수만 있다면 부도 명예도 저절로 따라올 것이고 존경을 받을 수도 있을 것이다. 대중을 현혹하거나 속이려는 짓만은 꿈도 꾸지 말아야 할 것이다. 글이란 마음 내키면 아무나 써도 되는 것이고 업으로 삼고 말고는 자신의 각오로 결정할 일이요 그 자격은 결국 독자가 판단해 줄 일이다.

등단이라는 묘한 제도를 만들어놓고 무슨 면허증처럼 작가의 자격을 운위하는 문단의 추태는 사라져야 옳다. 편법으로 그런 인증을 받아내서 능력도 없으면서 작가 행세를 하며 코를 높이고 다니는 짓은 아주 부끄러운 일이다.

만인 평등이요 직업의 귀천이 없는 세상이라면 글 쓰는 일을 직업으로 삼는다는 일만으로 명예로울 수는 없다. 어떤 직업을 택하던 자신의 직업에 충실하여 유능한 일꾼이 되어 많은 사람의 지지와 사랑을 받아야만 직업적으로 성공하는 것이고 그것으로 부와 명예 그리고 다른 사람의 존경도 이끌어 낼 수 있다. 저절로 주어지는 명예나 권위는 더는 없다. 그저 치열하게 대중의 지지와 사랑을 얻어내기 위해 노력해야 할 뿐이다.

그러기 위해서는 목에 힘을 빼고 치켜든 콧대도 내리고 대중들의 친근한 이웃으로 다가가야 한다. 대중의 폭발적인 지지와 사랑을 얻어낸 사람들에게 예술성이 떨어지느니 상업주의에 물들었느니 하는 식의 한심한 헛소리로 열등감을 위장하는 못된 버릇도 하루빨리 버려야 한다. 그런 작태야말로 과거 지배계층이 예술을 직업으로 삼는 것은 신분이 낮은 사람들이나 하는 일로 규정해 놓고 자신들만의 잣대로 예술을 저울질하고 그런 입맛으로 예술의 가치를 평가한 악습에 지나지 않는다. 시대가 달라져도 한참이나 달라졌으니 그런 미망에서 하루빨리 벗어나야 옳을 것이다.

지금은 다양성의 시대이다. 타고난 개성이 가볍고 발랄한 사람은 그런 소재를 택해서 쉽고 재치 넘치는 글을 쓰면 되고 신중하고 사려 깊은 사람은 제 품성대로 소재를 고르고 진중한 필치로 글을 쓰면 그만이다. 글의 좋고 모자람은 그러한 자신의 개성을 얼마나 잘 살려 냈는가 아닌가에 달렸지, 어떤 소재를 택해서 어떤 문체로 썼는가에 달린 것은 아니다.

글이란 모름지기 진중하고 사려 깊어야만 한다는 잣대는 점잖음을 최고의 가치로 치던 과거 지배계층의 논리에 지나지 않는다. 다양성이 절실하게 요구되는 시대에 오직 권위주의를 숭상하는 그 한 가지 잣대로 글쓴이의 노고를 함부로 헐뜯는 것은 시대착오적인 발상에서 비롯된 일이니 버려야 마땅한 버릇이다.

이런 건 이렇게 저런 건 저렇게 소재와 목적을 잘 아울러서 쓴 글이면 무엇을 어떻게 썼든지 그 노력과 가치를 인정해 줄 줄 아는 자세가 필요하다. 대중음악을 더는 고전음악에 밀리는 딴따라로 헐뜯을 수 없듯이 글 쓰는 사람들도 이제는 과거 반상의 구별로 생겨난 이분법적 권위주의에서 벗어나서 올바르고 다양성 있는 척도를 마련해야 할 것이다.

문단이 고사 직전의 위기에 놓여 있다는 말을 듣는 것은 우울한 일이다. 그러나 나는 그것이 문학 자체의 위기가 아니라 시대착오적인 권위주의에 빠진 채로 오랫동안 문단의 윗자리를 차고앉아서 후학들에게 자리를 내줄 줄 모르는 사람들과 그 추종자들의 위기일 뿐이라고 믿는다. 그들이 퍼뜨리고 있는 병폐와 해독은 만만치 않아서 순진하고 열정적인 수많은 사람이 자신도 알게 모르게 심각하게 오염되어 있다.

얼핏 보면 난감하기 짝이 없는 이 사태가 그리 오래 가지는 않을 것이라는 희망의 단서를 인터넷에서 찾을 수 있는 것은 그나마 다행이다. 오프라인 말고도 글을 쓰고 발표할 수 있는 마당이 활짝 열려 있다는 것은 정말 반가운 일이다. 글을 읽고 쓰는 것이 취미인 많은 사람에게 무한한 가능성이 열린 셈이다. 그곳에서 참으로 오랜 동안 외면하고 살았던 오프라인 문인들 대신 시대의 변화에 발맞춰서 마음껏 자신의 취미를 즐기고 있는 동호인들을 만날 수 있는 것은 정말 다행스러운 일이다. 벌써 스승으로 삼고 싶을 만큼 훌륭한 문인들을 여럿 찾아냈다. 이 얼마나 뚜렷한 희망인가!

이제 글쓰기는 더는 특별한 사람들만 할 수 있는 것이 아니다. 기초학력이 높아질 만큼 높아진 세상에서 글짓기는 마음 내키면 누구라도 할 수 있는 놀이이다. 취미를 붙여서 남보다 좀 더 잘하려거든 좀 더 열심을 내면 그만이다. 권위주의자들의 엄하기만 한 훈고에 주눅이 들 것도 없고 낯설게 하기를 즐기는 이들의 현란한 수사법 따위를 부러워할 이유도 없다. 그저 진솔하게 자기 생각을, 자신의 느낌을 부지런히 써 나가면 된다. 그러다 보면 솜씨도 차츰 더 늘고 공감하는 사람들도 늘어날 것이다.

유치원 어린이들한테 그림 그릴 줄 아는 사람 손들어 보라면 거의 다가 손을 든다. 그런데 나이가 들어갈수록 그 수가 줄어들어서 중학생만 되면 거의 아무도 손을 들지 않게 된다. 잘하고 못하고를 물은 것이 아닌데도, 그림을 남보다 잘 그릴 자신이 없으면 손을 들지 못하게 된다. 이런 것이 예술이 뭐 대단한 것이라도 되는 양 겁주던 권위주의적인 과거 교육의 잔재이자 그 폐단이다. 예술은 그저 놀이이다. 잘하든 못하든 누구나 마음 내키면 즐길 수 있다. 우선은 이런 열린 생각으로 글쓰기를 바라보는 일이 시급하다.

나는 예술이라고 이름 붙은 것이면 분야를 가리지 않고 두루 좋아하는 편이다. 그저 참관만 하는 것이 아니라 더러는 직접 해보기도 한다. 그러다 보니 눈이 좀 트여서 아는 소리도 가끔 하는데 누가 그런 내게 다방면에 조예가 깊다는 말을 해 줄 때마다 속으로는 얼굴이 화끈거린다. 내가 다른 사람들보다 훨씬 더 많이 이런저런 놀이에 빠져서 지내고 있다는 것을 들키는 셈이라 아주 민망해지는 탓이다.

그렇지만 타고난 천성이니 감추기만 할 수도 없는 노릇이고 딱히 죄 될 일도 아니라서 어물쩍 넘어가기는 하지만 예술을 좋아하는 것 때문에 칭찬 비슷한 걸 듣거나 부러움을 사는 것은 아무래도 거북하다. 놀이 말고도 세상에는 마음 써야 할 일이 하나둘이 아닌데 손가락질 받기에 십상인 버릇을 가지고 있으니 뒤가 좀 켕기는 것이다.

그러나 이 나이 되도록 고치지 못한 것이니 그저 생긴 대로 살아야지 한다. 아무튼, 예술 중에서도 글을 읽고 쓰기도 하며 즐기는 것은 내게 무엇보다도 익숙하고 편한 놀이이다. 이걸 고상한 취미라고 하면 좀 그렇다. 세상에 고상한 놀이는 따로 없고 도박처럼 하지 말아야 할 놀이가 있을 뿐이다.

노래방에서 잠시 가수가 되어 마음 맞는 사람들과 실컷 즐기고 놀듯이 사이버 공간에서 시인도 되어 보고 수필가도 되어 보고 소설가도 되어 보고 논객 흉내도 내보는 것, 내게 그야말로 딱 맞다. 오프라인의 공해가 여기까지 심하게 번져온 것은 언짢은 일이지만 옥석을 구별해서 상대하는 데에 별 불편 없으니 참을 만하다.

그동안 발표할 공간이 없어서 움츠리고 있던 많은 사람의 숨은 재주를 발견하는 것은 이 공간이 주는 가장 큰 즐거움이다. 마을 노래자랑 대회에서, 대학가요제에서 숨은 재주꾼이 발굴되어 대스타로 성장하듯이 이곳에서 숨은 재주를 갈고 닦은 분들에 의해서 권위주의를 붙들고 이 나라 문단의 성장 발전을 저해하고 있는 철밥통 세력들이 물갈이되는 것은 시간문제라고 믿고 싶다.

이곳에서 일어나는 다양한 시도들은 문학이 시대의 변화에 어떻게 발맞춰 나가야 할 것인가를 알려 주는 단서를 확실하게 보여 주고 있다. 드디어 소리를 즐긴다는 뜻의 음악이란 말처럼 문학도 독점적 권위주의의 잔재인 학자를 떼어버리고 글을 즐긴다는 뜻의 문학으로 겸손해질 날이 오는 것 같다. 아니, 반드시 그래야만 하리라.

탈 할리우드 키드 선언

　안정효 선생의 소설 할리우드 키드의 생애, 그 마지막 장면들은 충격적이었다. 멋진 영화를 만들겠다는 꿈을 버리지 못한 채 뜻을 이루지 못하고 폐인이 되어버린 주인공. 이 소설의 클라이맥스인 후반부에 그가 평생 걸려서 손수 썼다는 시나리오는 참으로 절묘하다. 처음부터 끝까지 그동안 세상에 발표된 할리우드 영화의 명장면 명대사들이 놀라울 정도로 자연스럽게 한 줄에 꿴 구슬처럼 하나의 이야기를 이루고 있는 것이다.

　모방은 창조의 어머니라고 한다. 하기야 사람이건 동물이건 태어나서 제 어미를 흉내 내는 것을 시작으로 이 세상을 살아가는 데에 필요한 모든 기술과 지식을 하나하나 습득해 나가는 것이니 틀림없는 말이다. 그런데 거의 모든 사람의 삶이 끊임없는 모방의 연속일 뿐, 그것을 디딤돌 삼아 자기만의 것을 새롭게 만들어 내는 창조적 삶에는 미치지 못하다가 그럭저럭 허망하게 끝나 버린다. 창조적인

삶을 이룬 사람들은 극소수의 천재이고 나머지는 천재가 되고 싶었
던 흉내쟁이일 뿐이다.

그러나 사람들은 죽는 날까지 천재가 되고 싶다는 꿈을 버리지 못
한다. 아니 자신을 천재라고 믿는지도 모른다. 그래서 자신이 천재로
인정받지 못하는 것은 이런저런 사정이 있어서였을 뿐이라고 강변하
며 살아간다. 조금만 기다리면 반드시 천재라는 사실을 입증해 보이
겠노라고 다짐하고 또 다짐한다. 어지간해서는 자신이 몇 안 되는 천
재는 아니라는 것을 인정하지 않고 그러기를 한사코 거부한다. 그런
마음을 자존심이라고도 생각하는 듯하다. 나는 동의하기 어렵지만,
아니라고 딱 잘라 말하기도 어렵다.

다들 그렇게 살아간다. 실은 나도 남들에게 그렇게 보이는 것을 짐
짓 모르는 척하고 있는 것이리라. 사실 많은 사람이 나이가 들어갈수
록 자신이 그저 평범한 사람에 지나지 않는다는 것을 속으로는 인정
한다. 그런데 무슨 연고인지 남이 그렇다고 하면 대부분이 다 쉽게
수긍을 하지 않고 불같이 화를 낸다. 그러니 모두들 입 밖에 함부로
내지 않는 일을 앞장서서 까발리는 것은 대단히 위험한 짓이다. 이래
서 인생에 대한 나의 정의는 속 보이는 픽션으로 엮어가는 허접한 논
픽션일 수밖에 없는 것이다.

문학수업을 하는 많은 사람이 천재적인 작가의 글을 보고는 도저
히 그 수준에 이를 것 같지 못한 자신의 글재주에 절망을 느끼곤 하
나 보다. 나 또한 소년 시절에 그런 경험이 있다. 특별히 문학에 뜻을

둔 건 아니었는데 방학숙제로 마지못해 써낸 글들이 교지에 실리곤 하는 바람에 아, 내가 문학에 천부적인 소질이 있나 보다 하고 착각한 때가 있었다. 그래서 마구 써댔다. 자장면 얻어먹는 재미로 연애편지 대필을 해주는가 하면 같은 이유로 사랑시도 남발했다.

그러던 차에 겨우 중학생인 후배 하나가 교지에 올리는 글들을 보곤 슬그머니 꽁지를 내려버렸다. 미당 서정주 님의 「귀촉도」와 김동인 님의 「배따라기」 같은 글을 목표로 하고 요절한 천재 이상처럼 한국 문단에 엄청난 파문을 일으켜 보겠다는 말도 안 되는 뜬구름 잡기에서 확 깨어난 것이다. 살아오는 동안 내내 그 일만 생각하면 낯이 뜨거웠고 한편으론 일찍 일장춘몽에서 벗어난 걸 천만다행으로 알았다. 그랬다. 그건 그저 소년기에 더러 꾸어보는 할리우드 키드의 꿈이었다.

그래도 나는 내 또래 다른 친구들에 비해서는 확연히 다르게 문학 작품을 읽는 것을 좋아했다. 틈만 나면 책을 읽었으니 소비자로 친다면 거의 마니아 수준은 되었을 거라는 생각이다. 그 덕택에 문학에 대한 약간의 식견은 갖춘 듯하다. 그래서 남들은 무슨 소린지 모르겠다는 시며 소설 속에 들어 있는 어지간한 상징적 표현들을 제법 소상히 짚어내는 것이리라. 심심풀이 삼아 글 쓰는 흉내라도 낼라치면 참고 봐줄 만은 하다는 평을 듣는 것은 이런 탓이겠고.

이 같은 연고로 올해 중반에 처음 발을 들여놓은 인터넷 문학 카페 반년을 돌아보니 감회가 새롭다. 병원에 가면 온 세상 사람들이 환자인 것 같다는 착각이 들듯이 문학 카페도 그랬다. 온 세상 사람들이 죄다 문학 지망생이 아닌가 할 정도로 문학을 좋아하는 사람들이 많다는 걸 알겠다. 그런데 놀라운 점이 하나 눈에 띄었다. 거의 모두 자신을 아직은 뜻을 못 이룬 천재 작가로 믿고 있거나 사람들이 제대로 알아 봐 주지 못해서 그렇지 이미 자신의 천재성은 입증되었다는 착각에 빠져 있는 것이다.

실상 사이버 세상에 익숙하지 못한 나는 막연히 인터넷 카페란 곳이 문학 지망생들이 모여서 진지하게 문학 수업에 열중하는 그런 공간인 줄로 알았다. 그래서 남의 글에 열심히 댓글을 달았다. 그러나 허허, 이를 어쩌랴! 내 딴엔 그래서 서로 공부가 될 줄 알았는데 잘못 짚어도 한참 잘못 짚었던 것이다. 다행히 눈치가 좀 빠른 편이라 이내 일이 잘못된 걸 알았지만 돌이킬 방법도 없었다. 올라온 글에 대한 나 나름의 아는 체는 무수한 착각 천재에게 가증스럽고 불쾌한 삿대질이 된 것이었으니.

참으로 난감한 일이었지만 그렇다고 물러설 나는 아니다. 적어도 뭘 좀 잘못 알았을 뿐 전혀 악의는 없었으니까. 내가 선택한 방법은 뻗대기였다. 겉으로 표방된 문학 카페의 존립 취지가 나를 혼동시킨 잘못을 물고 늘어진 거다. 사실이 그렇다. 문학 카페들은 하나같이 그 공간을 문우들의 교류 장이자 치열한 수업 공간으로 표방하고 있다. 잘못된 건 내가 아니라 겉 다르고 속 다른 그대들이라고 막무가내로 뻗대고 있는 이유가 여기에 있다. 아, 공부하는 데라고 해서 들어와서 열심히 공부하자는데 뭔 소리요 하는 식으로 나는 짐짓 뻔뻔하다.

　그러면서도 나는 많이 미안하고 많이 가슴이 아프다. 결코, 남을 괴롭히는 걸 즐기는 사람이 못되니 괴롭기도 하다. 그래서 내 속마음을 열어 보이고 그동안 내게 마음을 다친 이들에게 변명이라도 될까 해서 이 글을 쓴다. 그런데 이 글이 오히려 이전보다도 더 큰 상처를 안겨줄 위험이 있다. 그러나 내친김이라 그냥 내지르기로 했다. 기껏해야 나에 대한 불쾌감을 한 번 더 확인하는 정도로 그칠 일이지 대수로운 일은 아니란 생각이 들기도 하기 때문이다. 이것은 내가 쓴 글이 허접한 글로 판명돼서 죽고 싶은 심정이 된 일이 한두 번이 아닌 아픔을 가진 탓일 것이다.

　한때, 나는 광고 글 쓰는 일을 했다. 더러 좋은 일도 있었지만 모자란 글 때문에 지옥을 경험하기도 했다. 내 딴에는 그야말로 심혈을 기울여서 쓴 글이 독자인 소비자들에게 냉담한 반응을 받을 때 쥐구멍에라도 숨고 싶을 정도로 참담한 기분은 말로 표현할 수가 없다. 정말 죽어버리고 싶은 것이다. 그러나 그것으로 끝나는 일이 아니다. 변상까지야 가지는 않지만, 광고주에게 끼친 손해를 어이하랴! 이 참담한 경험 때문에 나는 내 글에 대해 누가 지적해주는 것을 아주 고맙게 생각하는 버릇이 길러졌다.

　또한, 그런 연유로 광고 글공부하는 이들에게 냉혹한 비평을 서슴지 않는 고약한 버릇까지 가졌던 셈이다. 지난날이 그렇다 보니 전혀 분야가 다른 글 쓰는 이들에게도 댓글로 지적하는 데 주저함이 없었고 이 글이 문우들에게 또 다른 상처가 된들 악의 없이 무슨 예방주 사라도 놓아드리는 심정이 되는 것이다. 광고 카피와 문학은 전혀 다른 것이라 하더라도 글은 남에게 보이는 것이라는 공통점이 있다. 그러므로 독자의 반응은 그 글의 좋고 나쁨을 가리는 중요한 잣대가 된다는 생각이다.

이런 내게 사이버 공간에서의 문우들은 처음에 적지 않은 혼란을 느끼게 해주었다. 분명히 시인 아무개, 작가 아무개 하는 사람들의 글이 죄송하지만 그다지 탐탁하지 않은 것이었다. 이름 앞에 그런 호칭을 덧대는 것으로 봐선 상당한 수준의 글일 것이라는 짐작은 번번이 빗나갔다. 그런 호칭은 등단하여 상당한 필명을 드날리는 분들의 것인 줄만 알았는데 그렇지 않았다. 더욱 놀라운 것은 분명히 등단 작가라고 확인된 분들의 글에도 후한 점수가 매겨지지 않는 일이었다.

그리고 나서 반년을 보낸 지금은 왜 그런지를 얼추 파악해냈다. 욕먹을 소리지만 할리우드 키드들 투성이었다. 사이버 공간에서의 문학 카페란 곳의 특성이란 것도 어지간히 헤아리게 된 것이다. 사이버 공간에서는 천재성을 공인받았다 할 그런 작가를 직접 만나는 일은 거의 없는 것이다. 좀 가혹하게 말하자면 사이버 공간은 낙오자이거나 비상의 미련을 버리지 못한 사람들이 서로 눈감아 주고 있는 얄궂은 세상이었다. 정도의 차이는 있었지만 할리우드 키드의 시나리오 만들기 각축장처럼 보이기도 했다.

이것은 순전히 좋은 작가를 가리는 나만의 독특한 기준으로 하는 말이니 오해는 없기 바란다. 누가 내게 광고 글과 문학의 다른 점이 무엇이냐고 물으면 나는 아주 명쾌한 나 나름의 대답을 한다. 광고 글은 발표된 때에 곧바로 많은 소비자의 마음을 움직여야만 가치를 인정받을 수 있는 글이고 문학은 나중에라도 그 진가를 인정받을 수 있다는 점이 다른 점이라고 하는 것이다. 그래서 나는 광고 글의 수준을 그 광고 덕택에 얼마나 많은 상품을 팔 수 있었느냐는 것으로 가름한다.

그러므로 광고 글을 잘 쓰는 사람이란 상품이 잘 팔리게 하는 글을 써내는 확률이 높은 사람이라고 잘라 말한다. 이 생각을 문학에도 적용해서 나는 작가의 수준을 애독자의 숫자로 판단하는 나만의 독특한 기준을 갖고 있다. 그러니 내 눈에는 등단 안 한 분이야 당연히 대중 속에 애독자를 확보하지 못했을 터이니 그렇고 등단을 했다손 치더라도 대중 속에 이렇다 할 만큼 애독자를 확보하지 못했다면 대단한 작가로는 보이지 않는다. 그런 생각으로 허물없이 같이 놀아도 무방하리라 생각한 것인데 건방지대도 개의치는 않을 생각이다.

내가 감히 사이버 공간에서 만나는 문우들의 글에 이런저런 지적해대기를 서슴지 않았던 것은 이래서였다. 나보다야 문학으로는 선배들이니 나은 것이 사실이나 나 보기에는 아직은 미완의 천재이니 어쭙잖은 내 의견이라도 뭐 좀 보탬이 되지 않을까 하는 진정 말고는 다른 뜻이 없었으니 그걸 손찌검으로 느꼈든 어쨌든 어쩔 수 없다. 그렇더라도 굳이 사과할 일은 아니고, 그냥 사람 봐 가면서 알아서 하겠다는 생각을 굳힌 것이다. 그러나 내가 정작 하고 싶은 말은 따로 있다. 모두들 좀 자유로워지면 어떻겠느냐는 권고를 드리고 싶은 것이다.

어느 분야에서건 한 시대를 이끌어가는 천재의 숫자는 그리 많지 않다. 천재를 제외한 나머지 사람들은 천재들의 빛나는 업적을 그저 즐기며 소비하면 그만이다. 천재들의 관심 분야에 흥미를 느끼는 것은 그 분야에 대한 약간의 남다른 소질이 있다는 것이지 그 약간의 남다른 소질이 곧 천재성이라고 생각하는 것은 아주 위험한 일이다. 그냥 취미일 뿐이다. 물론 뚜렷한 목표를 세우고 그 취미를 발전시켜서 천재의 대열에 들어서는 일이 아주 불가능한 것은 아니다.

사실 아주 드물게는 그야말로 하늘이 내린 듯한 천재가 있다. 그러나 나는 대부분 천재는 만들어진다고 생각한다. 만들어지는 천재의 특징은 한결같다. 자기의 소질에 아주 미쳐버리는 것이다. 그들은 확실한 업적을 이룰 때까지 그 어떤 핑계도 대지 않고 자기 소질에 미쳐서 지독할 정도로 몰두한다. 부모를 비롯한 주변 사람들의 염려도 아랑곳하지 않고 경제적인 여건도 무릅쓰고 자고 깨면 하루 대부분을 제 소질을 발전시키는 데에 할애해 버린다. 그것이 천재들만의 특성이다. 그렇게 천재가 된다.

만일 자신이 글쓰기에 좀 소질이 있다고 하더라도 자신이 천재인지 아닌지는 이것으로 알아볼 수 있다. 그 어떤 것도 안중에 없고 자고 깨면 그저 좋은 글 쓰는 공부에만 미친 듯이 매달렸다면 진즉에 작가로서 필명을 드날렸을 것이다. 그렇지 못하다면 필시 미친 듯이

매달리지는 못했으리라. 과분한 탓인지는 모르나 내가 드나든 사이
버 공간에서 나는 한 사람의 완성된 천재도 만난 일이 없다. 그저, 미
친 듯이 매달리면 천재가 될 수도 있을 것 같은 분이 더러 눈에 띄었
을 뿐이다.

그러나 거의 모든 사람이 천재가 되려는 자신의 꿈을 버리지 못하
고 있는 것으로 보인다. 더러는 그와 같은 자기 암시에 극도로 예민
해져 있어서 딱한 모습을 보이기도 한다. 제 글에 대한 이런저런 댓
글에 의연한 모습을 보이지 못하고 파르르 하는 모습을 보이는 이들
이 그렇다. 그런 사람들은 무턱대고 자기를 천재로 대접하여 함부로
대하지 말라는 신경질적인 모습을 보이는 것에 지나지 않는다. 그런
태도를 자존심으로 위장하여 가시를 세우지만 그건 자기 연민의 처
절한 몸부림 같아서 안쓰럽다.

그런데 참으로 괘씸한 부류들의 움직임이 감지된다. 이 딱한 사람
들을 묘하게 부추기는 무리가 있다. 그들에게 등단을 미끼로 은밀한
거래를 획책하는 것이다. 한심한 일이고 기막힌 일이다. 그런 식으로
등단한다 한들 한층 더 치사한 할리우드 키드가 될 뿐일 것이다. 가
없지 않은가! 그런데 정도의 차이는 있지만, 그 엉터리 천재 인증서
에 입맛을 다시는 이가 뜻밖에 많은 듯하다. 참 별일이다. 그런 위장
은 이루지 못한 꿈에 대한 아쉬움만 증폭시키고 속으론 무척 찔릴 텐
데 인간의 집착이란 집요하기도 하다.

그래서 내가 자유로워지라는 권고를 하는 것이다. 간단하다. 자신

은 천재가 아니라고 인정하면 된다. 천재란 아주 희귀한 것이니 천재 아니라고 해도 저 혼자만 억울할 일은 전혀 아니다. 이런 생각을 가지면 사이버 공간에서 이런저런 글을 쓰면서 늘 자유로울 수 있다. 내가 그 증인이다. 시인도 작가도 수필가도 아니고 그저 좀 취미가 있어서 하는 짓이니 그저 즐거울 수 있고, 댓글이 칭찬이라도 좋고 무슨 지적이 있어도 천재 아니니 당연한 일이라 생각돼서 오히려 고맙지 않을까?

못 이룬 꿈에 대한 한풀이 같은 노림도, 할리우드 키드 식의 눈속임도 궁리할 일 없으니 얼마나 속 편하랴! 제 흥에 겨워서 멋대로 이 것저것 써서 올리면 애써서 찾아다니지 않아도 읽어주는 이가 있고 차츰차츰 서로 아는 체 해주고 농담이라도 나눌 수 있는 글 친구도 늘어나니 그게 어디냐! 등단 같은 건 아예 관심도 없고 제 돈 들여 독자도 없는 책 찍어서 아는 사람들한테 돌리는 속 보이는 짓도 말고 그냥 글짓기 놀이하면서 재미있게 노는 것으로 충분하다. 그렇게만 마음이 들면 정말 자유롭다.

만일 내가 그런 자유를 얻지 못했다면 나는 분명코 또 하나의 할리우드 키드가 되어 유명작가들의 글 어느 한 부분들을 조금씩 조금씩 도려내다가 절묘한 잡탕 구슬 목걸이를 만들고 있을지도 모른다. 그러나 그러지 않기로 하니 천재를 부러워할 일도 없고 그들에게 열등감으로 절망할 일도 없다. 천재를 흉내 낼 일도 없고 그냥 저 생긴 대로 순전히 제멋대로인 글을 쓰면서 불만이 없다. 그저 편하다. 욕심을 버리니 누구에게 속을 일도 이용당할 일도, 애써서 나 자신을 속이고 위장할 일도 없다.

　이렇게 좀 자유로워지면 어떻겠냐는 이 글을 읽고 마음을 다치는 이가 있다고 해도 사과는 하지 않을 생각이다. 비난을 받는다고 해도 그럴 수도 있겠다고 생각할 일이지 불쾌해하거나 화를 내지 않을 것이다. 슬슬 서울 시립미술관에 가서 반 고흐의 그림 볼 궁리나 해야겠다. 할리우드 키드가 되지 않으려 해서 그런지 미술책이나 도록에서 보지 못한 스케치나 드로잉 같은 게 보고 싶다. 유명한 그림들은 하나같이 미리부터 남들의 평가에 오염돼서 보는 셈이니 탈 할리우드 키드를 표방한 내 취향은 진작부터 아니다.

최성린

시와창작작가회 특별회원
1948년 12월 함경남도 함흥에서 출생
서울 은평구 신사동 거주
글 써서 밥벌이한 일로는,
왕년에 카피라이터라는 광고장이로 지냈음
주로 온라인에서 심심풀이로 습작하다 보니
시도 끼적여보고, 잡문도 끼적여 보는 동안에
어떤 이는 시인, 어떤 이는 평론가
또 어떤 이는 두루뭉수리로 작가라고 부르는데
실은 아무 데도 해당하지 않는 얼치기
물어보아 줄 사람 있을 리 없지만, 혹시, 아주 혹시라도
그럼 도대체 넌 뭐라고 불러야 마땅하냐는 이 있을까 봐
혼자 마음속에 갈무리해 둔 궁색한 내 대답은
하는 짓 보면 모르시오

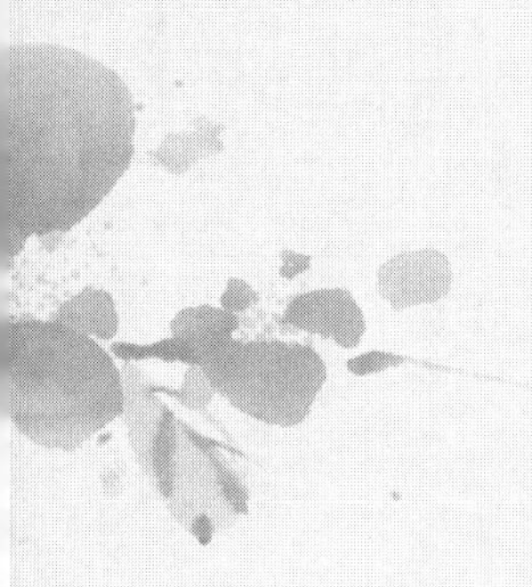

시와창작작가회 회원작품
〈단편소설〉

유병권
이은집
전은정

장대비 내치던 날에

| 유병권 |

경기도 H시. 외곽 순환도로 주변에 먹을거리집들이 즐비하게 늘어서 있다. 그중 '참살구이 집'은 고기맛과 된장찌개 솜씨가 워낙 혀를 녹이는지라 손님들의 발걸음이 끊이지 않았다. 이십 여 평쯤 되는 공간에 4인용 식탁이 열댓 개 깔려있다.

초저녁. 굵게 뿌리는 빗방울과는 반대로 식당 안은 조용하기만 하다. 그나마 한 귀퉁이에서 시뻘건 고기 조각이 지글지글 타들어가고 있었다. 마치 눈썹 짙은 인형을 연상케 하는 40대 중반의 김 여인. 그녀는 소 등심을 뒤집으며 맞은 편 손님에게 말을 건넨다.

"그때 같이 오셨던 분은 잘 계세요?"

"……."

"그분은 좀 불안하더라. 술 그렇게 마시고 핸들 잡는 것 보면……. 며칠 전 이렇게 장대비 쏟아지던 날, 밤늦게 혼자 와서는 삼겹살 먹으며 얼마나 치근대던지……. 내가 뭐 쉬운 여자인줄 아나……. 호호호."

"……."

"그날도 핸들 잡은 것 같은데 잘 들어갔나 모르겠어요. 참, 오늘 시간 내야 해요?"

건설회사에 다니는 30대 중반의 총각 최말술. 눈썹이 짙고 코가 뭉툭한 사내. 그는 술잔을 천천히 내려놓으며 맞은편에 앉아 입방아를 연신 찧고 있는 김 여인의 눈을 빤히 쳐다 볼뿐 여전 말이 없다.

실핏줄처럼 얼룩진 김 여인의 잔주름은 말 못할 풍상을 말해주는 듯 애잔하게 보인다. 그러한 그녀의 아름다운 얼굴이 고기 맛을 더 해준다고 생각하는 사내. 우적우적 고기를 씹고 소주를 털어 넣을 뿐 이렇다 할 반응은 없다.

사내는 살랑 눈웃음치는 김 여인의 속내를 어림짐작하고는, 한잔 더 들이킨다. 그러고는 불판에 흐드러진 등심 한 조각을 소금 종지에 꾹꾹 눌러댔다. 느긋한 사내의 눈빛이 예사롭지 않다.

'이거야 원, 정체를 알아야 시주를 하든가 말든가 할 텐데. 과부면 과부, 남편과 사별이면 사별, 아니면 어엿한 유부녀라고 밝히든지 말이야……. 모르지 총각 후려지는 꽃뱀일 수도.'

조르르 술 따르는 소리를 듣고서야 왼손으로 잔을 들어 목에 붓는 사내. 그러고는 다 식은 등심 조각을 된장에 꾹꾹 찍어 댔다. 사내를 빤히 쳐다보던 김 여인은 답답하다는 듯 다시 입을 떼었다.

"이봐요. 오늘 호프집에 가서 꼭 한 잔 해야 돼요."

이 말을 들은 사내는 된장 종지에 있던 고기를 도로 불판에 올려놓고 나직하게 입을 떼었다.

"그런데 궁금한 게 있어요."

"뭔데……?"

"아저씨는요?"

예상이라도 했다는 듯 초연히 입을 떼는 김 여인. 남편은 십이륙 당시 중앙정보부 운전기사였단다. 빌어먹을 사건으로 어깨와 가슴에 총탄을 맞아 지금껏 자리에 누워 있다고 한다.

"아니 그럼, 집에 얼른 가서 아저씨 돌봐드려야지. 어쩌자고……."

"이렇게까지 이야기했는데 한 여자의 진심을 몰라주다니. 흐흑."

"아, 또 왜 그래요."

"최 과장, 당신하고 그냥 한 잔 하고 싶은 마음뿐이에요. 오늘 시간 내시는 거죠?"

"하하하. 나는 뭐 쉬운 남잔가."

순간 김 여인의 얼굴에 어두운 그림자가 드리워지더니 눈망울이 촉촉해지기 시작했다. 오열이라도 터뜨릴 기세이다.

이를 눈치 챈 사내는 된장이 잔뜩 묻은 등심 한 조각을 불판에서 꺼내 냅다 입에 넣으며 손사래를 쳐댄다.

"오늘만……. 그것도 딱 한 잔만. 그리합시다."

"호호호, 겁도 많으셔. 금방 설거지 마치고 나올 테니 마저 들고 계셔."

김 여인이 자리를 물리자 유난히 들려오는 장대비 소리. 사내가 처음 들어올 때보다 더욱 세차게 몰아치고 있었다. 거기다가 천둥번개까지 기승을 부려 식당 창문이 죄다 들썩거린다. 사내는 천천히 담배를 물었다. 라이터를 찾는 순간 식당이 컴컴해진다. 정전이었다.

사내는 호주머니에서 라이터를 꺼내어 담배에 불을 붙였다. 순간 마늘 다섯 조각과 소주 한잔이 훤히 눈에 들어온다. 순간 사내는 중얼거렸다.

"음, 천풍후라! 그러면 그렇지."

30분 후, 참살구이 집을 함께 나간 두 사람.

두 사람이 우산을 접고 주점에 들어섰다. 자욱하게 피어오르는 모기향이 가뜩이나 눅눅한 실내를 더욱 퀴퀴하게 만들고 있었다.

생맥주 5백 씨씨 두 잔을 연거푸 들이킨 김 여인의 얼굴이 볼그스레하다. 붉은 조명마저 스며들고 다른 손님이 없어서인지, 김 여인의 얼굴이 무척 편안해 보였다.

김 여인이 카운터 쪽을 잠시 바라본 후, 말문을 열었다.

"있잖아, 최 과장. 오늘 꼭 데이트해야 돼. 알았지?"

이젠 말까지 놓는 김 여인. 사내는 어이없다는 듯, 한 마디 쏴댄다.

"아줌마!"

"아줌마가 뭐래, 누나한테."

"누님, 지금 우리 데이트 하고 있잖아요. 뭐가 또 필요해……."

"응, 난 정말이지 뒤끝 없는 여자거든. 알았지? 오늘 좋은 시간 가져보자고. 그이도 이해할 거야."

"참, 누님은 내가 지글 불판에 타는 등심으로 보이남."

사내의 비아냥거림에 김 여인은 살모사를 삼킨 두꺼비처럼 독기를 내뿜기 시작했다.

"산송장과 10년 생활을 자네가 알아?"

사내는 기가 막혔으나 그저 말없이 김 여인의 흥건한 눈망울만 들여다보고 있다. 김 여인은 흐느끼기 시작했다.

"차라리 청상이었으면 마음이나 편하지. 이건 도무지 이해 안 되는 세월이야. 그이가 그날 사무실에 가만히 있었으면 아무 일도 없었을 텐데. 흐흐흑."

순간 사내의 머릿속에 자동 소총 볶아대는 소리가 스치기 시작했다.

10년 전 가을. 보안사에서 박정희 대통령을 시해한 중앙정보부장 김재규를 체포했다. 이어, 최말술 병장이 근무하는 부대는 중앙정보부 남산 청사를 에워쌓았다. 청사내의 요원들이 밖으로 빠져나가는 것을 차단하기 위해서이다.

방탄조끼에 수류탄 두 발, 자동소총과 기관단총으로 무장한 최 병장의 매복조는 청사 입구 터널을 봉쇄했다.

새벽, 터널 위쪽 울타리에서 부스럭 소리가 나자 최 병장이 수하를 했다. 아무런 응답이 없었다. 최 병장은 허공에 네댓 발 난사를 한 후, 다시 수하를 했다. 그때서야 '쏘지 말아요! 살려주세요! 내려갑니다!' 외치는 소리가 들려왔다. 그 순간, 총성과 비명이 남산 기슭을 교묘하게 뒤흔들었다.

나중에 알고 보니 터널 위쪽에서 남산 순환 도로를 차단하고 있던 인접 매복조에서 총격을 가한 거였다.

경련을 일으키고 있는 사내의 입술에 김 여인의 애틋한 시선이 달라붙어 있었다.

"무슨 생각 하시나요?"

순간 사내는 자기도 모르게 반쯤 남은 생맥주를 목구멍에 털어 넣는다.

'그렇다면 이 여자가 그때 그 사람의 아내. 상전과 함께 달아나다 총 맞은 운전기사……. 그래, 그때 그 상황은 어쩔 수 없는 일이었잖아. 옆 소대 놈들이 쏴 갈기는 것을 낸들 어떻게 하라고.'

술을 들다말고 넋 잃은 사내. 그 머리 위에 김 여인의 목소리가 애잔하게 드리워지고 있다.

"이봐요. 그리 골몰하고 있는 모습이 참으로 예쁘네."

사내는 그 소리를 들었는지 못 들었는지 깊은 생각에 빠져들고만 있었다.

'내가 이 여자를 범한다는 것은, 한 가정을 철저히 짓밟는 것 아닌가. 암울했던 한 시대가 이 여자의 남편을 반편으로 만들었고, 나마저 내 갈증을 축이기 위해 이 여자를 품는다면……. 어머니도 이 여인처럼 어떤 이에게 애걸복걸 했을까.'

생각이 여기까지 미친 사내는 드디어 입을 열었다.

"누님, 서로 바라만 보아도 열매를 맺는 은행나무처럼, 적당한 거리에서 합당한 사랑을 나눕시다."

사내의 말이 떨어지기 무섭게 김 여인은 매섭게 반격을 가한다.

"최 과장! 근엄한 척 똥폼 잡지 마. 내가 하찮은 식당 써빙 아줌마라서……? 아니면 내가 너무나 늙어서……? 젊은 것들이 꼬리치면 최 과장 침 잘잘 흘리잖아. (카운터를 잠시 바라보며) 나도 저 언니처럼 내일 모레면 근사하게 하나 차릴 수 있어."

여덟 평 생맥주집의 천정이 무너질 기세이다. 사내는 온몸에 힘이 빠져나가고 있음을 느꼈다.

사방이 꽉 막힌 골목에 다다른 쥐처럼 사내는 겨우 입을 떼었다.

"아니, 그게 아니고……."

"뭐 시랑께. 그랴도 꿈틀거릴 거시기가 있어 야."

김 여인의 대찬 호통에 사내는 버벅거리기 시작했다.

"사랑은 눈으로 먹는다는 어느 시인의 노래도……. 그 고운 손으로 고기 구워 주는 사랑방 분위기가 너무 좋다니까…….”

“워메. 놀고 디비졌어라. 어차피 썩어 문드러질 이 몸뚱이 보시 한다 했거늘……. 등신도 가지가지고만…….”

단박에 사내의 말을 끊는 김여인. 본의 아니게 와전되고 있는 상황을 직시하고 있는 사내. 그는 다시 입을 떼기 시작했다.

“저는 이미 제 두 눈으로 누님을 다 빨아들였다고요. 같은 이부자리 속에서 살을 섞은 후의 모습은 오히려 초라할 수 있어요. 이대로 그냥…….”

그러자 의외로 나긋하게 입을 여는 김 여인.

“총각이 그렇게 부실해서 어떻게 건설회사에 다니누. 호호호.”

그러고 나서는 반쯤 남은 잔을 벌컥 비우고 다시 목소리를 높여대는 김 여인.

(눈초리를 치켜 올리며) “애절한 나의 간청을 무시하는 오만한 자네…….”

(황당한 얼굴이 되어) “누님…….”

(사내의 얼굴을 빤히 쳐다보며) “자네야말로 그때 그 남산 놈들과 똑같아.”

“누…….”

(오른손 바닥으로 탁자를 툭 치며) “똑같다고……. 손들고 나오는 사람한테 어떻게 총질을 해댈 수 있느냐 말이야. 어떻게……. 흑흑흑.”

군 오징어 뒷다리를 집은 사내의 손이 떨렸다. 김 여인의 눈물은 장대비보다 더 굵게 넘치고 있었다.

“누나, 고정해요.”

(피식 웃으며) “고정? 자네가 언제 날 제대로 잡아 보기나 했간디?”

온 몸에 열이 퍼질 대로 퍼진 사내는 걸치고 있던 분홍빛 여름 잠바를 벗었다. 얇은 잠바를 의자에 걸치며 입을 열었다.

"누나, 특별한 종교 없으면 같이 성당에 다녀요."

이 말에 김 여인은 아무 말이 없었다. 두 사람 사이에 침묵이 흘렀다.

그 공백을 깨기나 하려는 듯, 출입문이 삐꺼덕 열리며 장대비 쏟아지는 소리가 들려왔다.

중키에 아랫배가 빵빵한 사내가 옷을 털며 들어왔다. 사내와 같은 건설회사에 근무하는 안전부 염치무 과장이다.

두리번거리다가는 김 여인의 옆에 앉는다. 사내는 자기도 모르게 눈살을 찌푸렸지만, 애써 미소를 머금으며 맞은편에 앉은 염치무에게 한마디 던졌다.

"자네 술 한잔 걸치고 왔구먼."

염치무는 사내의 말을 들은 척도 않고 옆 자리의 김 여인을 힐끗 쳐다보며 입을 열었다.

"와이프하고 떨어져 사는 몸뚱이……. 뭐 낙이 있어야지. 그래서 일 보면서 한잔 걸쳤어. 스태미나에 좋은 삼겹살 지져먹고 보시를 하고 싶어도 마음대로 안돼요. 준다고 해도 못 받아먹는 양처들이 있으니 말이야. 흐흐흐."

염치무가 김 여인의 어깨에 슬쩍 왼손을 올려놓자, 김 여인은 그 손을 단박에 걷어내고는 자리에서 벌떡 일어나 밖으로 뛰쳐나간다.

뒤따라 나간 사내는 택시를 잡아 김 여인을 혼자 태워 보냈다. 사내 뒤를 따라 생맥주 집 출입문을 열어젖히고 거리로 나온 염치무. 그는 길가에 세워둔 자신의 승용차에 몸을 실어 김 여인이 사라진 방향으로 비틀거리며 따라갔다.

　잠시 후 구급차의 사이렌 소리가 포도를 내리치는 장대비 보다 더 크게 울려 퍼졌다. 그 다음날 염치무의 책상은 사라졌다.

　10년 후.

　건설 회사를 퇴직한 최말술은 자신이 사무장으로 있는 성당의 사목회원 몇몇과 함께 서울 외곽의 한 카페에 들어갔다.

　여름 장마가 기승을 부려서인지 텅텅 빈 홀에 모기 소리만 가득하다. 최말술은 일행과 함께 창문이 나있는 구석 자리로 들어갔다.

　자리에 앉자마자 아가씨 네 명과 나이 들어 보이는 주인 여자가 쪼르르 달려와 그 사이사이에 앉는다.

　주인이라고 소개하는 여인의 미소가 어딘가 낯익다고 생각하는 최말술. 고개를 갸우뚱거리는 그의 귓전에 주인 여자의 미소가 살랑 스친다.

　"호호호. 선생님은 등심을 무척 좋아 하실 것 같아요. 10년만……."

　순간 최말술은 흥건히 젖어 있는 창 쪽으로 고개를 돌린다. 사내에게 말을 먼저 건 주인 여자는 도라지 색으로 변한 입을 다물지 못하고 멍하니 앉아만 있다. 창을 말없이 바라보는 최말술. 사정없이 내리치는 장대비로 인해 오돌오돌 떨고 있는 창문에 사내의 어머니가 어른거린다.

　천둥번개 치던 날, 지아비 무덤 앞에서 오열하던 이십대 청상의 어머니 모습이 왜 하필이면 창가에 피어오르는 걸까.

　사내의 머리 한편에, '길을 가다가 우연히 만나는 사람과 어떤 일을 도모하지 마라'는 주역의 '천풍후(天風姤)' 괘가 서서히 떠오르고 있었다. 그 괘를 간직하며 세상 사람들과 담을 쌓고, 자신만을 키웠던 어머니의 외그림자. 그러면서도 어딘가 아쉽게만 느껴졌던 어머니의 한숨. 그러한 어머니의 한숨과 외그림자가 사내의 가슴에 찰싹 달라붙고 있었다.

사내는 이내 창에서 눈을 떼었다. 고개를 돌려, 피고석에 앉아 처분을 기다리는 듯한 주인여자의 촉촉한 눈망울을 바라보며, 피식 웃었다.

"누님! 정말이지 묘한 천연(天然)입니다. 그것도 꼭 장대비 내치는 날에……."

유병권

소설가, 수필가
시와창작회 회원
계간 〈아띠문학〉 발행인, 작가협회 회장
신인작가 배출(수필가, 시인, 소설가 40여 명)
제1회 낙동강 전투 스토리텔링 공모전 입상
(2010년 영남일보 ―칠곡군청 주관)
손자병법, 삼국지, 전쟁사 초빙강사
기업경영컨설팅 자문위원(국제경영연구원)
역사 단행본 『왕따당한 카리스마』(2001)
장편 역사소설 『투르바(트로이) 전쟁』
삼국지 '불타는 적벽' 연재 중
단편소설 「장대비 내치던 날에」 외 다수
문예지 단행본 『이야기꾼』(2007)
문예지 다권본 『문전성시』(9권)
문예지 정기간행물 계간 〈아띠문학〉(2009년 여름호부터 발행 중)

문하생

| 이은집 |

캠퍼스의 가을은 교수연구실 창밖으로 보이는 단풍나무가 맨 먼저 전해 주었다. 얼마 전까지만 해도 분명히 녹색의 이파리였는데, 오늘 문득 바라보니 완연히 붉은 색조를 띄고 있지 않은가!

'오! 저 단풍이 벌써 몇 번짼가? 이 연구실에서 15년이니까 어느덧 열다섯 번을 헤아리는군…… 후우!'

유민하 교수는 자조하듯 중얼거리며 다시 컴퓨터의 모니터로 시선을 모았다. 그러자 단 한 줄의 소설도 써지지 않은 모니터는 유민하 교수에게 더욱 절망감으로 다가들었다.

"유민하 교수님도 역시 작가의 무덤에 빠지신 건가요?"

문단 데뷔 때부터 알고 지내는 〈미래문학〉의 한지영 편집장이 안타까운 듯, 아니 조금은 비꼬는 투로 전화를 걸어왔다.

"아! 한 편집장님! 누구 목매는 꼴을 보고 싶어 그러십니까? 제발 좀 살려주세요! 하하!"

이에 유민하 교수가 엄살을 떨자 한지영 편집장이 예의 컬컬한 목소리로 대꾸해왔다.

"하하! 하기사 대학에 가서 살아남은 작가들이 없긴 하죠! 하지만 유민하 작가만큼은 믿었는데……! 바로 우리 〈미래문학〉을 창간하신 최현조 선생님의 문하생이시잖아요?"

"제가 그걸 잊을 리가 있나요?"

"바로 올해가 우리 〈미래문학〉 창간 40주년이에요! 그래서 저희 잡지로 등단한 작가 중에 〈정예작가 10인특집〉을 꾸미려는데……!"

"아! 거기에 제가 영광스럽게도 한 자리를 차지했나요? 네! 이번엔 꼭 쓸게요!"

유민하 교수는 이때 얼른 약속부터 해버렸다. 지난 15년 전 예술대학의 문창과 교수가 된 후 대학이란 무덤에 묻혀 5년 전쯤부터는 아예 절필을 하게 됐지만, 이제야말로 돌파구를 찾아야겠다는 깨우침이 들었던 것이다. 그래서 요즘 밤늦게까지 연구실의 컴퓨터 앞에 앉아 자판기를 두드려보고 있지만 여전히 소설은 전혀 써지지가 않아 미칠 것만 같았다.

결국 오늘도 유민하 교수는 밤 11시 가까이까지 버텼지만, 단 한 줄의 소설도 쓰지 못한 채 퇴근을 위해 연구실 문을 나섰다.

한데 이게 웬일인가? 다 해어진 청바지에 요즘 유행인 몸에 꽉 끼는 하얀 셔츠를 걸친 남학생 녀석이 얼마나 술에 취했는지 인사불성으로 퍼질러 누워 있는 게 아닌가?

"아니! 학생? 누군데 여기서…… 이게 뭔가? 엉?"

어처구니가 없어 이렇게 물으며 유민하 교수가 가까스로 녀석의 몸을 일으켜 세우려 하자, 학생은 숨넘어가는 목소리로 이렇게 중얼거렸다.

"유 교수님! 저 좀 잡아주세요! 지금 지구가 흔들리고 있다구요!"

"뭐야? 지구가 흔들려?"

"네! 저희 문창과 신입생 환영회 때 교수님께서 말씀하셨죠? 작가가 되려면 먼저 술을 마셔라! 거리에 나섰을 때 차량들이 춤추고 가로등이 도깨비불이 되며, 지구가 마구 흔들릴 때까지 만땅 퍼마셔야 한다!"

"허허! 그래서 지금 그 시범을 보인건가? 대체 얼마나 마셨길래……?"

유민하 교수의 입에서 이런 대꾸가 나온 건 녀석이 연구실 복도에 잔뜩 토악질을 한데다가 얼굴엔 퍼런 멍까지 들었던 것이다.

"자! 학생 이름이 뭐지? 집이 어딘가 내가 데려다 줄께!"

아무래도 그냥 놔두고 갈 수는 없을 것 같아, 이윽고 유민하 교수가 녀석을 일으켜 세우자 그가 계속 지껄였다.

"교수님! 저 문창과 1학년 서일후예요! 교수님 연구실 복도에서 죽으려 했다구요!"

"뭐야?"

하도 기가 막혀 유민하 교수가 묻자 녀석이 비틀비틀 몸을 가누지 못한 채 계속 떠벌었다.

"이번 대학신문 창간 50주년기념 현상모집의 소설부문 최종심사에서 교수님이 저한테 그러셨죠? 작가로서 작품에 목숨을 건 투지가 있어야 한다! 그런데 펜 끝으로 재주만 피웠다."

"아! 바로 그 소설을 응모한 학생이 너였어?"

순간 유민하 교수는 반가움에 소리쳤다.

"네! 그래서 오늘 교수님 연구실 앞에서 목숨을 걸었다구요. 그러니까 절 내버려두시고 어서 가세요!"

"그래? 넌 참 하나만 아는 바보구나! 내가 너의 작품을 그리 평한 건 다 이유가 있다구! 평생 써야 할 작가가 되려면 현상모집에 당선하는 반짝 재주로는 위험하거든!"

"그래서 절 일부러 떨어뜨렸단 말씀인가요?"

"서일후! 들어봐! 20여 년 전 우리 땐 어떻게 작가가 됐는지 알아? 당시 존경받던 훌륭한 작가 선생님을 찾아가 문하생이 되어 작가수업을 한 뒤에야 문단에 데뷔를 했다구! 근데 너는 현상모집단 한 편에 작가의 꿈을 이루려 해?"

순간 유민하 교수는 벌써 20년도 더 흘러버린 작가를 꿈꾸던 대학교 때의 문청시절로 달려갔다.

"유 작가! 이번 가을이 마지막 기회야! 따라서 꼭 성공을 바래!"

"임시인도 마찬가지야! 그러니까 8대 일간지 신춘에 모조리 응모해보라구!"

"설란 여사는 시, 수필, 소설 다 쓰니까 도진 개진 모진인 셈이잖아?"

대학 캠퍼스 잔디밭에 책가방을 끼고 누워 K대의 국문과 4학년 동기생들은 강의시간도 빼먹은 채 이런 대화를 주고받았다. 당시 그들은 서로 작가나 시인이 된 환상에 빠져 서로를 그리 불렀던 것이다.

"근데 심사위원들의 눈이 삐었나봐! 지난 해 우리들 중에 한 사람도 신춘에 당선이 안됐잖아?"

"물론 신춘은 하늘의 별따기라지만 알고 보면 뒷구멍 거래가 있는 게 분명해!"

"그게 뭔 소리야?"

"으응! 해마다 각 일간지의 신춘문예 당선자들을 보라구! 심사위원이 누구냐에 따라 당선자들의 출신 학교가 나오잖냐구?"

"맞아! 어느 작가는 어느 대학교를……! 마치 짜고 치는 도리짓고 땅 같잖아? 그런 면에서 우리 학교 국문과 교수님 중에는 신춘문예 심사위원이 하나도 없으니, 우리가 이처럼 찬밥 신세가 될 수밖에……!"

그때 유민하 동기생들은 이렇게 불평불만을 쏟아놓으며 해마다 가을 찬바람이 불기 시작하면 도지는 신춘문예의 열병에 빠져들었던 것이다.

"근데 민하는 틀림없을 거야! 작년에 최종심까지 올랐잖아?"

누군가 이런 말을 꺼내는 바람에 모두의 시선은 유민하에게로 쏠렸다.

"야! 소설 쓰는 게 무슨 기능올림픽이냐? 작년에 최종심 갔다구 올해에 당선되게……?"

그 순간 유민하는 강력히 부정하는 대꾸를 했지만 마음속으로는 거듭 다짐을 하고 있었다.

'그래! 너희의 기대가 아니라도 이번 신춘이 내가 대학 재학 중에 마지막이니까 기필코……!'

그래서 대학가 데모의 위수령으로 조기 겨울방학이 실시되자 유민하는 당장 보따리를 싸가지고 고향으로 낙향하여 신춘문예 소설쓰기에 몰두했던 것이다. 우선 금년의 『신춘문예 당선소설집』을 구입하여 차분히 정독했다. 그러자 '신춘문예 소설작품' 의 공식 같은 것이 감지되었다. 그것은 우선 소재가 참신하고 문장이 발랄했다. 아울러 충격적인 클라이맥스 부분을 구성상 전면에 배치함으로써 심사위원의 눈길을 끄는 것이다.

'역시 신춘문예란 응모자와 심사위원 간의 일종의 게임 같은 거야! 그러니까 고수급인 기성작가를 홀릴 수 있도록 신인다운 트릭을 잘 써야지!'

말하자면 유민하는 수학을 잘 하기 위해서 수학공식을 외우듯이 신춘문예의 공식을 찾아 그에 맞춤하는 단편소설을 썼다. 그래서 삼십 리가 넘는 읍내의 우체국에 가서 D일보 신춘문예에 응모했던 것이다.

'유 작가! 요즘 고향의 생활이 어떠한가? 지란지교의 그대가 떠난 한양은 나에게 날마다 절대 고독이라네! 그 대신 8대 일간지에 월남 밀림을 폭격하는 미군용기처럼 모조리 신춘시를 투하했다네! 아마 그물을 많이 걸면 고기가 잡히듯이 그중에 하나쯤은 기대를 해본다네! 흐흐!'

이때 임 시인으로 불리었던 동기생으로부터 이런 간절한 신춘병의 편지가 날아왔다. 그리하여 유민하도 그때의 소망을 담은 답장을 썼다.

'임 시인! 아침의 까치소리에 눈떠 저녁의 부엉이 소리로 눈감는 단조로운 산촌생활이지만 그대의 서찰로 위로 받았소! 나 역시 신춘소설의 열병에 걸려 어린 시절 하루거리를 앓듯 보내다가 가까스로 탈고를 하여 D일보 신춘문예 소설부문에 응모를 했다네! 따라서 그대나 나나 진인사대천명만 남았소만, 대학 재학시절의 마지막 기회이니 오늘밤엔 우리 함께 좋은 꿈을 꿉시다! 하하!'

그리고 기다리는 시간은 더디 갔지만 그래도 정확히 돌아와서 드디어 신춘문예 당선작 발표가 있는 새해 1월 1일이 되었다. 물론 서울 같으면 섣달 그믐날 새해의 신문이 미리 배달됐지만, 시골은 당일에야 배달되었으므로 유민하는 읍내의 D일보 보급소로 아침 일찍 길을 떠났다.

'근데 참! 좋은 일은 길몽으로 나타난다는데, 간밤에 무슨 꿈을 꿨더라?'

이때 유민하는 읍내로 가는 산 고개를 오르면서 생각해보았으나 얼른 떠오르지 않았다. 하지만 크게 걱정될 건 없었다. 워낙 자신 있게 신춘소설을 써서 응모했던 것이다. 오죽했으면 아예 당선소감까지 미리 써 보냈으랴! 시골 고향에 있어서 당시엔 전화도 없었으므로 이를 대비했던 것이다.

마침 하늘에서는 함박눈이 펑펑 쏟아져서 유민하의 신춘문예 당선을 축하해주는 느낌이 들었다. 그러자 당시 유민하와 동기생들이 '노가바(노래 가사 바꿔 부르기)'로 즐겨 불렀던 가수 이금희의 노래 〈정열(신춘)의 꽃〉이 자신도 모르게 흥얼거려졌다.

"신춘문예 꽃 피었다! 가슴에 내 가슴에
신춘문예 꽃 피었다! 가슴에 내 가슴속에 피었다!
신춘문예 참이슬로 뿌리를 내리고
밤 풀벌레 소리로 그대 이름 외우며
달과 별을 헤이면서 소설을 써내어
세상 속의 빛을 모아 신춘문예 꽃피웠죠!
고마워요! 절 당선시켜 난 너무 행복해요!

이제야 끝을 보인 당선의 영광 앞에

산소처럼 너무 깨끗한

공기처럼 너무 투명한

이런 소설 쓰게 해준 신춘문예 사랑해요!

오늘은 너무 기뻐 노래해 봐요!"

유민하는 삼십 리 먼 읍내의 길을 이런 노래로 기쁨 속에 힘든 줄 모르고 걸어갔다. 그런데 막상 D일보의 보급소에 이르자 가슴이 떨리면서 얼른 들어갈 수가 없어 한참이나 망설이다가 가까스로 문을 열고 들어섰다.

"저…… 오늘 새해 신문을 사러 왔는데요!"

"아니! 이게 누군가? 우리 중학교 후배 아닌가?"

"네에? 저희 학교 선배님 되시나요?"

D일보 보급소장이 선배인 것에 놀라 묻자 그는 두툼한 새해 신문을 꺼내오며 말했다.

"우리 모교 출신으로 서울 K대학에 간 건 후배가 처음이라서 거의 다들 안다네! 근데 국문과라고 했던가? 그래서 신춘문예에 응모했는가?"

"아…… 아닙니다. 그냥 새해 신문이라서 볼 게 있어서요!"

그때 유민하는 황급히 돈을 내고서 새해 D일보를 받자마자 도망치듯이 달려 나왔다. 그리고 한걸음에 집을 향해 뛰다시피 했다.

'아 참! 신춘문예 당선작을 확인해야지……!'

그리고 거의 삼십 분이나 걸어서야 발을 멈추고 신문을 펼쳤다. 그런데 일면에 신춘문예 당선자 명단이 나와 있는데 얼른 자신의 이름이 눈에 띄지 않았다. 순간 가슴이 덜컥 내려앉으며 무릎이 주저앉을 듯 허뚱해졌다. 유민하는 다시 신문을 넘겨 드디어 신춘문예의 소설 당선작을 찾았다. 그런데 전혀 낯선 이름과 제목이 툭 튀어 올랐다.

"아……!"

유민하는 신음 같은 소리와 함께 눈앞이 캄캄해지는 것 같아 잠시 그 자리에 굳어졌다. 그리고 한참만에야 발악하듯 소리쳤다.

"뭐야! 이럴 수가……! 말도 안 돼!"

그래도 차마 신문을 버리지는 못한 채 마치 마라톤 선수처럼 다시 퍼붓기 시작하는 함박눈 속 길을 달리기 시작했다. 그렇게 한 시간 이상이나 뛰었을까? 이윽고 유민하는 눈처럼 펑펑 쏟아지는 눈물을 닦을 염도 하지 않고 하늘을 우러렀다. 그때 하늘에선 분무기로 뿜어 내듯 옥수수튀김 같은 눈송이를 세차게 뿜어냈다. 그런 눈송이를 얼굴에 맞으면서 이윽고 유민하는 아까 읍내에 올 때처럼 노래를 부르기 시작했다.

"발길을 돌리려고 바람 부는 대로 걸어도
돌아서질 않는 것은 미련인가 아쉬움인가!
가슴에 이 가슴에 심어 준 신춘문예가
이다지도 깊을 줄은 난 정말 몰랐었네!
아아아! 아아아! 진정 난 몰랐었네!"

거의 울음 섞인 목소리였지만 그때 유민하는 이런 노래가 절로 불러졌던 것이다.

그로부터 며칠 후 임 시인으로부터 장문의 편지가 도착했다. 유민하는 그의 편지를 읽으면서 바로 얼마 전 신춘문예를 발표한 D일보를 사러 읍내에 갔다 오다가 낙선의 고배를 마시고 눈물을 펑펑 쏟았던 때보다도 더욱 가슴이 찢어지는 아픔을 견뎌야만 했다.

'유 작가! 고진감래라더니 드디어 나의 신춘 꿈을 이루었다네! 그것도 세 군데 신문사에 동시 당선하여 3관왕의 영광을 안았다오! 그대가 응모한 D일보에서 엉뚱한 당선자의 이름을 발견하고도 내가 그대에게 이런 편지를 씀을 용서해주오! 난 그대가 비록 이번 신춘에서 운이 없어 제외됐더라도 언젠가 반드시 위대한 작가로 탄생하리라 믿기 때문이오! 아픈 만큼 성숙해진다는 노래도 있듯이 문학 역시 그러하다고 믿소! 문학은 단거리 경주가 아니라 마라톤과도 같다고 우리 국문과 교수님께 배우지 않았소? 조금 일찍 출발하는 것도 좋지만 더 멀리 달릴 수 있게 힘을 축적하는 것도 현명한 방법이 아니겠소?

임 시인의 편지는 유민하에게 구구절절 위로와 격려를 전했지만 그는 당장 찢어버리고 싶었다. 그리고 유민하는 그해 졸업을 하자 군에 입대하여 죽은 듯이 보냈다. 그만큼 신춘문예의 상처가 컸던 것이다. 하지만 제대를 하자 유민하는 당장 취직 문제에 부딪쳐 신춘문예 같은 건 마치 뜨겁게 사랑했던 옛 연인과의 추억만큼이나 차츰 멀어져 갔다. 아울러 세상에서 하나를 버리면 또 다른 하나를 얻는다는 말처럼 10대 1의 경쟁률을 뚫고 중등교원 채용고시에 합격했다. 그러자 신춘문예의 꿈은 아예 사라지고 안일한 삶의 늪 속에 점차 침잠되어 갔던 것이다.

그러던 어느 날 퇴근 무렵에 전화가 걸려왔다.

"저…… 유 작가…… 아니, 유민하 선생님 계신가요?"

"아아! 설란 여사……! 민설란……!"

"어머머! 유민하구나! 딱 걸렸네! 호호호!"

역시 한때 같은 꿈으로 고통 했던 동기였기 때문일까? 벌써 몇 년 만의 통화인데도 유민하와 민설란은 담박에 상대방의 목소리를 알아채고 반가움에 소리쳤다.

"내가 여기 있는 줄 어찌 알았누? 졸업 후 우린 연락이 끊겼는데……?"

"그야 우리 학교 전통이잖아? 동창회 잘 되기로 소문난……!"

"그래! 이젠 우리 동기들도 동창회 만들 때가 됐지! 근데 어찌 지내?"

"나 말야? 궁금해? 시인 수필가 소설가 중에 하나는 꿰찼지! 여류 수필가!"

"오! 그래? 신춘 3관왕 임시인! 그리고 민 수필가! 나만 소외감이 느껴진다."

"괜찮아! 이제부터 출발해도 돼! 문학동네에 연령제한 같은 건 없잖아?"

"흐흐! 민 수필가! 너 보험하냐? 사람 꼬시는 솜씨가 보통 아니네!"

그런데 그녀가 문인이 됐다는 소식을 전하자 유민하는 자신도 모르게 비꼬임이 터져 나오는 건 웬일일까?

"야! 선생 됐다고 사람 우습게 알다간 큰코다친다. 오늘 퇴근길에 우리 만날까?"

"오케이! 미안해! 농담이야!"

　그래서 유민하는 대학시절에 잘 갔던 '고모집'을 약속장소로 정하고 나갔다. 그런데 괜히 가슴이 설레고 두근거림은 잃어버린 신춘 꿈 탓일까? 아니면 그 시절에 민설란을 좋아한 감정이 있었던가? 암튼 그런 야릇한 감정으로 유민하가 먼저 도착했는데 거의 동시에 그녀도 나타났던 것이다.

　"와아! 유민하! 근데 하나도 안 변했네? 호호!"

　"엉? 사돈 남말 하네! 설란 여사도 그대로구만! 하하!"

　역시 같은 꿈을 공유한 대학동기라서인지 마치 신입생 시절처럼 즐거워졌다. 따라서 사발식을 하던 그때처럼 서로 막걸리 잔을 따르고 마셨다.

　"내 수필 발표한 잡지야! 집에 가서 읽어봐!"

　이윽고 민설란이 수필 월간지를 내놓았다.

　"용하네! 기어이 꿈을 이루고……!"

　유민하는 부러운 듯 잡지를 받아 펼쳐보았다.

　"으응? 집에 가서 보라니까! 우리 술이나 마셔!"

　"기득권자라고 폼 잡는 거니?"

　"유 작가! 왜 그래? 그럼 이제라도 문하생이 돼 봐!"

　"문하생?"

　"뭐, 신춘만 데뷔 길은 아니잖아? 오히려 추천을 받은 사람이 문학적 생명이 더 길더라구! 실은 나도 문하생으로 추천을 받아 나왔어!"

　"신춘이 아니었어?"

　"그래! 근데 문하생이 되면 조심할 일이 있더라구!"

　"무슨 소리야?"

　"음! 문단 길도 연예계와 비슷하다고 할까? 연예계에 왜 그런 말

있잖아? 남자는 돈! 여자는 몸이라구……!"

그러면서 민설란은 자작으로 막걸리 잔을 기울였다.

"무슨 소린지 모르겠네!"

"요즘 문예지가 우후죽순으로 생기다보니까 경영이 어렵잖아? 그래서 신인 장사란 말이 생겼다구! 여기에 생긴 말이 '금문생(金門生)', '육문생(肉門生)' 이야!"

"말하자면 돈으로 몸으로 문하생이 된다는……?"

"아, 유 작가! 우리 그만 술이나 더 마셔!"

이윽고 민설란은 대학시절에 서로 문인이 됐다는 상상으로 대했듯이 유민하를 작가로 부르면서 술잔을 건네 왔다.

"좋아! 오랜만에 추억의 동기를 만나니까 금강산 선녀가 된 기분이네!"

"그건 또 무슨 소리야?"

"금강산의 나무꾼과 살게 된 선녀가 다시 하늘나라로 떠난 것처럼 나도 잊었던 작가의 꿈이 되살아났다구……!"

암튼 이날 민설란과의 술자리가 계기가 되어 유민하는 고등학교 교직에 있으면서 문단 데뷔와 대학원에 진학했고, 결국 대학의 문창과 교수로의 전직이 가능했던 것이다. 물론 여기에는 유민하가 〈미래문학〉을 창간한 최현조 소설가의 문하생이 된 덕택이기도 했다.

"내가 유민하 선생을 보자고 한 건 무슨 이유인지 아시죠?"

처음으로 〈미래문학〉 발행인인 최현조 소설가를 대했을 때 약간 날카로운 인상의 그가 물어온 말이었다.

"네! 그건 제가 선생님의 문하생이 되고 싶다고 청을 드려서……!"

"아녜요! 대체 고등학교 교사란 분이 어떻게 우리 잡지의 정기구독을 30부씩이나 유치했는지 궁금해서리……!"

"아! 네! 그건 제가 여러 모임의 총무를 많이 맡아서 한두 권씩 부탁을 했더니, 그 숫자가 채워졌습니다."

"음! 암튼 대단한 사업적 수완을 보여 주셨어요! 근데 소설쓰기는 언제부터였나요?"

"그건 누구나 대부분 그렇듯이 대학시절부터……!"

"그럼 신춘문예부터 시작했겠군요? 그러니까 문학수업 10여 년이 넘도록 아직 데뷔를 못한 셈이군요?"

"네! 그래서 한때는 포기하기도 했구요!"

"아! 그건 너무 싱거운 얘기예요! 우리나라 문인 치고 그런 과정 겪지 않은 사람이 몇이나 되겠어요?"

역시 날카로운 인상만큼이나 최현조 소설가의 대꾸는 차가울 정도로 냉정했다. 따라서 유민하는 머쓱해져 더 이상 입을 떼지 못했다.

"좋습니다. 그럼 한 가지 더 묻지요. 유 선생은 문학을, 아니 소설을 뭐라고 생각하십니까?"

"네? 그건……!"

얼른 무어라 대답이 막혀서 유민하는 잠시 뜸을 들였다. 그러자 최현조 소설가가 자리에서 일어서며 말했다.

"됐어요. 이달 말까지 100매 이내의 작품 하나 써서 가져오세요."

그리하여 유민하가 그의 지시대로 새로운 신작 단편소설을 써서 〈미래문학〉의 사무실로 최현조 소설가를 찾아갔는데, 이번에는 인사도 받는 둥 마는 둥 사장실로 들어가 버렸던 것이다. 이때 유민하는 쑥스럽기도 하고 기분이 상했지만, 그의 문하생이 되었기에 아무 말도 못하고 물러나왔다.

"뭐야? 이제 한두 살 먹은 문학청년도 아닌 난데……!"

다음 순간 유민하는 불쾌한 마음이 솟구쳐서 속으로 투덜대며 지하철을 향해 걸어갔다. 이때 마주 걸어오던 민설란이 반색을 하며 소리쳤다.

"어이! 유 선생! 드디어 그분의 문하생이 된 거야? 근데 얼굴 표정이 왜 그래? 마치 벌레 씹은 것 같으니 말야!"

이때 유민하는 어처구니가 없어 엉뚱한 분풀이를 하듯 퉁명스레 대꾸했다.

"이거 봐! 여류 수필가의 말본새가 왜 그래? 남의 속을 뒤집어놓는 악취미를 가졌어?"

"오우! 자기 지금 그런 상황이야? 하지만 이런 고비를 잘 넘겨야 문하생으로서 데뷔의 관문을 통과하게 된다구!"

"어쭈? 문단 선배라고 많이 건방져졌네!"

"호호! 억울하면 더 열심히 해서 빨리 따라오라구! 나 지금 〈미래문학〉의 원고 청탁을 받아 갖다 주러 가는 길인데, 다음부터는 우리 함께 가게 되길 바래!"

그러면서 민설란은 마치 황새처럼 휘적휘적 걸음을 빨리해갔다.

그런데 〈미래문학〉의 발행인인 최현조 소설가에게 유민하가 작품을 갖다 준지 석 달이 넘도록 아무런 소식이 없지 않은가? 그리하여 하루가 여삼추로 궁금하고 답답했지만 유민하는 막연히 기다릴 수밖에 없었다. 왜냐하면 안달하듯 재촉하면 끈기가 없다고 할 것 같았던 것이다.

"어휴! 차라리 않느니 죽는 게 낳지! 정말 문하생 노릇 못해 먹겠네!"

해서 하루에도 몇 차례 이런 푸념을 하면서 지냈는데, 그러던 어느 날 최현조 소설가로부터 학교 교무실로 전화가 왔던 것이다.

"유 선생! 오늘 시간 돼요? 우리 사무실로 나오세요!"

그러고는 예의 차가운 목소리로 한 마디 하고는 전화를 끊어버렸다. 그래서 담임 반 종례를 마치자마자 허겁지겁 달려갔더니, 다짜고짜 이렇게 물어서 유민하를 어이없게 만들었다.

"그래, 유 선생에게 소설은 뭐라고 생각하세요?"

바로 지난번에 물었던 질문을 다시 해서 유민하는 더욱 당황스러웠지만 문득 떠오르는 추억이 있기에 이렇게 대답했다.

"네! 소설은 노래라고 생각합니다."

"노래라……?"

"처음엔 기쁜 노래가 됐다가 금방 슬픈 노래로 바뀌는 얄궂은 노래요!"

"하아! 그 이유는 뭐죠?"

"선생님! 제가 대학시절 마지막으로 신춘문예에 응모했을 때 얘긴데요……!"

이윽고 유민하는 그때의 경험담을 최현조 소설가에게 대충 요약하여 말씀드렸다. 그러자 그의 눈동자가 점점 커지고 번쩍이더니, 책상을 탁 치면서 외쳤다.

"됐네! 유 선생! 문단 데뷔의 제1관문은 무사히 통과했네! 이제 제2관문이 남았는데, 자네! 앞으로 20년쯤 기다릴 수 있나?"

"네에? 20년을 기다리다뇨?"

하도 기가 막혀 이번엔 유민하가 눈을 크게 뜨며 묻자, 최현조 소설가가 크게 실망한 투로 내뱉었다.

"에, 한 송이 국화꽃을 피우기 위해서 봄부터 소쩍새가 그렇게 울었다는 시인도 있는데, 한 사람의 훌륭한 작가로 탄생하기 위해서 그쯤 세월을 못 참는단 말인가?"

그러나 그때 유민하의 뇌리를 스친 건 앞으로 20년 후라면 바로 저 양반, 최현조 소설가가 나를 추천해주기 전에 먼저 세상을 뜰 거라는 계산이 앞서는 것이었다. 하지만 유민하는 이때 이렇게 재치 있는 대꾸로 위기를 모면했던 것이다,

"선생님! 잘 알겠습니다. 제가 소설뿐 아니라 아예 문학에 소질이 없단 말씀으로 알고 포기하도록 하겠……!"

바로 그 순간이었다. 최현조 소설가가 아주 험한 표정을 지으며 쩌렁하는 목소리로 꾸짖었다.

"에끼! 유 선생은 날 놀리는구만!……그러나 제1관문을 좋은 점수로 통과했으니까, 특별 감면해서 앞으로 20년 대신 2년의 여유를 주겠네! 그래도 손들 건가?"

"아! 죄송합니다. 선생님! 제가 조급한 마음에 그만……!"

"하하! 됐어요! 암튼 나의 문하생 중에 가장 데뷔 년도를 단축해주는 것이니 만큼, 대신 좋은 작품 많이 써야 하네!"

이리하여 유민하는 스승님의 말씀대로 꼭 2년 만에 〈미래문학〉의 추천 완료로 문단에 데뷔하여 결국은 예술대학의 문창과 교수에까지 이르렀던 것이다.

"유 교수님! 그럼 전 이제 어찌해야 합니까? 저의 목숨과도 같은 소설로 끝내 저를 죽이실 작정인가요?"

벌써 꽤 오랜 시간이 흘렀건만 문창과 서일후 학생은 여전히 만취

상태로 술주정을 해댔다. 유민하는 먼 추억으로부터 돌아와 그 녀석을 부축해 일으켰다. 그리고 다시 야단치듯 힐책했다.

"임마! 넌 소설이 뭔지나 알고 이리 떠드는 거야?"

"소설요? 그건 돈이죠! 10억짜리 밀리언 베스트셀러만 터뜨리면 팔자를 고칠 수 있으니까요! 안 그렇습니까? 교수님!"

"뭐, 뭐야? 뭣이 어째?"

하도 뜻밖의 대꾸에 유민하 교수는 하마터면 녀석을 패대기칠 뻔했다. 그러나 서일후 학생은 여전히 당당하게 소리쳤다.

"유 교수님도 한때 베스트셀러 소설을 쓰셔서 아시잖아요? 소설로도 돈을 벌 수 있다는 거요! 요즘 저흰 '88만 원 세대'가 아닙니까? 그런 잡으론 평생 가야 가난뱅이 신세를 면치 못 한다구요!"

"임마! 아무리 그래도 그렇지! 문학을……! 소설을 겨우 돈벌이로 착각하는 너희가 무슨 작가가 되겠다는 거야?"

"네에? 하지만 팔리지 않는 소설을 쓰는 작가가 작가입니까? 그건 재미가 없잖아요?"

"재미? 너 재미라고 했냐?"

"맞아요! 소설은 재미가 있어야죠! 전 누구보다 재밌는 소설을 쓰고 싶어요! 그래서 재밌는 소설로 베스트셀러를 터뜨린 교수님을 찾아서 이 학교에 들어왔고, 이젠 교수님의 문하생이 되고 싶었는데……! 흑흑!"

그러고는 서일후 학생은 갑자기 흐느껴 울기 시작하는 게 아닌가?!

순간 유민하 교수의 머릿속은 뒤죽박죽이 돼버렸다. 그의 문하생 시절을 떠올리면서 이런 문하생을 어떻게 받아들여야 할지 얼른 판단이 서질 않았던 것이다. 다만 녀석을 부축하여 깊어가는 밤의 캠퍼스를 벗어나느라 거친 숨을 내뿜을 따름이었다.

이은집

소설가
시와창작작가회 고문
호: 성암(城岩)
1971년 창작집 『머리가 없는 사람』으로 등단
한국문인협회 저작권옹호위원장
국제펜클럽 한국본부 이사
한국소설가협회 상임이사 역임
일붕문학상, 충청문학상, 청하문학상
카뮈문학상, 헤세문학상, 타고르문학상
한국문학신문문학상 수상
대중가요 〈칠갑산〉으로 유명한 충남의 알프스 〈청양〉 출신으로, 고려대 국어국문학과를 졸업했다. 서울 시내 6개 공립고교 국어교사로 근무했고, 소설가로 베스트셀러 『학창보고서』 『스타탄생』 『대한민국 이은집 대총무』 『통일절』 등 7권의 저서를 냈다. 작사가로 MBC 대학가요제 금상곡 〈윷놀이〉, 은상곡 〈신입생〉, 동상곡 〈풍년굿〉 등 각종 가요제를 수상했다. 방송작가로 KBS, MBC, SBS, EBS 등 라디오 및 TV 출연과 스크립터로 13만여 매의 방송원고를 집필했다.

연두의 왼손

| 전은정 |

동생 동훈이 결혼식이 다음 달 일요일에 있을 예정인데 시간이 된다면 와서 참석해 달라는 짤막한 문자가 연두의 휴대폰 번호와 함께 떴다. 당시 나는 방 한구석에서 원인 모를 몸살 기운으로 침대에서 꼼짝하지 못하고 있었다. 겨우 손가락을 까닥거려 문자를 확인하고 대충 알겠다는 자판을 톡톡거리고는 이내 send 버튼을 누르고 이불을 머리끝까지 걸어 올렸다. 창문으로 오후 햇살이 강렬하게 반사되어 얇은 이불 안까지 번져오는 통에 감았던 눈을 다시 게슴츠레 뜨고 이불을 걷었다. 휴대폰 시계에는 1시 23분이라는 글자가 액정에 동동 떴다. 며칠 전부터 다리에서 시작해서 위쪽으로 몸이 점점 붓는다 싶었는데, 오늘 아침에는 목까지 전이되어 무명실로 온 몸을 뚤뚤 싼 누에고치마냥 꼼짝도 할 수가 없었다.

민경 씨, 요즘 무슨 고민 있어? 안 그러던 사람이 요즘 일 매듭 모양새가 왜 이따위야? 초반에는 눈치껏 그래도 알아서 이것저것 챙겨

서 한다 싶어서 놔뒀더니, 뒤로 갈수록 허술한 본색이 드러나네,
응?

죄송합니다. 죄송합니다.

백화점 손님들이 만만한 사람들이야? 고객 클레임이 일주일 걸러
올라오는 건 좀 심하지 않아? 정신 안 차릴래?

주의하겠습니다. 주의하겠습니다.

손님 앞에다 놓구 '지금 설명하고 있잖아요' 가 뭐야! 도대체 누구
들으라고 그런 말을 뱉은 건데?

오너의 언성이 끝날 때쯤, 갑자기 바닥이 빠른 속도로 내 눈앞을
후려치고는 기억이 없다. 눈을 뜨고 보니 병원 응급실이었고, 팔뚝에
는 핏줄이 보이지 않아 몇 번이나 찔렀는지 모르는 바늘자국과 함께
링거가 이어져 있었다. 옆에는 오너가 아직도 겁에 질린 채 흑흑, 가
증스러운 어깨를 들썩이며 울고 있었다. 내가 깨어나자 며칠간 쉬라
는 말과 함께, 가벼운 현기증이라는 의사의 말을 전했다. 그날 하루
조퇴처리 되었고, 다음 날 나오지 말라는 말을 무시하고 백화점으로
향했다.

몸을 억지로 우겨넣어서 230호 하이힐 코너에 섰지만 정신은 이틀
을 더 넘기지 못하고 며칠 부산에 다녀오겠다는 핑계를 대며 백기를
들고 말았다. 오너는 내 꼭뒤에다 대고 프로정신이 어쩌고저쩌고 하

는 뒤꼬리를 길게 늘어대며 병원에서의 안절부절못하던 자신의 모습을 은근슬쩍 담 너머 보냈다.

침대에서 꼼짝하지 않고 지낸지 사흘 만에 울린 휴대폰 연락이 연두였다. 아직도 볼 것 없는 자존심이 무너지는 게 무서워 부모님께는 연락도 하지 않았다. 연두의 문자는 그다지 위로가 되지 못했다. 다른 이윤 없었다. 그저 연두라는 이유 때문이었다.

겨우 침대에서 일어나 떡진 머리를 손빗질로 대충 정돈하고는 물 한잔 마시려할 때 휴대폰 문자가 띵띵띵, 내 심기를 다시금 건드렸다.

'야 니는 온다면서 시간 장소는 안 궁금하나'

연두의 문자는 문장부호나 이모티콘이 없다. 그래서 항상 기분이 어떤지 짐작할 수가 없어 기분 좋은 척하는 이모티콘으로 답을 보내곤 했다. 그런데 방금 이 문자는 글자만 봐도 화가 났다는 티가 났다. 보통은 내가, 갈께 하면 응, 하고 마는 연두였다. 그에 비하면 이 문자는 꽤 묵직한 강속구를 날린 셈이었다.

뭐지, 왜 이러지. 갑작스런 몸에 맞은 볼에 당황하며 어떻게 답을 보낼까 깜박이는 문자 커서만 바라보고 있었다. 연두에게서 다시 문자가 왔다. 초등학교 때 자기 누나를 힐끔 쳐다보다가 모르는 척하며 친구들이랑 도망가던 그 동훈이가 웨딩 사진 메시지 청첩장 안에 턱시도 맵시를 살린 건장하고 잘생긴 신랑이 되어 환하게 웃고 있다.

연두에게 문자를 보냈다.

‘미안, 물어보려고 했는데 업무 중이라 그랬어. 꼭 갈께. 고맙다.’
5분 후에 답장이 왔다.

‘괜찮다 꼭 와도’

평소 연두랑 분명히 달랐다. 그 문자를 받고서야 일부러 시간 장소를 알리지 않고 오라는 문자만 떠보듯이 보냈다는 걸 알았다. 그 길로 엄마에게 연두 때문에 부산에 내려가야 하는 사정을 전화로 줄줄 늘어놓았다. 엄마는 시답잖은 걸 신경 쓴다는 말을 첫마디로, 딱 잘라 오지 마라고 말미를 매듭지었다.

“내가 갈께, 저번에 연두 엄마가 할매 장례식 때 와서 치레 해주고 간기 있어서 내가 가봐야 된다. 니는 연두 결혼식이면 또 몰라, 연두 동생 결혼식까지 와 오지랖 떠노? 오며 가며 십만 원 돈 든데이. 돈 아끼 쓰라켔다. 오지 마.” 엄마에게 맞은 퇴박 한 바가지 이후 몰려드는 건 다시금 밀려오는 연두에 대한 미안함이었다. 난생처음 연두에게 전화하는 게 겁이 났다. 건성으로 땜질식 답장만 하던 그동안의 심보가 탄로 나서인지 어떤 말부터 해야 할까 안절부절 팔뚝만 쓸어내리다가 결국 빈 종이에 전화멘트를 써서 쭉 읽어야겠다는 웃긴 아이디어를 내기에 이르렀다.
‘연두야, 내다, 민경이. 딴 게 아니라 내 못 갈 것 같다. 엄마가 대신 가신다고……’
아니지, 엄마 앞세워서 나를 숨기는 것 같은 느낌이 들잖아?
‘연두야, 내다 민경이. 갑자기 근무 시간이 초과가 되서……’

이것도 아니지. 너무 속이려 드는 게 티가 나잖아.

'연두야, 내다 민경이. 동훈이랑 나랑은 별로 안 친하니까 네 결혼식 때나 갈게.'

이건 좀 말이 되는군. 통화버튼을 누르고 목을 헛기침으로 한번 조였다. 연두 목소리는 내 예상보다는 밝았다.

"응, 연두야, 내다 민경이."

나는 적어놓은 멘트를 라디오 드라마마냥 감정을 넣어 읽어 내려갔다.

"나는 동훈이랑 별로 안 친하잖아. 네 결혼식 때나 갈게. 미안."

저절로 침을 꿀꺽 삼키며 수화기를 더욱 귀에 꼭 붙였다.

"괜찮다. 그것도 그러네."

"내 대신 우리 엄마가 간다 그랬다. 저번에 너거 엄마가 우리 할매 장례식 때 부조금 주고 가셨잖아. 그래서 이때 인사치레 주고받아야 된다카데."

"아, 맞나. 알겠다. 그럼."

"추석 때나 내려가면 연락할 게. 함 보자."

"그래."

뒤의 멘트는 즉흥적으로 나온 멘트인데 자연스럽게 통해서 다행이었다. 연두와 나는 평소 때로 돌아와 편안하게 전화를 끊었다.

매정하게도 추석 때 연두를 만나지 않고 부모님과 친척 내외만 방문하고는 부리나케 서울로 올라와버렸다. 머릿속에 입력이 되어있었지만 실행키를 누르려니 마음에서 부담 바이러스가 퍼져나가기 시작했다.

"제사상 마른 명태 살라꼬 연두집 건어물 가게 갔드만 새 신랑 새 신부가 가게 안에서 어찌나 저거 엄마 어깨 팔 주무르면서 어머니, 어머니 케사면서 애교꽃을 피우던지. 새 신부가 연상이라카데?"

"식구들 다 있나? 그 좁은 가게에?"

"동훈이는 그저 지 색시 하는 거 보고 배시시 웃고만 있제, 영경이는 저거 오빠보고 아저씨는 고등학생한테 용돈 주는기라 카면서 까불제, 가게 분위기가 다른 때랑 다르데."

"식구들 다 있드냐니깐?"

"와 이리 성깔을 내샀노? 연두만 안 보이드라, 와? 가는 뭐 집 밖에 멀리 못 나온다이가."

뜬금없이 나에게 강속구를 날린 이유가 보였다. 동훈이 결혼식 준비 과정에서 틀림없이 연두가 식구들에게 받은 상심을 소심하게나마 나에게 푼 것이리라. 내 몸도 성치 않은데 연두의 푸념까지 들을 생각을 하니 천근 콘크리트를 한꺼번에 양 어깨에 짊어진 기분이었다. 게다가 천성적인 귀찮음까지 합세해 전화나 문자조차도 감이 홍시될 때 기다리듯 계속 생각만 익히고 있었다. 결국 연휴의 내 몸 부지를 우선순위로 치고 연두 사정은 저 멀리 다락방에 얹어두고 눈을 질끈 감아버렸다.

추석이 지나 서울에 와서도 연두에게는 아무 연락이 없었다.

"어, 추석 잘 지냈나?"

　자백하듯 걸어본 전화 너머로 연두는 쾌활하게 대답했다. 주사 몇 대와 약 몇 첩으로 원기 회복 후에 슬쩍 찔러 넣은 통화에서 들린 말이었다. 연두 말인 즉, 추석 당일에는 항상 자기가 하던 제사 음식을 대신 할 사람이 있어서 '너무' 좋았다고, 그 시간에 자기는 한 블록 건너 살고 있는 친할머니 집에서 쉬다 왔다고 했다. 굳이 '너무'를 제차 강조하는 낌새가 오히려 미심쩍었다.
　통화가 끝나고서도 마음에 걸리는 꺼림칙함을 달래고자 휴대폰 슬라이드만 왔다갔다 밀어댔다. 밑바닥에서 꿈틀대는 양심이 심장과 머리를 사정없이 망치질했다. 더께 쌓인 베일을 걷어내자 꺼림칙했던 실체가 확연히 눈에 보였다. 연두와 나 사이에는 감출 것 없다. 게다가 저변에 걸리적거리는 뭔가를 가지고 있을 때 사람들은 오히려 아무렇지도 않은 척 철면피를 까는 법이잖은가. 몇 번이나 글자를 수정하면서 문자를 찍었다.

'니 우리 만나기로 한 거, 기억하고 있었제?'

정곡을 콱 찔러버렸다. 연두에게 답이 없었다.
"뭐? 갑상선? 그 기 여자한테 얼마나 중요한덴 줄 아나!"

엄마의 언성이 휴대폰 진동처럼 느껴질 정도로 높은 데시벨로 수

화기를 울렸다. 서울에 혼자 살면 자기 건강은 독하게 챙기라는 잔소리를 귓등으로 들었더니, 결국 백화점에서 또 한 번 쓰러졌다. 마놀로 블라닉 한 짝을 들고 손님께 신겨드리려고 엎드리는 찰나에 머리가 핑 돌면서 눈앞이 깜깜해졌었다. 병원에서 부랴부랴 종합검진을 해본 결과 갑상선에 덩어리 하나가 보인다나 어쩐다나. 오너에게도 이제는 피해준다 싶어서 깨끗하게 그만두고 집에 들어앉아 며칠을 누웠다.

일주일이 지나서야 엄마에게 이실직고를 했고, 엄마는 노발대발하면서 부산으로 내려오라고 했다.

내려온 그날 밤, 연두에게서 전화가 왔다. 퇴근하고 들리는 길에 연두네 가게에 가서 멸치를 사면서 연두 엄마에게 이른 모양이었다.

"니 쓰러졌대매?"
"웬 호들갑이고? 괜찮다. 약 먹고 쉬면된단다. 스트레스가 쌓여서 덩어리가 뭉친 거라데."
"내 내일 너거 집에 가께."
"아이다. 니 힘들잖아."
"저번에 추석 때도 못 봤잖아."
"아이고, 그냥 그거는 그거, 이거는 이거지."
나는 귀찮아질 게 뻔하자 내가 연락을 무시한 건 생각 안 하고 연두에게 되레 큰소리였다.

다음 날, 연두는 한사코 우리 집 초인종을 눌렀다. 연두가 절뚝거리며 들어왔다. 오른손에는 과자와 커피 같은 간식거리가 들려있었다. 딴에는 생각해서 가져온 거지만, 나는 왠지 그 후미진 느낌의 봉투를 보는 순간 미간에 인상이 짜져들었다. 서울물 좀 먹었다고, 이제는 부산이 시골처럼 느껴지는 내 알량한 마음심보가 부끄러워 연두 앞에서 하회탈 주름을 세우며 억지로 웃어보였다. 연두는 항상 똑같다. 왼손은 꼰 채 배에 붙이고 오른손으로 힘들게 신발을 벗고 들어왔다.

뉴발란스 운동화로 바뀌어있는 걸 보니 동훈이가 월급타서 누나 운동화를 새로 장만해준 모양이었다.

"동훈이 결혼식 잘 끝냈나?"
"응. 그냥 뭐. 친척들 많이 오고, 영경이가 저거 오빠야 옆에서 들러리 다 해주고, 폐백하고 뭐 그러고 끝났지. 뭐."

느릿느릿 정확하지 않는 발음으로 얼렁뚱땅 대답하고 구체적으로 얘기하지 않는 걸 보니 분명 상처받은 무슨 일이 있긴 있은 모양이었다. 연두는 얼른 화제를 바꿨다. 약봉지에 '백병원'이라 쓰여 있는 걸 보고는 괜히 반가워했다.

"나도 40일치 약 타러 백병원에 가는데, 니도 백병원 갔었나."
"간질약? 저번에는 위생병원에 갔잖아?"
"병원 바꿨다. 집에서도 가깝고 그래서."

"위생병원이 더 가깝지 않나?"

"암튼."

사실 연두는 백병원이 가까운지 위생병원이 가까운지 잘 몰랐다. 항상 자원봉사자 차를 타고 병원에 가기 때문에 항상 그 거리가 그 거리로 느껴지는 것뿐이다. 연두는 내가 그 이후로 무슨 말을 이어야 할지 몰라 눈 둘 곳을 생각하는 걸 보고 살짝 당황했다. 그리고 자기가 할 수 있는 걸 권했다.

"밥 먹었나? 영경이랑 가끔 시켜먹는 돈가스집 있는데 시켜먹을래?"

솔직히 속은 돈가스가 들어갈 비유가 아니었다. 연두는 최선을 다해서 나를 챙겨보려고 뭐라도 하려는 듯 불안정한 눈빛으로 이리저리 둘러보다가 나에게 말을 한 것이었다. 나는 과장되게 그러구마, 하고는 집 전화 쪽으로 가려했다.

"내가 전화할게."

연두는 오른손만으로 폰에 저장되어있는 전화번호를 또각또각 눌렀다. 이때까지 카페나 식당에서 뭘 주문할 때는 꼭 내가 주문을 했는데 연두가 나대신 뭔가를 한다는 게 신기하기도 했다. 한편으로는 세 살 어린 아이에게 유리컵에 물 떠오라고 시킨 것처럼 조마조마 하기도 했다.

"여보세요? 지금 주문되죠? 돈가스 정식 세트랑요, 알밥…… 돈가스요, 돈, 가스요. 돈……"

상대편에서 연두의 발음을 못 알아들어서 계속 되묻는 모양이었다. 연두는 시디가 튀는 것처럼 '돈'이라는 발음을 용을 써서 해댔다. 나야 오래 같이 지내온 터라 '돈가스'를 이야기 하는구나 라고 알아듣지만, 처음 보는 사람들은 턱을 살짝 굴리며 말하는 '동하스'라는 비음 섞인 발음에 의아할 것이다. 돈가스 하나를 몇 번이나 발음하는데 숨이 차는 건지, 아니면 자기 자신에게 답답한 건지 가슴을 탁탁 두드렸다. 결국 연두의 효도폰이 나에게 넘어왔다. 스피커폰처럼 들리는 통화음 볼륨을 내리면서 돈가스와 알밥을 시켰다.

돈가스 값을 연두가 지불하는 걸 보고 나는 왠지 몸 둘 바를 몰랐다. 연두는 웃으면서 많이 먹으라고 했다. 하얀 도시락 뚜껑을 열자 돈가스를 기름에 잠수를 시켜온 듯 기름 냄새가 훅 덮쳐왔다. 하마터면 욱, 하는 제스처를 낼 뻔했지만 오랜만에 선심 쓰는 그 친구에게 내가 어떻게 그런 모습을 모일 수 있으랴. 연두는 이 돈가스를 영경이가 좋아해서 자주 시켜 먹는다고 이야기하면서 딸려온 된장국을 떠먹었다.

나는 두 자매가 좋아하는 돈가스라니까 한 번 맛이나 보자하고 돈가스 한 조각을 넣었다. 아, 정말. 이건 고기 덩어리가 아니라 기름 덩어리었다. 초등학생이나 중학생들이 좋아하는 맛이지, 성인의 담백한 맛에는 완전히 반하는 맛이었다. 게다가 조미료는 얼마나 쳐댔는지. 어떻게 이걸 좋아한다고.

이제까지 영경이의 행동을 들어본 걸로 추리하자면 사실 영경이는 자기 언니랑 같이 있을 때 집에 있는 밥을 차려 먹으라는 엄마의 말을 무시하고 차려주기 귀찮아서 언니랑 시켜먹었음이 분명했다. 내가 엄마에게 들어 알기로는 연두 엄마가 가게에 나가기 전에 약을 먹는 딸을 생각해서 반찬도 맵고 짜지 않는 반찬으로 일부러 해다 놓는 걸로 알고 있는데, 아직 고학생이라 철없이 대처하는 것이었다. 연두는 열여섯 살 아래 동생인 영경이가 좋아한다는 말로 얼렁뚱땅 넘기는 모습을 보고도 그냥 그러구마 하고 받아들이는 것 같았다.

난 같이 딸려온 김치와 단무지와 함께 억지로 먹어보였다. 연두는 하도 오래 먹어 버릇해서인지 느끼하지도 않는 것 같았다. 한편으로 친구이면서 전혀 관심이 없었다는 게 여기서 드러나나 싶어서 내가 더 미안해지기 시작했다. 그렇게 생각하니 내가 애 앞에서 아프다는 티를 내는 건 지나친 오만이었다.

도시락을 치우고 연두가 사온 커피와 과자를 뜯어 먹으면서 TV를 봤다. TV에서 예능 MC들이 깔깔대며 자지러지는 모습, 음악을 연주하는 클래식 연주회, 어린이 강간범에 대한 현장취재뉴스, 청소기를 시범하는 홈쇼핑 등의 화면이 의미 없이 지나갔다. 나는 내가 아픈 건 고사하고 연두가 뭔가 할 말이 있지 않을까, 라는 짐작만 마음속에 뱅뱅 돌았다. 시선은 TV를 향하고 있지만 마음은 연두가 하는 하나하나의 품새를 관찰했다. 연두는 꼭 자기 할 말이 있을 때는 이렇게 길게 추스르고 말을 했다.

"내…… 선자리 들어왔다……."

띄엄띄엄, 연두는 신중하게 말했다. 연두의 말에 너무 놀라서 거의 졸 뻔했던 내 눈이 번쩍 뜨였다. 정말? 어디 누구? 나는 얼굴이 밝아져서 연두의 얼굴을 봤다. 곧 밝은 반응은 연두에게 큰 실례가 되는 선자리가 들어왔다는 걸 알았다. 그 말을 뱉은 즉시 연두의 얼굴은 썩은 홍어를 씹은 듯 미간 사이를 찌푸리며 눈을 질끈 감았기 때문이다.

뭐라더라, 오십 넘은 남자인데 시골 노총각이라고, 엄마가 사진 갖고 왔는데 완전 대머리 다 벗겨지고 시커먼 사람 있잖아. 근데 우리 엄마 뭐라는지 아나. 원래 이 사람이 베트남 처녀 돈 주고 살라다가 돈 아까워서 장애인 알아보다가 알게 된 거라데. 서른 세 살이라니까 나이도 좋다고 그랬다고, 그러니까 그냥 가도 되는 거라고, 참 나. 나는 뭐 남자 보는 눈 없는 줄 아나. 내 또래면 또 몰라.

나도 처음 선자리 들어왔다고 들었을 때는 남들 생각하는 당연한 기대치를 가지고 기뻐했다. 그런데 이 무슨 조선시대도 아니고, 전쟁통도 아닌데 이런 경우가.

더 웃긴 건 그날 저녁에 우리 엄마에게 막 흥분해서 이야기했더니 오히려 엄마는 내 말에 쿵, 체, 하는 속을 알 수 없는 코웃음만 치며 어쩔 수 없다는 반응을 내비쳤다. 니가 세상을 몰라도 한참 모른다는 식으로.

"그거는 연두 지가 이해해야 된다. 솔직히 누가 대려가노? 평생 결혼 안 하고 살면 그거 다 부모 짐이다, 아나? 가족들 짐이고. 동훈이 지금 결혼해서 아직 신혼 초라서 잘 모르제? 좀 있어봐라. 장남이라서 연두 신경 안 쓸래야 안 쓸 수 없다."

왜 이렇게들 연두에 대해서 모르지? 내가 아는 연두와 엄마들이 아는 연두는 동전의 한쪽만 바라보면서 동전 전체라고 우기는 모습이었다. 연두가 그 말을 뱉는 순간 나는 막 소리 질렀다. 안 된다고, 절대 안 된다고. 요즘 무슨 그런 인신매매 같은 방법으로 결혼을 시키냐고 목에 핏대 터지도록 언성을 높였다.

"야, 니 안한다고 말해라! 니 잘생긴 남자 좋아하잖아! 원빈 같이!"

원빈은 연두가 중학교 때부터 좋아하는 연예인이다. 연두와 내가 짝이었을 때 서로 다른 잡지를 사서 나는 원빈을 찢어주고, 연두는 나에게 키아누 리브스를 찢어줬었다. 그 뿐이랴? 연두는 예쁜 것도 좋아해서 용돈 받으면 예쁜 지갑, 손수건, 인형 따위를 항상 가방에 휴대하고 다녔다. 20살이 되어서는 나보다도 먼저 화장을 하고 다녔다. 지금도 메이커가 아니면 쳐다보지도 않는다. 물론 동훈이가 대학 졸업하고 취직을 하면서 연두에게 좋은 옷을 많이 사준 것도 있긴 하다.

연두도 아무 생각이 없진 않았다. 자기 속의 욕망을 그때서야 제대로 들여다보고, 둘러보니 자기편이 없다는 걸 깨달았다. 그리고 찾다 찾다 찾은 사람이 친구인 나였다. 그리고 문자로 강속구를 날린 건 사실 상심으로 인한 꼬장이 아니라, 자기 자신에 대한 분노일지도 모른다.

그동안 연두는 나에게 일절 이런 이야기를 하지 않아왔다. 환경 탓을 자꾸 하긴 뭐할지 모르지만, 본인의 신체적 특징 때문에 속으로만 끙끙 앓는 아이였다. 사적인 깊은 아픔을 친구 앞에서 드러내는 게 어색할 뿐더러, 만약 이렇게 계속 칭얼대면 하나 있는 나조차도 떠나갈지 모른다는 두려움 때문이란 걸 안다.

어쩌면 나도 연두의 이런 직접적인 아픔을 들을 자세조차 되어있지 않았는지도 모르겠다. 그래서 웬만한 연두 집안의 아픔은 엄마를 통해서 뒤늦게 들었던 게 많았다. 어떻게 그런 걸 이야기 안 했나 싶을 정도로. 물론 정상인 친구들끼리도 자기 속내를 탁 터놓고 이야기하기란 힘들 일이긴 하지만.

"우리 엄마도 최대한 내 생각해서 말해본 거다."
"그래서? 니 결혼 할 거가?"
"싫다, 무슨! 그래서 말인데……."

연두는 얼굴을 심하게 씰룩거렸다. 얼마나 미안한 말을 나에게 하려고 그러는지 나를 제대로 쳐다보지도 못했다.

"우리 엄마한테……. 니가 말 좀 해주면 안 되나?"

연두의 심정이 그날 밤까지 이어져서 잠을 잘 수가 없었다. 이때까지 말끔한 치장에 가려져 몇 년 동안이나 같이 봐줘야 할 아픔을 못 봤다. 지금 연두의 심경에 엄청난 변화가 온 시점이라는 걸 느꼈다. 굳이 동훈이 결혼식뿐만이 아니라 나와 같이 연두 또한 나이를 먹은 탓이기도 했다. 말 좀 해주면 안 되나, 할 때 말끝은 목소리가 떨리는 것도 모자라 온 몸이 떨려서 울음이 울먹울먹 넘쳐흐를 듯 했다.

'내 인생이 남한테 이렇게 저당 잡혀야 돼? 내 편이 정말 아무도 없나?'

이게 연두의 심정인지, 내가 연두라면 이렇게 말했을 거라고 추측하는 건지 모르지만, 코너에 몰린 연두의 다급함이 전해지자 온 몸에 소름이 돋았다. 연두는 무섭다고 나에게 손을 내미는 중이었다. 그것도 최대한 자기가 내색할 수 있는 감정을 끌어올려 나에게 구원을 요청한 것이었다. 어떻게 보면 이건 내가 관여할 문제가 아닐지도 모른다. 또 한편으로 연두의 손을 멍하니 바라보는 내 모습이 미워지기도 했다. 같이 놀 때는 친구고 다급할 땐 남인가? 이런 약삭빠른 오만은 연두에겐 너무 가혹한 잣대였다.

사흘 후, 병원에 갔다 오는 길에 연두네 건어물 가게를 지나치다가 연두 엄마를 만났다. 그때는 막 오일장이 열린 터라 장터에서 사람들 몸을 비집고 걸어야 했다. 오랜만에 온 고향의 장터 풍경을 보니 학창 시절 방학 때 한참 연두 집에 놀러가 자주 장터를 들락날락하던 때가 생각났다. 연두네 건어물 가게도 이 장터 안에 있다. 온 김에 한번 연두 엄마께 인사나 하고 가야겠다고 생각하고 발길을 옮겼다. 멀리 연두 엄마가 아줌마 손님에게 마른 미역을 건네주고 값을 치르고 있었다. 정신없는 틈을 타 몰래 다가가 연두 엄마의 어깨를 툭 쳤다.
"안녕하세요!"
짐짓 밝은 표정으로 웃어보였는데, 연두 엄마는 나를 보고 처음에 놀라더니 갑자기 눈에 눈물이 핑 고이기 시작했다.

나도 놀라고, 손님도 놀라고, 바로 옆 가게 젓갈집 할머니도 놀란 눈으로 젓갈을 비닐에 퍼 담았다. 연두 엄마는 본인도 걷잡을 수 없는 감정의 소용돌이가 민망했는지 곧바로 손등으로 쓱쓱 시원하게 눈물을 닦아 보이며 '왔나? 왔다는 소리 연두한테 들었다. 왜 이리 더 삐쩍 말랐노' 라며 가게 안으로 들어오라고 했다. 그러면서도 눈물은 계속 줄줄 흘러내렸고, 또 시원하게 쓱쓱 닦아내셨다.

스틱커피 하나를 종이컵에 풀어서 정수기 뜨거운 물을 찰랑찰랑 붓고는 찻숟가락을 푹 꽂아서 투박한 미소로 나에게 내밀었다. 안 깐 땅콩 가격을 묻는 아줌마의 물음 때문에 운을 때려던 연두 엄마가 다시 쫓아가 가격을 이르고 값을 치렀다. 연두 엄마 성격이 본래 큰손처럼 뭐든 척척 해나가는 여장부 스타일이라고 장터에 소문이 나있었다.

"우리 엄마 결혼했을 때 사진이다? 이 안에 나도 있었지. 우리 엄마 예쁘제?"

중학교 때 연두 가족 앨범을 본 적이 있었는데 그때 연두가 자랑스럽게 연두 엄마와 아빠의 결혼식 사진을 보여줬었다.

가수 김수희의 어린 버전이라고 생각하면 될 정도로 상당한 미인이었다. 연두도 동훈이도 영경이도 엄마의 외모를 닮아 다들 키도 크고 잘 생기고 예쁜 편이었다. 시장 바닥의 아줌마들이 연두를 보면서 안타까워하는 부분도 바로 그 부분이었다. 장애만 없었더라면 참 애 괜찮았을 텐데.

연두 엄마가 본인의 커피를 들고 내 맞은편에 앉았다.

"아이고, 미안타 야야. 아침에 연두 가시나하고 소리 지르다가 그냥 나왔는데 니 보는 순간에 생각이 나삐서……. 서울에 언제 가노? 우리 연두랑 시간되면 또 만나주고 가라."
"친구끼리 만나주기는요. 같이 시간되면 보고 같이 노는 거지요, 뭐."
"서울 가서도 연두 문자 씹지 말고 답이라도 해주라. 연두 집에서 아무것도 안 한다."

연두 엄마는 나만 보면 이런 세세한 사정을 부탁했다.

"안 씹어요. 통화도 가끔 하는데요?"
"에이고, 크니까 있제, 고것도 내 말 안 듣드래이? 니는 결혼 안 하나?"
"나는 뭐, 좀 더 놀다가요. 벌써 무슨……."

아침에 소리 지른 이유는 내가 알고 있는 그 이유가 뻔했다.
"니는 뭐 가도 된다 아이가. 우리 연두가 문제지."
그러고는 더 눈물 나기 전에 코를 크게 들이키며 일어났다.

"참 내 맘대로 안 되는기 연두다. 커피 마시고 가래이. 자꾸 손님이 와사서."
싱거워빠진 커피를 홀짝홀짝 마시며 연두 엄마의 뒤태를 봤다. 누가 봐도 시장 아줌마, 하지만 집에서는 장애 딸을 가진 엄마. 그 사정을 아는 나는 연두도 연두 엄마도 함부로 뭐라고 말을 하지 못하겠다 생각하고는 다 마신 종이컵을 구겼다. 어떤 말을 해주고 싶었지만 장터의 시끄럽고 어수선한 분위기에서, 게다가 나만 봐도 연두 생각난다면서 눈물 훔치는 사람에게 "이 결혼 안 됩니다!"라는 건방진 오지랖을 어떻게 떨 수 있겠는가. 그리고 아침에 소리 지르고 싸웠다면 내가 말을 하기도 전에 벌써 상황은 종료된 듯도 싶었다.

연두 엄마는 본인이 할 수 있는 배려로 연두에게 그 선자리를 말해본 것일 게다. 연두 엄마 뒤태를 보면서 그런 생각을 하니 콧날이 시큰해졌다. 돌김을 비닐에 담가 건네주고 삼천 원 지폐를 앞치마 주머니에 구겨 넣듯 푹 쑤셔 넣자마자 다시 마른 멸치를 바구니에 푹 퍼서 저울에 다는 모습과, 저렇게 일하고 집에 들어가서 연두 먹을 반찬을 해놓고 쓰러지듯 자는 모습이 겹쳐지니 절대 내 생각만 옳다고 할 수는 없었다. 생각의 차이라면, 나는 연두의 장애는 그냥 사람마다 가지고 있는 콤플렉스 중 하나라고 생각하는 반면, 연두 엄마와 우리 엄마는 그것 자체가 인생 전반을 미치는 중요한 요소라고 생각하는 것이었다.

남들 보는 시선은 안 그렇데이, 세상 혼자 살면 상관없다. 근데 지도 아마 느낄 걸?

엄마가 서울에 올라갈 때 가지고 갈 김치를 락앤락 통에 담으며 말했다.

"요즘은 엄마, 장애인들도 공부해서 서울대 가고, 대기업 취업하는 세상이다."

　그래도 나는 내 이성을 끝까지 밀고 가기로 결심했다. 아마 우리 엄마라도 연두의 그 부탁을 들어봤다면 절대 저렇게 말 못할 거라는 뚝심 하나만 가슴속에 푹 박고서.

　"그래서 연두가 그래하고 있나? 2년제 보육학과 나오면 뭐하노? 요 앞에 단이슬 어린이집에 취직했는데 한 달 만에 짤렸었다매?"
　"어? 엄마 그거 어떻게 알았노?"
　"시장 아줌마들 다 그라데. 아아들 엄마들이 뒤에서 하도 쑤근대싸서 원장이 등쌀에 못 이겨서 어쩔 수 없이 짤랐다카데. 어디 가도 안된다. 사회가 인정에 딸려서 돌아가는 세상이가. 크게 보면 오히려연두 지가 인정하고 수긍해야 하는 기라. 저거 엄마 속을 알면 지가인정해야 한다니까는."
　이런 의견을 들을 때마다 아귀가 맞지 않는 이성과 감성이 어떻게든지 굴러가기 위해서 끙끙대고 있는 내 맘속 쳇바퀴를 바라보게 된다. 그 말도 맞고 그 말도 맞는데 이상하게 이 둘은 하나의 세계에서 공존할 수 없는 것들이다. 그런데 희한하게도 한 세상에서 삐거덕대면서도 앞으로 가긴 가고 있다는 거다. 그 속에서 나는 힘없는 다람쥐에 불과했다. 내가 너무 이상주의자가 아닐까라는 생각이 미칠 무렵, 연두를 만나면 그것은 이상이 아니라 그게 현실이라고 맞장구를 쳐주고 있었다. 그리고 아줌마들이 하는 말은 현실적인 게 아니라 통념에 젖어 벗어나지 못한다고 치부해버렸다. 이 바퀴가 어떻게 굴러가든지 간에 일단은 굴려봐야 한다. 연두는 태어나자마자 이 바퀴를 영문도 모른 채 계속 굴려오고 있지 않은가.

"야 니, 너거 엄마 울드라."

다음 날, 장터 너머 사거리에 있는 프랜차이즈 커피숍에서 연두와 간단히 커피 한잔 하자고 불러내서 말했다. 연두는 뾰로통하게 커피만 홀짝였다.

"내가 안 한다고 그랬거든."
"잘했다."
"잘한 거 맞는지 모르겠다."

그러고는 한동안 말이 없었다. 내가 좀 더 이야기를 공유하고 싶어서 넌지시 말을 더 하려고 했는데, 연두는 이제 그 이야기는 어제 아침에 끝났다면서, 다른 이야기하자고 말했다. 서로 소리만 지르다 끝난 게 아니라 더 큰 뭔가가 왔다 갔다 한 게 틀림없었다. 나는 속으로 연두가 "니 왜 우리 엄마한테 얘기 안 해봤는데?"라고 되물을까 봐 눈치가 보였다. 연두 쪽에서도 '민경이도 아닌가보다' 하고 포기한 건지 모르지만 그 말은 더 이상 하지 않았다. 오히려 친구에게 지나치게 치부를 보인 것 같아 민망함이 더 앞서는 것 같았다. 불안한 눈빛으로 커피 마지막 모금을 마실 때까지 연두는 자기 가정사가 타인에게 알려진 걸 부끄러워했다. 나는 연두가 자꾸 집을 등에 지고 사는 거북이처럼 딱딱한 자기 안으로 들어가려는 게 싫었지만 이미 그건 연두의 본능으로 굳어져버린 듯 했다. 이미 안으로 숨어버렸는데 굳이 콕콕 찔러서 들춰내는 것도 실례 아닌가.

그 후로 연두는 한동안 자기 아픔을 얘기 하지 않는 예전으로 돌아갔다. 내가 서울로 가서도 문자에는 날씨 추우니 감기 조심해라, 따위의 형식적인 인사만 찍어 보냈다. 나도 거기에다 내려가면 연락할게, 라는 굳어진 멘트만 날렸다. 연두엄마 말대로 연두는 정말 집에서 아무 것도 안 하고 있을까? 오전 열시 삼십분 되면 찾아오는 자원봉사자랑 같이 밥 먹고 이야기하는 게 일상의 다일까? 행동 패턴이야 똑같겠지만 간질 약을 입에 털어 넣으면서 단지 살기 위해서 먹는다는 생각까지만 하고 끝일까? 사람인데? 욕망도 있고 좋은 게 뭔지도 아는 내 또래 여자인데?

쳇바퀴의 끝은 결국 연두가 쥐고 있었다. 어느 날 문자가 왔다.

'나 반드시 연애 결혼할 거다!'

느낌표라? 어떤 확신? 내 생각도 맞았고, 연두도 그렇게 생각하고 있었다. 나는 바로 통화 버튼을 눌렀다.

"남자 생겼나?"
"그건 아닌데, 흐흐, 흐흐……."

그러더니 수화기 감이 멀찌감치 떨어져서 들리는 박장대소 웃음이 들렸다. 뭔가 굉장히 좋아서 주체를 못하는 것 같았다. 나는 영문도 모르고 뭔데? 뭔데? 라며 코웃음으로 따라 웃었다. 현주는 내 감질내는 반응이 재미있어 죽겠다는 듯 계속 웃어댔다.

"백병원에 인턴이 새로 들어왔는데, 흐흐……. 흐흐…….”

"말 시켜봤나?”

"그건 아닌데, 내한테 커피 뽑아주는 거 있제! 겨울이라고 춥다고!”

자꾸 연두는 나더러 자기를 따라오라고 빵조각만 떨어뜨리며 유인하고 있었다. 도대체 그게 뭐야! 그 남자는 그냥 인사치레일 수도 있는데, 게다가 인턴이면 우리보다 한참 어릴 텐데. 난 순진한 연두의 반응보다 그 남자의 의중이 더 궁금했다. 당최 무슨 꿍꿍이인지 의심부터 드는 데다 사실은 연두가 착각을 단단히 하는 것이라는 데 더 확신이 들기 시작했다.

그러니 무조건 같이 맞장구치면서 좋아해줄 수는 없는 노릇이었다.

"그 남자가 커피 주면서, 자기 엄마도 나랑 똑같은 장애가 있어서 잘 안대. 그러면서 내 이야기도 받아주고, 병원 입구 내려갈 때까지 데려다 줬거덩. 차 안에서 자원봉사 이모가 계속 내한테 잘해보라면서……. 으흐흐흐……. 하하하!”

아, 이 순진한 친구! 좋아하는 게 아니라, 정말 미안하지만, 자원봉사자가 듣기 좋으라고 한 말에 너무 마음이 잘 넘어가버렸다. 하지만 곧 나도 연두의 장난에 맞춰주면서 박장대소를 해줬다. 빵조각의 끝에서 연두의 비현실적인 자기 위안이 드러났지만, 어쩌면 그 자원봉사자 생각에, 이렇게라도 연두가 기분 좋을 수만 있다면야, 그리고 이렇게 사회를 알아간다는 걸 느끼게 해주려는 건지도 몰랐다. 시간이 좀 더 흐른 후의 결과에 따라 연두가 어떻게 될지는 지금 잘 모르겠다.

"니 사십일 동안 어떻게 기다릴래?"
"몰라! 몰라!"

연두는 한참 동안 통화가 끝날 때까지 흥분을 가라앉히질 못했다. 그때의 짤막하고 작은 떨림은 지금도 계속 곱씹게 된다.

그날은 희한하게도 부산에 첫 눈이 빨리 내렸다. 연두와 내가 김밥천국에서 우동을 먹고 있었고, 나는 연두의 우동에 있는 꼬치어묵에서 꼬치를 빼줄 때였다. 그날따라 연두는 왼손으로 우동 숟가락을 들고, 오른손으로 젓가락질을 해서 우동가락을 담아 입으로 힘겹게 가져갔다. 흰 김이 유리창에 서려 티슈 감은 손으로 쓱 닦아내자 눈발이 펄펄 흩날리는 사차선 도로가 펼쳐졌다. 연두가 눈을 몇 번 깜박이더니 혼잣말을 했다.
"이럴 때 남포동 가서 연애하면 대박일 텐데……."

항상 안으로 꼬고만 있던 연두의 왼손이 움직이고 있었다. 어렸을 때 같이 놀면서도 차마 잡을 수 없었던 손이었다. 신호등을 건널 때도 연두의 오른손을 잡고 같이 건넜지, 왼손은 하도 안으로 꼬여 있어서 잡을 수도 없었다. 저 손이 이제 점점 밖으로 나오려고 한다.

신호등의 파란불이 켜졌다. 난 슬쩍 왼편에 섰다. 그랬더니 연두가 다 펴지지 않는 왼손을, 아니 손을 내민다고 하지만 아직은 왼팔 전체를 내밀었다.

"연두야, 니는 언제 결혼할 건데?"

"결혼은 무슨!"

말끝을 다 완성하지 않고 배죽이 웃으며 눈을 흘겼다. 웃는다? 웃을 일이 있다? 비현실의 자기 위안이 끝이 아니었던 거야? 순간 나의 얼빠진 표정에 스치는 짐작을 읽어내자 연두가 눈 내리는 허공을 올려다보며 마음껏 웃었다. 데이트를 하고 싶다? 연두는 기분이 좋아도 내 앞에서 딱 떨어지게 속내를 드러낼 줄 몰랐다. 내가 팔짱을 끼고 있는 것도 모른 채 왼팔을 어린 아이처럼 둥가둥가 반원을 크게 그리며 벅찬 기쁨의 흰 입김을 눈과 함께 섞어 보일 뿐이었다.

전은정

소설가
시와창작작가회 회원
1980년생
2010년 문학의 봄 단편소설부문 등단
문학의 봄 회원

시와창작작가회 회원작품
〈동화〉

김대영

잔대꽃동산으로 놀러 오세요

| 김대영 |

"나도 저어기 신나게 놀고 있는 아이들과 함께 놀고 싶어."

산 아래에 있는 마을의 놀이터를 내려다보며 아기잔대가 엄마에게 말했어요. 아기잔대는 엄마와 둘이서만 있으니까 너무 심심했었지요.

"산을 내려가는 것은 위험하단다. 사람들에게 잡아먹혀."

그때였어요.

"두두둑 두두두둑."

땅을 울리는 소리가 들렸어요.

"빨리 숨어. 멧돼지들이다. 멧돼지들은 우리 뿌리를 파먹어."

엄마와 아기잔대는 얼른 풀숲으로 숨었어요. 누르스름한 털이 곧추선 멧돼지 떼들이 우루루 옆을 지나갔어요.

"엄마, 우리도 다른 풀들처럼 안심하고 즐겁게 살 수 없을까요?"

"엄마도 우리 아기가 바라는 것처럼 걱정 없이 살고 싶어. 하지만 우리 뿌리가 너무 맛있고 약이 되어서 사람들과 동물들이 우리는 늘

노리니까 항상 조심해야 한단다. 우리가 스스로 피어낸 꽃으로 연주를 할 때, 아이들이 따라 부르면 세상이 바뀐다는 옛 이야기가 전해오긴 하지. 그러나 아직까지 꽃으로 노래를 연주를 해본 잔대는 아무도 없었단다.”

엄마의 말을 들은 아기잔대는 꼭 새로운 세상을 만들겠다고 결심했어요. 그리고 꽃이 피기를 기다렸어요.

드디어 아기잔대의 머리위에도 초롱을 닮은 보라색 예쁜 꽃이 피어나기 시작했어요. 하나, 둘, 셋, 넷, 다섯. 큰일이에요. 도, 레, 미, 파, 솔, 라, 시, 도, 일곱 개가 있어야 연주를 할 수 있는데 다섯 개 밖에 피우지 못했으니 말이에요. 그러나 아기 잔대는 실망하지 않고 다섯 개의 꽃봉오리를 흔들며 부지런히 연습을 했어요. 처음에는 연주가 잘 되지 않았어요. 그렇지만 오랫동안 연습을 하여 좋은 방법을 알게 되었어요. 궁, 상, 각, 치, 우, 다섯 음으로 마침내 멋진 노래를 연주할 수 있게 되었지요.

조심하라는 엄마의 배웅을 받으며 아기잔대는 아이들을 찾아 산을 내려갔어요. 멧돼지를 피하며 조심조심 가는데 머리가 새하얀 할아버지와 마주쳤지 뭐예요.

“옳지, 사삼이로구나. 사삼을 먹으면 허리 아픈 곳이 낫지.”

할아버지가 아기잔대를 잡으려 하였어요. 아기잔대는 깜짝 놀라서 재빨리 풀들 사이로 숨었어요.

“분명히 이곳에 사삼이 있었는데. 내가 잘못 보았나?”

할아버지가 다른 곳을 두리번거리는 사이 아기잔대는 큰 길 쪽으

로 달아났어요. 그런데, 이번에는 커다란 몸을 가진 아주머니가 막아
서지 뭐에요? 아주머니는 단숨에 아기잔대를 낚아챘어요.

"달콤하고 맛있는 딱주, 아주 좋은 나물이지."

아주머니가 아기잔대를 먹으려고 입을 커다랗게 벌렸어요. 아기잔
대는 기다란 뿌리를 얼른 아주머니 콧속으로 밀어 넣었어요.

"에－엣취!"

아주머니가 재채기를 하는 사이 아기잔대는 온 힘을 다해서 달아
났어요. 그리고 한참을 달려서 마침내 아이들이 있는 놀이터에 다다
랐어요.

"와! 여기 예쁜 꽃이 있다."

아이들이 몰려와서 아기잔대를 빙 둘러쌌어요.

'이때다.' 하며 아기잔대는 꽃을 흔들며 연주를 시작했어요.

"얘들아, 잘 들어 봐. 꽃에서 노래가 들리는 것 같아."

신기하다는 듯, 한 아이가 말을 하자 아이들이 모두 귀를 기울였어
요. 정말 아름다운 노래 소리가 꽃에서 들려왔어요. 그러자, 아이들
이 하나, 둘 노래를 따라 부르기 시작했어요.

"잔대동산으로 오세요. 초롱초롱 예쁜 꽃, 향기로운 냄－새, 잔대
세상에 오－면, 몸과 마음 이 훨－훨 날아요."

아이들이 부르는 노래 소리가 멀리멀리 퍼졌어요. 그러자 신기한
일이 일어났어요. 잔대꽃향기가 사방을 덮더니 온 마을과 산들이 잔
대꽃동산으로 변하기 시작했어요.

그 후부터 이 마을은 잔대마을로 불리어졌어요. 잔대마을은 멀리
까지 소문이 나서 많은 사람들이 찾아왔어요. 사람들은 잔대꽃동산

에서 아름다운 꽃을 구경하고 사진도 찍으며 신나게 놀다, 향기를 가득 품은 고운 마음으로 돌아가요. 여러분도 잔대동산으로 놀러 오세요.

김대영

시인, 아동문학가
출생지: 전남 영암
성장지: 영암, 부산
생년월일: 1958년생
1985년 '동녘' 시 동인으로 문학 활동 시작
전주교육대 국문학석사한양대 대학원, 대진대 대학원
한겨레 어린이 작가 학교 24기
2006년 7월 월간 〈문학광장〉 신인문학상
시와창작작가회 회원
발표작품: 『욕2』, 『달에게 말 걸기』 외 다수의 합동 시집

시창 연혁

2003년

10. 15   '시와창작' 네이버 카페(매니저 임정일)을 주축으로 하여 김영심, 송연주, 채련, 전정아, 이수인, 임미영, 서연화, 유용선, 김희연, 김경곤, 윤보영, 윤정, 박동진, 김미루, 마경덕, 구본홍, 이의순, 허 용 그 외에 시와창작 회원들 다수가 참여하여 2004년 10월 격월간 종합 문예지 〈시와창작〉 창간호가 발행될 때까지 낭송회, 문학토론, 친목모임 등 활발한 문학 활동을 전개하였다.
이 활동이 '시와창작작가회' 전신인 '시와창작작가모임'의 활동이었으므로 이 활동을 시와창작작가회의 활동으로 보고 작가회의 탄생을 2003년 10월 15일로 정한다.

2004년(초대 회장 최호성)

11. 10   격월간 종합 문예지 〈시와창작〉 통권 제1호 겨울호 발행하여 통권 24호까지 발간 후 폐간됨
11. 27   시와창작 작가모임 총회, 회칙제정, 임원선출, 초대 회장 채호성 선출
11. 27   詩와 창작 작가회 네이버 카페 생성 초대 매니저 〈시와창작〉 발행인 임정일
11. 30   김영심 입회
11. 27   김용식 입회
12. 12   제1집 동인지 발행 계획

2005년(2대 회장 윤용기)

03. 15   김병수 입회
04. 01   가림토 문학상 제정 및 제1회 시낭송회
가림토 문학상 기금을 500만 원으로 정하고 회원 몇 사람이 100만 원씩 후원하기로 하다. 1차 김영 심회원 100만 원, 윤정 회원 50만 원 후원
05. 15   박동진 시인 시집 『불속으로의 여행』 발행
07. 01   가림토 문학상 시상식 및 시와창작 상반기 신인상 시상식, 1호 동인지 〈멀리 있는 것은 아름답다〉 발행(2005. 06. 02) 기념 제2회 시낭송회
09. 11   시와창작작가회로 명칭 변경
10. 09   시와창작작가회 2주년 기념 및 시화전, 제3회 시낭송회

11. 27	정기총회 윤용기 회장 선출
12. 12	제2호 동인지 『발칙한 상상』 발행
12. 21	윤용기 회장 사임
12. 23	임시총회 소집(윤용기 회장의 권위 회복관련) - 회장 대행 부회장 임윤식
12. 24	2대 카페 매니저 로사(서연화)

2006년(3대 회장 임윤식)

01. 03	이동순 입회
01. 05	신필상 입회
01. 09	현혜숙 입회
01. 16	오세권 입회
01. 16	노준섭 입회
01. 16	안현숙 입회
01. 18	최숙희 입회
01. 20	시와창작작가회 정관 확정
01. 21	시낭송회를 위한 임시회의[영등포]
01. 30	다포 교수 입회
02. 11	시와창작작가회 제4회 시낭송회 개최(청계천3가 아시아나 호텔)
02. 12	임윤식 회장 선출
02. 14	네이버 '눈에 띄는 카페'에 선정
03. 06	유용선 입회
03. 06	홍연희 입회
03. 08	공현배 입회
03. 11	박동진 입회
03. 11	심성호 입회
03. 26	한돌 입회
04. 01	시와창작작가회 문학기행(노희정 시인의 강화 육필 문학관)
04. 14	돛단배 입회
04. 29	제5회 시낭송회(영등포공원) 채련 시인 출판기념회
05. 14	사단법인 설립 안건과 관련된 임시총회
05. 15	복효근 시인 초청 인사동 만남행사[시인학교]

05. 17	3대 카페 매니저 유용선
06. 16	박동진 시인 인도여행 환송회 및 임원회의
07. 19	시낭송회 및 출판기념 준비에 관한 임원회의[시와창작 책나무 출판사]
07. 22	시와창작 상반기 신인상 시상 및 임시총회 [정관 개정] 및 제6회 시낭송회, 제3호 동인지 『꽃 진 자리에 누워』 출판기념회 및 문학강의(이생진 시인)
08. 04	시와창작작가회 운영 기준안 완성
09. 03	임시회의 [정관에 규정할 수 없는 세부 운영 기준 개정 및 9월 행사 시화전 관련]
09. 06	시화전 및 회비미납 회원 정리
09. 23	시와창작작가회 제7회 시낭송회 및 시화전 영등포 공원
10. 01	이생진 시인 초청 문학강연
10. 25	제2회 가림토 문학상, 제2회 시와창작문학상 심의
10. 27	임원회 하반기 신인문학상 심사 결과 및 이동순 교수 초청 문학강의 준비
11. 25	시와창작작가회 제8회 시낭송 및 정기총회, 신인문학상 시상식 및 영남대 국문학과 교수 이동순 시인 초청 문학강연
12. 27	시와창작 소설가상 수상 김영심

2007년(회장 임윤식 연임)

01. 04	문병호 입회
02. 02	임원회
02. 03	임원회 신림동 [시와창작 사무실] 임원 일부 개선, 임원진 선임
02. 13	4대 카페 매니저 김림
03. 02	신년회
04. 28	춘계 문학기행(김유정문학촌/남이섬)
05. 14	충청지역 모임
05. 29	유용선 시인 독서학교 개교(합정동)
06. 16	추공 민남대 입회
07. 14	제4집 동인지 『초록과 만나다』 발행 기념 및 제9회 시낭송회, 문학강연(유안진 시인) 광화문 구세군 회관
08. 15	최순해 입회
09. 12	작가회 임시총회 [가을 시화전 개최논의]
10. 27	시와창작 〈제10회〉 시낭송회 및 서정윤시인초청 문학강연 및 가을 시화전

10. 30	우영규 입회
11. 21	임원회 [장소 시와창작 합정동 사무실]
12. 01	정기총회 [정관개정] 08년도 사업계획 심의 의결 [임원개선]
	시와창작작가회 [운문부 산문부] 및 시와창작 신인상 수여, 문학강연(김창동 소설가)
12.18	송년모임(미사리 뻥끼통 카페)

2008년(회장 임윤식 연임)

01. 02	정관 개정 내용 및 2008년도 임원 선임보고
02. 16	안행덕 입회
03. 01	동학사 문학기행
03. 27	일반인 대상으로 공개 시낭송회
05. 10	춘계 문학기행(담양 소쇄원/가사문학관)
07. 05	김대영 입회
07. 06	제11회 시낭송회(인사동) 이문재 시인 초청 문학강의(서사시의 중요성) 및 제5집 동인지 『가벼움에 대한 애착』 발행 기념 및 작품 낭송회
07. 29	5대 카페 매니저 임정일
07. 30	충청 지역 번개모임
08. 12	6대 카페 매니저 김림
09. 26	오대교 입회
10. 11	가을 시화전 및 정호승 시인 문학강연 (영등포 구청옆 공원) 〈제12회〉 시낭송회
10. 12	이성직 입회
12. 05	정기총회 의안 심의, 시와창작작가상 수상자 선정
12. 06	아산고 오세권 교사 두 번째 수필집 발간

2009년(4대 회장 김영심)

01. 10	신년인사회 및 정기총회 보고 [정관 개정및 임원선임]
01. 13	2009년 사업 계획 수립 작가회 임원 선임 정기총회 의안 심의
01. 13	4대 회장 김영심 선출
01. 23	김영심 시집 『북치다 장구소리 들리다』 출판

02. 14	7대 카페 매니저 김림
05. 18	김동일 입회
05. 31	8대 카페 매니저 김림
06. 15	주정민 입회
07. 13	김용순 입회
09. 05	제6집 동인지 『틈새로 부는 바람』 출판기념, 제13회 시낭송회 및 오세영 교수 초청 문학강연
10. 15	작가회 회원 이사랑 시인 수주문학상 대상 수상(수상작 『바늘 끝에서 피는 꽃』)
10. 17	황동상 입회
10. 24	시와창작작가회 〈제14회〉 시낭송회(영등포공원)
10. 26	임채화 입회
11. 11	임시회의
11. 21	문학기행
11. 25	시와창작작가상 선정(정강윤 시인, 안현숙 소설가)
12. 04	정기총회 및 송년의 밤 및 시와창작작가상 수여식(상패와 상금)

2010년(회장 김영심 연임)

01. 05	권대욱 입회
01. 24	시와창작작가회 신년회 및 정기 총회
02. 16	신명섭 입회
02. 19	10대 카페 매니저 청개구리(손주환)
02. 22	임원회의
04. 24	추사 고택 김정희 기념박물관 문학기행(아산)
05. 22	임원회의
05. 28	정기모임
06. 13	임시 임원회의
06. 26	제7집 동인지 『시와창작 작가들』 발간 기념 및 제15회 시낭송회
09. 08	김태경 입회
10. 09	가을 시화전 및 제16회 시낭송회 및 문학강연(신경림 시인)
12. 08	송년회 및 시와창작작가회 회장 공로패 증정식(4대 회장 김영심)
12. 21	11대 카페 매니저 맑은 눈(김영심)

2011년(5대 회장 이동순)

01. 07	신년회
01. 07	5대 회장 이동순 시인 선출
02. 12	12대 카페 매니저 심마니(이동순)
02. 21	이원문 시인, 800여 작품 담은 시집 10권 출간
05. 15	오대교 시인 첫 시집 발행 『윽신윽신 뛰어나 보세』
05. 30	청평사 문화재구역 문학창작 기행
08. 20	임채화 시인 가계오픈 방문식 및 정기모임(신림동)
10. 22	임시모임
11. 10	송년회 겸 동인지 제8집 『시와창작 사람들』 출판기념
11. 24	공석진 입회

2012년(회장 이동순 연임)

01. 28	신년회 정기 총회
06. 04	세계문화원 [수원 화성 문화 탐방] 문학기행
10. 24	노준섭 시인 『낮에 빠뜨린 이야기』 시집 출간
12. 12	시와창작작가회 송년회 및 정기총회
12. 13	제9집 동인지 『숲을 향하여』 발간 기념회

2013년(6대 회장 임채화)

01. 01	임채화 시인 6대 회장 추천 선출
01. 01	김영심, 김용순, 김용식, 김태경, 노준섭, 안현숙, 임채화, 오대교, 오세권, 이성직, 정강윤, 주정민, 최순해, 황동상, 공석진 15명으로 2013년 출발(50여 명에서 前 이동순 회장이 강퇴 정리, 이후 새로 정리)
01. 14	노선영 시인 입회
01. 15	김이철 시인 입회
01. 15	오대교 시인 재영입
01. 17	김기진 시인 입회
01. 18	13대 카페 매니저 임채화

01. 19	부 매니저 겸 운영위원장 김이철 임명
01. 21	김종분 시인 입회
01. 23	이원문 시인 재영입
01. 24	박정숙 시인 입회
01. 27	민남대 시인 재영입
01. 28	낭송분과 위원장 김종분 임명

01. 30　임원진 모임 및 6대 회장 임채화 시인 취임식(동인지 전액 회비로 발간 공약, 전원 참여 유도)

명예회장 김영심, 고문 정강윤, 부회장 이성직, 공석진, 감사 노준섭, 사무국장 안현숙, 운영위원장 김이철, 낭송분과 위원장 김종분 선출 및 임명. 새로운 임원 중심으로 제2의 시와창작작가회로 결성 재출발

02. 04	이수인 수필가 입회
02. 06	김태복 시인 재영입
02. 17	홍보이사 이수인 임명
02. 22	김동수 시인 입회
02. 23	노선영 시인 첫 시집 『기억 속의 향기들』 출간(시집 출간 기념패 증정 첫 실시)
03. 11	임병동 특별회원 입회
03. 16	1/4분기 정기모임(영등포)
03. 16	춘계 문학기행 및 〈제18회〉 시낭송회, 문학강의(김기진 시인) - 제부도(1박 2일)
03. 18	신종현 시인 입회

03. 25　시와창작작가회 수상내용 확정(시창문학상, 시창문예대전, 시창공로상, 시집 출판기념패, 시창문학활동상)

04. 11　김영수 시인 입회

04. 20　복기완, 김영심, 임채화, 안현숙, 사영석, 김이철 주축으로 시와창작작가회 연혁 및 시창의 역사 를 최초로 정리 기록.

05. 05	우영규 시인 재영입(자문위원 위촉)
05. 06	문예지 〈시와창작〉 출판 신고등록

05. 11　시와창작 문학관 건축계획(김포시 대곶면 대능리 소재 부회장 이성직 소유, 복기완 고문 건축설계)

05. 13　시와창작 문학관 부지 내 주말농장 운영(시와창작작가회 회원에 한함)

05. 21　김송배 시인 입회(한국 문협 부이사장, 수석 고문 위촉)

05. 22　유병권 시인 입회(아띠문학 발행인)

05. 23   2/4분기 정기 총회 및 임원회의(영등포 공원 옆 우왕가)

05. 28   복기완 시인 재영입(고문 추대)

05. 30   〈시와창작〉 문예지 판권(출판권리) 접수완료(2004년 10월 5일 임정일 발행인으로 창간, 2009년 4월 12일 1차 폐간, 2009년 10월 24일 2차 폐간). 2013년 5월 30일 동 제호(시와창작등록번호: 경기-사 50037/연 2회 간)으로 등록 마감. 복간 및 속간호 통권 25호로 발간하고자 했으나, 법 절차상 문제로 '창간호' 로 2013년 12월 발간 예정

06. 02   서석문 특별회원 입회

06. 24   이혜우 시인 재영입

06. 22   전은정 소설가 입회

06. 29   2013년 임시총회(정관확정 및 시화전, 사회집 일정 확정) - 영등포 우왕가. 동인지 명칭을 '사화집' 으로 변경

07. 01   변경된 정관효력 발생(정관확정 참여: 정강윤, 복기완, 우영규, 임채화, 김이철)

07. 06   이은집 소설가 입회(고문 추대)

07. 18   최성린 특별회원 입회

07. 25   10주년 기념문집(10호 사화집; 편집장: 복기완, 편집위원: 오대교, 이성직, 안현숙, 김이철)

10. 12   10주년 기념행사 및 기념문집(10호 사화집 『시와 창작』) 출판기념, 시화전, 문학강연

시창 정관

〈제1장 총칙〉

제1조(목적)
본회는 문학예술 단체로서, 작품 활동을 통해 문학예술의 발전을 기여하고 평등한 자격을 가진 작가들로 상호간 문학 예술적 친목을 도모하는데 목적을 둔다.

제2조(명칭)
 (1) 시와창작작가회라 칭한다.
 (2) 명칭 변경은 총회 및 임시총회 의결내용에 따른다

제3조(사무소의 소재지)
본회 본부는 네이버 카페 시와창작작가회 내에 두며, 지부는 필요하다 판단 뒤 면시, 군, 구 및 해외에 둘 수 있다.

제4조(사업)
 (1) 작품 활동을 통한 문학예술 교류
 (2) 분기별 정기 모임을 가져 활성화를 도모
 (3) 연 1회 사화집 출판
 (4) 연 1회 이상 문학강연 실시
 (5) 연 1회 이상 시화전 실시
 (6) 시창문학상, 시창문예대전, 시창문학활동상 선정 수여하되 작품이나 대상이 없으면 선정하지 않는다.

〈제2장 회원〉

제5조(회원)
 (1) 시창회원과 특별회원, 임시회원으로 구별한다.
 (2) 시창회원은 등단 작가를 원칙으로 한다.
 (3) 특별회원은 비 등단 작가와 본회에 공로를 기여할 수 있는 사람으로 한다

(4) 임시회원은 시창회원 자격 박탈시 대기 중인 사람으로 한다.

제6조(회원의 자격)
운영목적에 동의하여 가입 후 입회비를 납입한 날로부터 회원 자격을 가진다.

제7조(회원의 권리)
회원은 본회의 자격을 가지며 본회의 운영과 각종활동에 참여할 권리와 선거권
과 피선거권을 가진다.

제8조(회원의 의무)
 (1) 운영 및 제 규정의 준수
 (2) 총회 및 임원진 각급회의에서 의결된 사항 이행
 (3) 본회가 정하는 회비 또는 기타 경비를 납부의 의무
 (4) 본회에서 발행하는 동인지나 작품집에 반드시 참여 의무
 (5) 부득이한 경우에는 사전에 불참 의사를 임원진에게 통보 의무를 가진다.

제9조(회원의 탈퇴)
 (1) 회원이 탈퇴하고자 할 때는 의사를 사전 밝힘으로 자유롭게 탈퇴할 수 있다.
 (2) 어떠한 경우에도 기납 회비는 반납되지 않는다.

제10조(회원의 상벌)
 (1) 본회 회원으로서 본회 발전과 목적 실현에 크게 기여한 회원은 임원 회의를
     거쳐 포상할 수 있다.
 (2) 가입 후 10년이 되면 공로패를 수여한다.
 (3) 내외에 있어 본회에 누를 끼친 회원은 사전 통보 없이 임원진 의결에 따라 강
     퇴 조치할 수 있다.
 (4) 연회비 2년 이상 미납시 회원 자격을 박탈할 수 있으며 강퇴 조치할 수 있다.
 (5) 본회 카페에서 삭제 게시물 2회 이상이면 사전 통보 없이 강퇴 조치할 수 있다.

〈제3장 임원〉

제11조(임원의 구분과 정수)
(1) 명예회장 직전 회장을 원칙으로 한다.
(2) 회장 1인
(3) 수석 부회장 1인
(4) 부회장 2인
(5) 이사 다수인
(6) 감사(남 1인, 여 1인)
(7) 사무국장 1인
(8) 수석고문 1인
(9) 고문 다수인
(10) 최고자문위원 1인
(11) 각과 위원장 1인
(12) 각 지부장 1인

제12조(임원의 선출)
(1) 회장은 총회에서 선출하여 취임한다.
(2) 부회장은 회장이 추천하여 선임한다.
(3) 각호 임원은 회장이 선임한다.

제13조(임기)
(1) 회장 및 임원 임기는 2년으로 하고 유임할 수 있다.
(2) 임기 중 사직 및 기타 사유로 결위될 경우 총회에서 후임자를 선출하여야 한
다. 이때 후임인원 임기는 잔여임기로 한다.
(3) 부득이한 사유로 차기임원을 선출하지 못할 시 전임임원이 차기 임원 선출 때
까지 직무를 수행한다.

제14조(임원의 직무)
(1)회장: 본회를 대표하고 본회의 업무를 총괄하며 총회의장이 된다.

(2) 수석 부회장: 부회장의 업무를 수행하며 회장 유고나 궐위 시에는 회장 업무를 대행한다.

〈제4장 회의〉

제15조(정기총회)
정기총회는 매년 12월 중에 실시한다.

제16조(임시총회)
임시총회는 재적회원 과반수의 요청이나, 임원 2/3 이상의 요청이나 또는 회장이 필요하다고 판단되면 즉시 소집해야 한다.

제17조 (임원회의)
임원회의는 임원 과반수의 요청이나 회장이 필요하다고 판단되면 즉시 소집해야 한다.

제18조(총회 의결사항)
(1) 임원 선출, 해임에 관한 사항
(2) 정관 변경에 관한 사항
(4) 예결산 승인
(5) 감사 보고
(6) 기타 총회가 필요하다고 인정하는 사항

〈제5장 운영〉

제19조(연회비)
(1) 연회비는 7만 원으로 한다.
(2) 입회비는 10만 원으로 하고, 당년 회비는 면제한다.

시창 정관

제20조(행사)
 (1) 정기모임은 분기별로 하되 해당 월 둘째 주 토요일로 한다.
 (2) 문학기행은 연 2회(봄, 가을)로 한다.

제21조(경조사)
경조사의 범위는 본인과 직계 및 부모에만 지급한다.

〈제6장 정관변경 및 해산〉

제22조(정관변경)
본회의 정관을 변경하고자 할 때는 총회에서 참석회원 과반수 동의를 얻어 변경
할 수 있다.

제23조(해산)
총회에서 참석인원 과반수 찬성으로 의결하여 해산할 수 있다.

제24조(청산)
 (1) 본회가 해산할 때는 당시의 임원이 청산인이 된다.
 (2) 청산 후 잔여재산은 임원 총회의 의결을 거쳐 처리한다.

#부칙
 (1) 본 정관에 명시되지 않은 사항은 관례에 따른다.
 (2) 2013년 6월 30일까지 운영 중이던 정관은 소멸한다.
 (3) 2013년 7월 1일 변경된 정관은 그 효력을 가진다.

시창 6대 임원진

수석고문 **김송배**

고문 **오세권**

고문 **복기완**

고문 **정강윤**

고문 **이은집**

명예회장 **김영심**

최고 자문위원 **우영규**

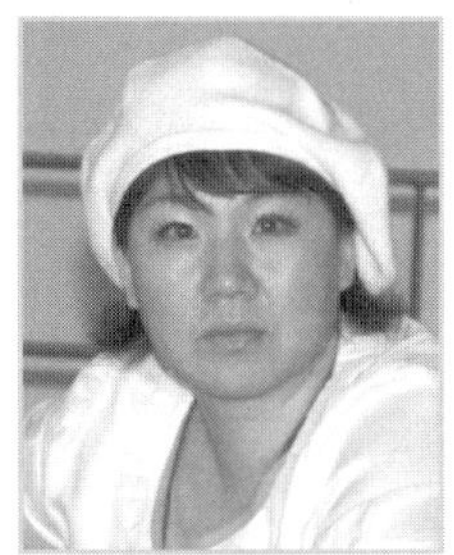

회장 **임채화**

수석 부회장 **이성직**

부회장 **공석진**

사무국장 **안현숙**

감사 **노준섭**

홍보이사 **이수인**

운영위원장 **김이철**

낭송분과 위원장 **김종분**

순	성명	구분	분야	활동	거주지
1	김용식	회원	시인	다수 문학지에 작품 활동 중	강원도
2	김영심	명예회장	시인, 소설가	유치원 및 미술학원원장 역임	서울
3	오세권	회원	수필가	그린스타트, 그린리더로 활동	아산
4	노준섭	감사	시인	자영업	전주
5	안현숙	사무국장	소설가, 수필가	시와창작작가회 편집위원	서울
6	최순해	회원	시인	부산문협회회원	부산
7	이성직	수석 부회장	소설가	시와창작작가회 편집위원	인천
8	주정민	회원	시인	주정민 영어학원 운영	부산
9	김용순	회원	시인, 수필가	북경파스텔무역 대표	부산
10	황동상	회원	시인	한국창작문학낭송협회 부회장	서울
11	임채화	6대 회장	시인, 화가	시와창작 발행인	광명
12	김태경	회원	시인	연당 언어 국어논술 학원장	서울
13	공석진	부회장	시인	현대자동차 봉일천대리점 대표	일산
14	정강윤	고문	시인	자영업	의정부
15	노선영	회원	시인	하남문인협회 회원	하남
16	김이철	운영위원장	시인, 수필가	산화목전시관대표, 시와창작 이사	안산
17	오대교	회원	시인	조대부고 교사, 편집위원	광주
18	김기진	회원	시인	시가 흐르는 서울 명예회장	광명
19	김종분	낭송분과 위원장	시인	시마을 부회장, 샤론 화원 대표	서울
20	이원문	회원	시인	마필 관리사	용인
21	박정숙	회원	시인	종이접기 강사	서울
22	민남대	회원	시인	공무원	서울
23	이수인	홍보이사	수필가	한국펠트공예 강사, 피오피 강사	서울
24	김태복	회원	시인	자영업	수원
25	김동수	회원	시인	꿈꾸는 유통 대표	수원
26	신종현	회원	시인	경백정통역학연구원장	서울
27	김영수	회원	시인	서울문학문인회 이사	서울
28	우영규	최고자문위원	시인	문학평론가, 대구문인협회 이사	대구
29	김송배	수석고문	시인	한국문인협회 부이사장	서울
30	유병권	회원	소설가	아띠문학 발행인, 아띠문학 회장	서울
31	복기완	고문	시인	건축 설계 및 관리, 시창 편집장	고양
32	서석문	특별회원	작가	파주경찰서 근무 팀장	파주
33	이혜우	회원	시인	한국문인협회 서울지회이사	서울
34	전은정	회원	소설가	자영업	수원
35	이은집	고문	소설가	국제펜클럽한국본부 이사	서울
36	최성린	특별회원	작가	자영업	고양

〈시와창작〉 창간호 발간 확정

2004년 10월 25일 임정일 발행인으로 창간된 〈시와창작〉 문예지가 2009년 4월 12일과 2009년 10월 24일, 2회에 걸쳐 폐간되었다.

6대 회장으로 선출된 임채화 시인이 〈시와창작〉을 복간하려 했으나, 폐간된 문예지는 존재하지 않으므로 복간이라는 법적 절차가 없다 하여 2013년 6월 10일자로 〈시와창작〉 제호로 연 2회 간으로 등록을 끝냈다. 〈시와창작〉 문예지 발행인이며 본 작가회 회장인 임채화 시인은 다음과 같은 생각과 포부를 밝혔다.

"문예지 발간에 염려의 말을 많이 듣습니다만, 오직 단 한 가지 이유로 〈시와창작〉 문예지 발간을 결정했고 등록을 마쳤습니다. 저는 〈시와창작〉으로 등단한 시인도 아니지만 본 작가회 명칭이 시와창작작가회이고, 〈시와창작〉으로 등단한 분을 위해 〈시와창작〉 문예지 발간을 하게 된 것입니다. 〈시와창작〉 문예지 발간을 확정 지은 만큼, 그에 따른 〈시와창작〉 문예지 운영에 있어 열정과 정성을 다해 발간해나갈 것입니다."

굳은 의지를 보이는 임채화 회장의 얼굴에는 비장함까지 보였다. 〈시와창작〉 문예지를 복간하여 10년의 역사를 이어가고 싶었으나, 법 진행상 복간이라는 절차가 없다며 아쉬움을 감추지 않았다.

문예지 출신의 행복과 자비 출신의 설움

–〈시와창작〉 속간호에 부쳐 / 이은집

해마다 되풀이되는 무더위와 물난리는 올해에도 어김없이 지난여름 내

내 우리를 괴롭혔습니다. 하지만 계절은 변함없이 하늘이 높아지고 과일이 익어가는 가을로 바뀌어 아침저녁으론 제법 서늘한 날씨에 절로 창작의 의욕이 샘솟기도 합니다. 이에 문학으로 삶의 보람과 기쁨을 거두는 〈시와창작〉 가족 여러분에게 창간 10주년을 기념하는 속간호를 펴냄에 즈음하여 진심으로 축하를 드리는 바입니다.

대한민국에서 문인으로 데뷔하는 방법에는 여러 가지가 있다고 하겠습니다. 우선 가장 오랜 전통은 각 신문사에서 시행하는 신춘문예로서 여기에 당선하여 등단하는 것입니다. 어쩌면 이는 가장 영광스런 길이라고도 하겠습니다. 다음으로는 제가 데뷔하던 1970년대 무렵엔 〈현대문학〉 같은 문예지에서 시행하는 추천제가 있었습니다.

그런데 저는 신춘문예에도 계속 낙방을 했고, 문예지의 추천을 받고자 심사위원님을 소개받아 찾아갔더니 최소 10년의 수련기를 각오할 수 있겠냐는 물음이었습니다. 결국 저는 신춘문예와 추천제를 포기하고 자비출판하는 방법을 택하여 1971년 12월 31일에 『머리가 없는 사람』이라는 창작집으로 문단에 데뷔하게 되었던 것입니다.

하지만 신춘문예와 추천제 같은 공인된 방법을 벗어난 자비출판 데뷔는 문단에서 인정을 받지 못해 그 설움은 이루 말할 수가 없었습니다. 어쩌면 세상 사람들이 흔히 설움 중에 가장 큰 설움은 ‘배고픈 설움’과 ‘집 없는 설움’을 이야기하는데, 저는 바로 ‘집 없는 설움’을 겪었다고나 할까요? 즉, 아무리 작품을 열심히 써도 발표할 문예지의 지면을 얻을 수가 없었던 것입니다.

그런 뜻에서 〈시와창작〉으로 데뷔하신 여러분들은 참으로 행복하게 문단에 진출하셨다고 하겠습니다. 자신을 문인으로 탄생시켜 준 〈시와창작〉이 있으니까, 언제라도 작품을 쓰면 발표할 기회가 주어지고 또한 같은

시창 공지

문예지로 등단한 선후배 문인들이 있어 외롭지도 않을 것입니다. 그러나 저의 경우는 자비출판으로 오직 혼자 등단을 했으니 문단의 외톨이로 활동할 수밖에 없었던 것입니다.

그런 면에서 〈시와창작〉의 출신인 여러분은 〈시와창작〉을 자신의 문학을 가꾸는 소중한 텃밭으로 삼고 더욱 열심히 작품을 써서 발표의 지면으로 활용해야 할 것입니다. 따라서 앞으로 〈시와창작〉을 사랑하고 후원하여 문단의 권위 있는 문예지로 발전시켜야 할 의무와 책임을 짊어지게도 되었습니다. 왜냐하면 그래야 여러분은 문단에서 더 큰 인정을 받고 활동 영역을 넓혀나갈 수 있을 것이기 때문입니다.

저처럼 나를 낳아준 문예지나 신문사가 없으니까 지금도 어느 문인회의 모임에 초대받아 가게 되면 그처럼 부러울 수가 없는 것이 솔직한 고백이기도 한 것입니다. 그런 의미에서 〈시와창작〉이 새 출발을 하신다니, 다시금 축하드리고 아울러 더욱 똘똘 뭉쳐서 〈시와창작〉을 한국문단의 자랑스러운 문예지로 발전시키고 육성해나가길 부탁드리는 바입니다. 감사합니다.

시와창작 문학관 건립 확정

시와창작작가회가 문학관을 소유하는 뜻깊은 일이 생겼다. 본 작가회 수석 부회장님이신 이성직 소설가님이 김포시에 땅을 매입하여 문학관 건축을 발표했다. 건축은 2014년에 시작할 예정이며, 건축 설계는 본 작가회 고문으로 계시는 복기완 시인님께서 하시기로 했다. 시낭송과 행사를 할 수 있는 본당과 휴게시설, 숙박 및 분위기 있는 커피숍까지 갖춰질 예정이다. 건축 전까지는 시와창작 주말농장으로 운영하고 있다.

시와창작 문학관 건축부지

건축 설계를 위해 의논 중인 복기완 고문과 이성직 수석 부회장

주말농장을 가꾸고 있는 이수인 홍보이사와 이성직 수석 부회장

백당 김기진 시인
『한강』

노준섭 시인
『낮에 빠뜨린 이야기』

노선영 시인
『기억 속의 향수들』

김종분 시인
『향기가 짙은 꽃은 가슴에 핀다』

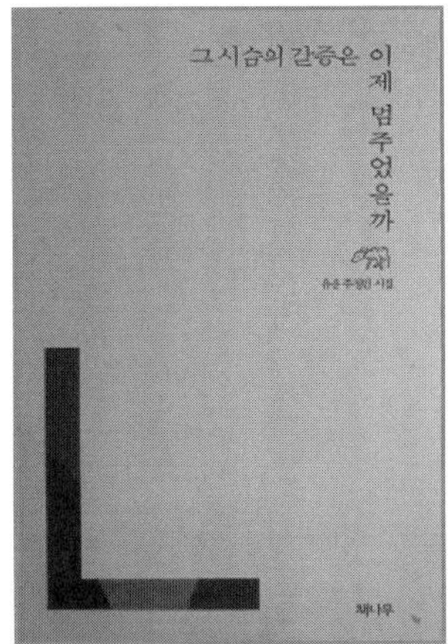

주정민 시인
『그시슴의 갇증은 이제 멈추었을까』

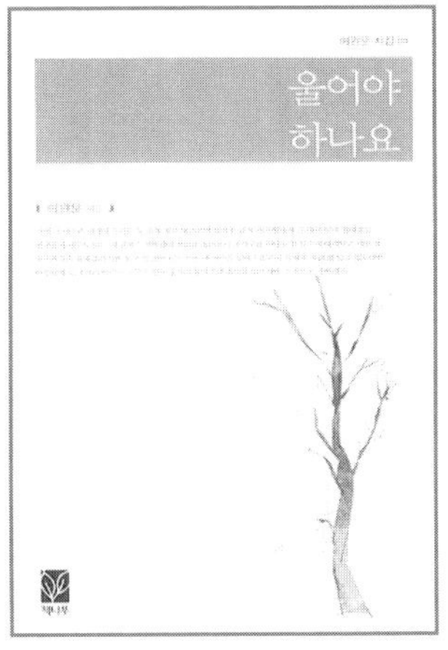

이원문 시인
『울어야 하나요』

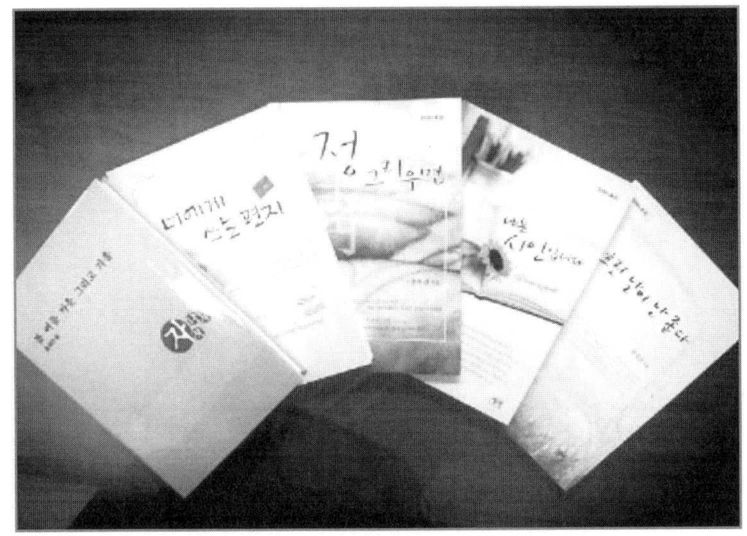

공석진 시인
『봄 여름 가을 그리고 겨울』 외

가로수 어딘가에 붙어서 우는 매미소리는 가히 소음으로 규정하는 65데시벨을 훨씬 능가하는 바다 건너 온 매미들이다.

언제부터인가 우리 산야에 자리 잡고,
풍류로 즐기던 고상하게 우는 토종 매미들을 사라지게 했다.

웬 매미 타령이냐고 묻는다면,

같지도 않은 외국산 매미들이 고상한 토종 매미를 밀어내고 그야말로 매미사회의 문화를 혁명하는 것과 우리 문단에도 사라져야 할 수준의 문학지들은 번창하고 진솔한 삶과 풍류를 노래하는 순수 문학은 그 자리매김이 말석이 되고야 마는 사회 현상을 보며 안타까운 마음을 금할 수 없어서이다.

발행되자마자 햇빛도 보지 못한 채 폐지 수집가에게 휩쓸려 가는 문학지들이 얼마나 많은가?

작가회 10주년을 기념하고자 심혈을 기울여 엮어가며 사라져야 할 외국산 매미처럼 되지 않으려고 노심초사하였음을 부인하지 않겠다.

전업 작가도 아닌 동인들이 바쁜 일상 속에서도 10주년 기념 문집을 엮어내기 위하여 기꺼이 동참하여 주신데 대하여 깊은 감사를 잊지 않겠다.

보수도 없는 노력 봉사로 수고해 주신 회장 및 작가회 임원들과 교정위원들의 수고를 잊지 않게 하려고 후기의 변을 통하여 표시해둔다.

미비한 편집 구성이나, 혹여 격조 높지 못한 글들이 눈에 밟혀도 엮음에 수고한 사람들이나 글쓴이의 성의에 점수를 주시기 바란다.

다음에 발행되는 문집에는 보다 알찬 엮음으로 성장할 것을 약속하며 후기를 맺는다.

– 복기완 외 편집위원 일동

종합문예지 〈시와 창작〉

2004년 10월 5일 창간하여 전 발행인의 사정으로 2009년 10월 24일 폐간, 동제호(시와 창작)으로 2013년 5월 30일, 연 2회 간 임채화 발행인으로 등록했습니다. 복간으로 하여 통권 25호로 발간하려 했으나 복간이라는 법 절차가 없어 창간호를 2013년 12월에 발간할 예정입니다. 대한민국 순수 문학의 요람으로서 기성 작가님들의 문학 활동을 함양하고, 신인 작가님들의 등용문이 되어 문학발전에 기여하게 될 것입니다.

신인 등용문 종합 문예지 〈시와 창작〉에서는 순수문학을 지향하고 역량 있는 신인 작품을 접수받고 있습니다. 패기 있는 신인들의 많은 관심과 응모를 바랍니다.
본 문예지에서는 오직 작품성과 인품을 심사 기준으로 할 것이며, 해당 작품이 없다 판단되면 당선자를 선정하지 않으므로 본 문예지의 위상과 당선자의 자부심을 심어 드릴 것입니다.

공모 일정
- 공모 기간: 수시 접수
- 발표: 5월 15일, 11월 15일(본 카페 공지, 개인 연락)
- 수상 일자: 매년 12월

보내실 곳
- 다음 카페 시와창작문예(http://cafe.daum.net/KKkimK)의 '시와창작 등단 원고'에 올려주시거나, 이메일(coghkdlqj77@naver.com)로 보내주면 됩니다.
- 문의: 010-8883-1614(회장 임채화)

공모 부문과 내용
- 시: 5편
- 동시: 5편
- 시조: 5편

신인 작가 등단 공모

- 동화: 200자 원고지 15매 내외 2편
- 수필: 200자 원고지 15매 내외 2편
- 소설: 200자 원고지 70매 내외
- 문학평론: 200자 원고지 50매 내외

응모 규정

- 응모된 작품은 본지가 엄선하여 추천하는 심사위원의심사를 거쳐 당선작을 선정합니다.
- 제출되는 작품은 기존 문예지, 동인지, 신춘문예는 물론각종 문예전에 응모된 적이 없는 미발표작이어야 합니다.(당선 후 확인되면 당선을 취소합니다.)
- 제출된 원고는 반환하지 않습니다.
- 원고 제출 시 연락처와 간단한 프로필, 그리고 사진을 반드시 함께 보내주셔야 합니다.
- 원고 제출 시 원고 맨 앞에 '시와창작 등단원고' 라고 기재하세요.

당선 대우

- 당선자는 상패를 수여합니다.
- 기성 문인으로 대우합니다.
- 당선작은 본지에 실립니다.
- 시와창작작가회 회원자격을 부여합니다.
- 본지에 지속적인 활동을 지원합니다.

시와창작작가회 10주년 기념 사화집

시와창작

발행처 도서출판 청어   발행·편집인 임채화
주소 서울 서초구 서초3동 1595-10 봉양빌딩 2층   전화 586-0477   팩스 586-0478
홈페이지 www.chungeobook.com   E-Mail ppi20@hanmail.net   발행일 2013년 9월 30일
ISBN 978-89-97706-82-2 (03810)